HAFFMANS KRIMINALROMANE
BEI HEYNE

GEORGE BAXT

Mordfall Bette Davis

KRIMINALROMAN

AUS DEM AMERIKANISCHEN
VON
ADELHEID ZÖFEL
UND
CHRISTIANE STRÜH

WILHELM HEYNE VERLAG
MÜNCHEN

HAFFMANS KRIMINALROMANE BEI HEYNE
Herausgegeben von Gerd Haffmans und Bernhard Matt
Nr. 05/139. Im August 1996.

Die Originalausgabe
»The Bette Davis Murder Case«
erschien 1994 bei St. Martin's Press, New York.

Umwelthinweis:
Dieses Buch wurde auf
chlor- und säurefreiem Papier gedruckt.

Printed in Germany 1996
Konzeption und Gestaltung: Urs Jakob
Umschlagillustration: Bildarchiv Engelmeier, München
Umschlaggestaltung: Atelier Ingrid Schütz, München
Satz: Wolfgang Taschner, Wörthsee
Druck und Bindung: Ebner Ulm

ISBN 3-453-10870-1

DIESES BUCH IST FÜR MEINE
BEIDEN LIEBLINGSLADIES,
Ann Bayer und Patricia Johnston

Kapitel 1

Auf Virgil Wynns Stirn standen Schweißperlen. Er hielt sich verkrampft den Magen und sank erschöpft in einen Sessel. Sein Hausarzt wußte auch nicht weiter. Virgil hatte alle möglichen Tests und Untersuchungen über sich ergehen lassen, aber es gab keine Erklärung für diese wiederkehrenden Leibschmerzen, für seine andauernde Appetitlosigkeit und die Schwächeanfälle. Er starrte auf die kleine Statue der ägyptischen Königin Nofretete. Sie stand auf einem Podest unter einem Porträt des grausamen Pharao Amenhotep. An der gegenüberliegenden Wand hing ein weiteres Pharaonenbild, das Ramses II. darstellte. In der Bibliothek gab es viele ägyptische Kunstwerke, darunter verschiedene Darstellungen der Gottheiten Isis und Ptah und auch weniger bedeutender Sterne am ägyptischen Götterhimmel, die es aus dem einen oder anderen Grund nicht geschafft hatten, sich als Objekte der Anbetung hervorzutun. Da waren Nokus, angeblich der Gott des Körbeflechtens, und Petera, einer von Virgils Lieblingen, der einem alten Wahrsager zufolge als Gott der Päderasten galt – eine Behauptung, die Virgil mit Skepsis aufgenommen hatte, da der Wahrsager sich mit einem Gefolge junger Knaben umgab. Die alten Königshäuser waren angemessen vertreten durch Königin Ramatah, von der es hieß, sie sei ein Schlangenmensch gewesen, durch den jungen König Tut, der erst vor vierzehn Jahren, nämlich 1922, ausgegraben worden war, außerdem durch den faszinierenden König Ptolemäus und die unvermeidliche, zum Klischee verkommene Königin Kleopatra.

Der Schmerz verging so schnell, wie er gekommen war. Virgil wischte sich die Stirn und die schweißnassen Hände mit einem Taschentuch ab. Wieso können sich diese albernen Ärzte auf keine Diagnose einigen? fragte er sich zum fünften Mal an diesem Nachmittag. Als er das Grab der Königin Ramatah entdeckt und voller Spannung verfolgt hatte, wie es geöffnet wurde, hatte ihn einer seiner ägyptischen Helfer vor dem Fluch gewarnt, den er damit auf sich ziehe.

Virgil ging jene Szene in Gedanken noch einmal durch. Damals hatte er dem jungen Rami Tup geantwortet: »Ein Fluch? Was für ein Fluch? Uns Briten läßt so etwas kalt. Wir halten nichts davon. Schließlich haben wir bereits in Indien, Afrika, Mesopotamien, in Westindien, in Ostindien, in Ägypten und Nordirland einen Fluch nach dem anderen auf uns geladen – ohne Folgen. Also los, fangen Sie an zu graben.«

In wenigen Tagen würde Virgil zu einer neuen Expedition nach Ägypten aufbrechen, ins Tal der Könige, das seit über einem Jahrhundert auf Archäologen aus der ganzen Welt ein magnetische Anziehungskraft ausübte. Wenn er nur seinen verdammten Magen unter Kontrolle bekommen könnte! Dieser verfluchte Magen. Vielleicht stimmt es ja doch. Mein Magen ist verflucht. Die Wynns waren seit vielen Jahren für ihre schwachen Mägen berühmt. Das hatte ihm sein Vater, Lord Roland Wynn, ebenfalls ein bedeutender Archäologe, einmal erzählt.

Sein Vater. Lord Roland Wynn. 1920 für die Entdeckung von Königin Baramars Grab in den Adelsstand erhoben. Virgil erinnerte sich noch lebhaft daran, wie stolz er als junger Mann gewesen war, als der König die Schultern seines Vaters mit dem Schwert berührt und ihn zum Ritter geschlagen hatte. Daß die Königin leise flüsterte: »Wie kann man nur solch einen Grabräuber in den Adelsstand erheben!«, hatte er nicht gehört. Doch Lord Rolands Stern strahlte nicht sehr lange. Schon 1922, als Howard Carter und

Lord George Herbert Carnarvon Tutanchamuns Grab entdeckten, verblaßte sein Glanz. Und Lord Roland brachte ihn nicht wieder zum Leuchten, obwohl er fünf Jahre lang fieberhaft nach anderen alten Berühmtheiten buddelte – bis er schließlich von seinem eigenen Sohn Virgil fast ganz verdrängt wurde.

Nachdem Virgil die archäologische Bühne betreten hatte, stellte sich bald heraus, daß er einen ausgezeichneten Spürsinn für verborgene Gräber besaß. Man verglich ihn mit einem Schwein, das Trüffel findet. Im Gegensatz zu seinem Vater wurde Virgil ein sehr wohlhabender Mann, was ihm den Neid seiner beiden älteren Geschwister einbrachte. Oscar war ein selbsternannter Komponist, Anthea schrieb Gedichte. Beide lebten von Virgils Großzügigkeit, genau wie Lord Roland.

Virgil atmete tief durch. In diesem Moment erschien seine Haushälterin Nellie Mamby mit einem Tablett in der Tür.

»O Gott, Mamby, haben Sie Erbarmen mit mir. Ich kann jetzt unmöglich etwas essen oder trinken.«

»Hatten Sie wieder einen Anfall, Sir?« erkundigte sich Mamby besorgt.

»Nur ein leichtes Unwohlsein.«

»Der Tee wird Ihnen bestimmt guttun«, beharrte sie, stellte das Tablett auf dem Schreibtisch ab und goß unverzüglich eine Tasse Tee ein.

Virgil ging zu seinem Schreibtisch, nahm Platz und beobachtete nachdenklich den aus der Teetasse aufsteigenden Dampf. »Riecht gut.«

»Und er ist stark.« Mamby war eine zierliche Person mit ausgeprägten Gesichtszügen, die von ihren durchdringenden grauen Augen dominiert wurden. Jetzt musterten diese Augen den gutaussehenden Vierzigjährigen, der an seinem Tee nippte.

Er verzog das Gesicht. »Sehr stark, sehr heiß.«

»So gehört es sich auch«, erwiderte Mamby mit Nachdruck. »Sind Sie zum Abendessen zu Hause?«

»Machen Sie sich keine Umstände. Wenn ich überhaupt etwas esse, dann höchstens ein bißchen Haferschleim oder einen Teller Brühe.«

»Ich habe wunderbare Koteletts«, meinte sie verlockend.

»Die müssen Sie selbst essen.« Er wußte, daß man sie dazu nicht lange zu überreden brauchte. Nellie Mamby hatte den typischen gierigen Appetit von Leuten, die in ihrer Kindheit Not leiden mußten. In Virgil Wynns Küche waltete Nellie Mamby als Alleinherrscherin. Die Küche war ihr Territorium, das nur wenige Menschen zu betreten wagten und noch weit weniger Menschen überhaupt betreten wollten.

Virgil stand jetzt vor der Büste von König Ptolemäus. »Sehen Sie sich diesen Kerl an. Diese Willenskraft. Die Arroganz. Der mysteriöse Gesichtsausdruck. Ein Genie. Er war Astronom, Geograph, Mathematiker. Seiner Überzeugung nach bildete die Erde das Zentrum des Universums, und die Himmelskörper drehten sich um sie.« Mamby kannte diesen Vortrag bereits auswendig, aber als loyale, pflichtbewußte Bedienstete hörte sie jedesmal geduldig zu. Virgil und seine Familie versetzten sie immer wieder in Erstaunen, und Mamby fand sie nach wie vor interessant. Vater und Sohn, beide Archäologen, die in alten Gräbern herumbuddelten und die Ruhe der Toten störten. Nellie Mamby fragte sich, ob irgendwann in einem späteren Jahrhundert ein Archäologe wohl auf ihr Grab stoßen und sie versehentlich für eine lang gesuchte Königstochter halten würde. Anthea, die Älteste, die Dichterin, die Virgil ständig anbettelte, ihre Spielschulden zu bezahlen. Oscar, der nächste in der Hackordnung, ein Komponist, der, soweit Mamby wußte, noch nie etwas aufgeführt hatte, weder im Rundfunk noch in einem Konzertsaal. Virgil war ein guter und fairer Arbeitgeber. Er lächelte immer, hatte stets ein freundliches Wort auf den Lippen und schien Mambys mittelmäßigen Kochkünste durchaus zu schätzen – vielleicht, weil er nichts Besseres kannte. Archäologische Expeditionen waren ja nicht gerade dafür bekannt, daß man luxuriös speiste.

Virgil dozierte weiter. »Die Ptolemäer waren eine mazedonische Familie, wissen Sie ...« Nellie mußte sich beherrschen, um nicht »Gott, ja!« zu antworten. »Sie herrschten in Ägypten von 323 bis 30 vor Christus.«

»Ganz schön lange, Sir.«

»Ptolemäus der Erste herrschte von 323 bis 284 vor Christus. Er ist derjenige, hinter dem ich diesmal her bin.« Wie Javert auf der Spur von Jean Valjean in *Les Misérables*. »Und ich schwöre, ich werde ihn finden!«

Mamby fragte sich, warum noch kein internationales Büro für verschollene Personen eingerichtet worden war, nur mit dem Zweck, verschwundene ägyptische Gräber ausfindig zu machen. Vielleicht könnte sich ja Scotland Yard der Sache annehmen und damit ein bißchen Profit machen. Die Leute dort beklagten sich doch immer, ihnen würden in diesen wirtschaftlich schwierigen Zeiten die Mittel fehlen.

Virgil setzte sich wieder an seinen Schreibtisch. »Würden Sie bitte das Tablett abtragen, Mamby, ich muß wieder an die Arbeit.« Er hatte seinen Tee kaum angerührt. Doch als Mamby aus dem Zimmer schwebte, spürte er, wie seine Bauchschmerzen wiederkamen. Er ließ sich in seinem Stuhl zurücksinken und flehte leise flüsternd um Gnade, wohl wissend, daß sie ihm nicht zuteil werden würde.

Die *Duchess of Bedford*, ein kleines, aber schmuckes Linienschiff, hob und senkte sich mit den Wellen, während sie sich langsam über den Atlantik nach Liverpool bewegte. Unter Deck, in einer Kabine der Ersten Klasse, lag Harmon Nelson auf seinem Bett und erholte sich von einer fiebrigen Erkrankung, die er sich, wie er meinte, zugezogen hatte, als die *Duchess* den Panamakanal vom Pazifik zum Atlantik durchquert hatte. Er selbst war bereits im Hafen von Vancouver an Bord gekommen. Im Augenblick beobachtete er, wie seine Frau sich eine Zigarette anzündete, tief inhalierte und den Rauch heftig wieder ausstieß. »Ham«, sagte sie (Ham war sein Spitzname), »ich habe mich entschieden.« Sie ging mit kurzen, abgehackten Schritten in der Kabine auf und ab, wobei sie mit den Armen fuchtelte – eine Körpersprache, die dem Kinopublikum sehr vertraut war. »Ich will die Scheidung. Nicht sofort. Nicht heute. Nicht morgen. Nicht nächste Woche. Auch nicht nächsten Monat. Aber früher oder später will ich die Scheidung. Wir sollten uns nichts vormachen – wir haben einfach zu jung geheiratet. Meinst du nicht auch?«

»Bin ich nicht immer und mit allem einverstanden?« fragte Ham zurück. In seiner Stimme konnte sie regelrecht das Fieber hören.

»Ach, sei nicht so negativ, Liebling. Ich freue mich noch weniger auf ein Leben im Exil als du. Aber der Ortswechsel war unumgänglich. Du hättest ja nicht mitzukommen brauchen.«

»Ich mußte ja noch annehmen, es sei meine Pflicht als Ehemann.«

»Na ja, das stimmt natürlich. Und meine Mutter war derselben Meinung wie du, und da Ruthie es richtig fand, habe ich dich mitgenommen. Aber auf dieser eintönigen Reise hatte ich einfach zuviel Zeit zum Grübeln. Die Sache in London wird sich endlos hinziehen. Es kann Monate dauern, bis der Prozeß beginnt. Jedenfalls hat mir Sir William das geschrieben. Ham, du wirst dich gar nicht wohl fühlen.«

»Ich fühle mich schon jetzt nicht wohl.«

»Ach, du Ärmster. Du klingst so fiebrig.« Sie überlegte einen Augenblick. »Du lieber Himmel – hoffentlich ist es nichts Ansteckendes! Und nichts Lebensgefährliches.«

»Eine Ehe kann oft ansteckend sein«, entgegnete er ernst. »Und sie ist oft lebensgefährlich.«

Sie dachte über diese Aussage nach. »Oh. Das sollte wohl ein Witz sein.«
»Ich bin nie witzig.«
»Da will ich nicht widersprechen.«
»Laß uns jetzt nicht streiten.«
»Nein, du hast völlig recht. Wir sind bald in England. Wir müssen uns in Bezug auf die Trennung zivilisiert verhalten, so wie die Briten das machen – angeblich.« Sie schlug sich mit der Hand an die Stirn »O Gott! Warum habe ich ausgerechnet England als Zufluchtsort ausgesucht? Warum nicht Frankreich, wo es besseres Essen und besseres Wetter gibt? Ich kenne keine Menschenseele in England.«
»Du kennst George Arliss.«
»Ach, der gute George. Habe ich dir schon erzählt, daß er es war, der Jack Warner dazu brachte, mich unter Vertrag zu nehmen?«
»Ja, du hast es mir bereits mehrmals erzählt.«
Sie ignorierte diese Bemerkung. »Der gute alte George hat mir so viel beigebracht, was die Arbeit vor der Kamera betrifft. Er hat aus einer unscheinbaren braunen Maus ein blondes Glamourgirl gemacht.« Ihr Gesicht wurde hart. »Glamour! Ha! Paul Muni bekommt fünfzigtausend für einen Film. Ich kriege mickrige sechzehnhundert die Woche, und ich habe ihn in *Stadt an der Grenze* glatt an die Wand gespielt! Eddie Robinson bekommt vierzigtausend pro Film. Und Ruth Chatterton, die alte Tucke, kriegt achttausend in der Woche, und ihre Filme sind samt und sonders Verlustgeschäfte! Aber ich! Die Oscargewinnerin – und das hat von denen noch niemand geschafft! Was bekomme ich? Jämmerliche sechzehnhundert die Woche.«
Ham erwiderte bedächtig: »Wir leben in einer Depression, die Okies ziehen von der Dust Bowl nach Kalifornien, in jeder größeren Stadt der USA schießen Zeltstädte aus dem Boden, vor den Suppenküchen bilden sich endlose Schlangen – da klingen sechzehn-

hundert Dollar in der Woche für meine Ohren gar nicht so schlecht.«

Bette drückte ihre Zigarette im Aschenbecher aus und polterte los: »Ich hab's ja gewußt! Ich hab's gewußt, ich hab's gewußt. Du bist auf seiner Seite. Du möchtest, daß ich den Prozeß verliere.«

Ham blieb ruhig. »Bette, wir schreiben das Jahr 1936, nicht 1926, als es überall Kaviar und illegalen Champagner gab. Komm wieder auf die Erde! Die Warner Brothers haben deine Karriere sehr sorgfältig geplant.«

»Was!« Sie baute sich drohend vor dem Bett und seinem müden Insassen auf, ballte die Fäuste und fauchte und zischte – ein menschlicher Vulkan. »Ich mußte kämpfen und schreiben und Drohungen ausstoßen, damit sie mich an Radio Pictures für *Der Menschen Hörigkeit* ausleihen. Ich werde für einen Oscar nominiert, aber was macht Jack Warner? Es ist ihm schnurzpiepegal! Er nimmt mich für Schrottfilme wie *Das Mädchen von der Zehnten Avenue* und *Gefährlich.*«

»Na ja, immerhin hast du dafür dann deinen Oscar gekriegt!«

»Als Trostpreis!«

»Bist du denn nie zufrieden?«

»Verdammt noch mal, mit dir kann man nicht reden. Du hörst nur richtig zu, wenn du vor deiner albernen Tanzkapelle stehst und den Taktstock schwingst. Dann siehst du immer richtig glücklich aus.«

»Das kommt daher, daß ich da der Musik zuhöre und nicht dir.«

»Du – du ...« Bette blickte sich nach etwas um, das sie nach ihm werfen konnte.

»Auf dem Sessel liegt ein Kissen«, sagte er freundlich.

Sie verschränkte die Arme vor der Brust und funkelte ihn wütend an. »Harmon Oscar Nelson ...«

»... Junior ...«

»Ich hoffe nur, deine gottverdammte Krankheit ist tödlich.«

»Liebste, wie oft hast du mit George Brent geschlafen?«

»Nicht oft genug, du mieser Kerl!« Sie packte ihren Regenmantel, den sie vorher über die Stuhllehne geworfen hatte, und mit einer – wie sie hoffte – hochdramatischen Geste verließ sie die Kabine, nicht ohne die Tür hinter sich zuzuknallen.

Draußen blieb sie stehen, um die Tränen der Wut und der Reue wegzuwischen, die ihr in die Augen stiegen. Sie manövrierte sich mühsam in den Regenmantel und strebte zum Oberdeck. Als sie im Freien war, kramte sie in ihren Taschen, voller Hoffnung, dort eine Schachtel Zigaretten zu finden, hatte aber kein Glück. Sie merkte, daß dichter Nebel sie umhüllte. Das Nebelhorn des Schiffes dröhnte melancholisch, als sie ans Geländer trat. Bette unterdrückte ein Frösteln und begann wieder an ihre Zukunft zu denken.

Bette Davis. Schauspielerin. Star unter Vertrag bei den Warner-Tyrannen. Schauspielerin. Eine verdammt erfolgreiche Schauspielerin, obwohl ihre Chancen nicht gut gewesen waren. Vor sechs Jahren war sie vom Broadway nach Hollywood gekommen. Am Broadway hatte sie in einem Stück von Myron Flavin einiges Aufsehen erregt, aber in Hollywood hatte Carl Laemmle, Jr. (der Sprößling des Moguls, der Universal Pictures beherrschte und Bette unter Vertrag genommen hatte) taktlos bemerkt: »Sie ist etwa so sexy wie Slim Summerville.« Summerville war ein großer, schlacksiger Schauspieler mit einem traurigen Hundegesicht. Universal Pictures wurde sie schnell wieder los, und sie mußte irgendwelche Billigfilme machen, um nicht zu verhungern – bis George Arliss sie für die Rolle seiner Partnerin in *Der Mann, der Gott spielte* holte. Er sah etwas in ihr, das nur wenige erkannten. Er begriff, daß sie keine typische Naive war, keine Dutzendware, nein, sie war ein Unikat. Sie hatte Stil, sie trug ihre Dialoge knapp und ohne Schlenker vor. Sie war wie eine frische Brise. Arliss überzeugte Jack Warner, sie unter Vertrag zu nehmen, und ein paar Wochen später war aus der braunen Maus eine blonde Diva geworden, die eine große Zukunft vor sich hatte.

Aber stimmte das denn wirklich? War Ludovico Toeplitz tatsächlich ihre Zukunft in England? Der fünfundvierzigjährige italienische Produzent hatte ihr fünfzigtausend Doller für die Hauptrolle in *Ich gehe meinen Weg* angeboten, einem Film über eine amerikanische Erbin, die hofft, sich in Europa einen Ehemann aus königlichem Hause zu angeln. Ham hatte gefragt: »Was veranlaßt dich zu denken, daß dieses Drehbuch besser ist als diejenigen, die Jack Warner für dich bereithält?«

Der Gedanke an diese Bemerkung brachte sie gleich wieder in Rage. Die Filme, die Jack ihr anbot! *Gerechtigkeit der Berge,* mit der Rolle einer Hinterwäldlerin, die des Mordes angeklagt ist – oder war es Hexerei? *Gottes erwähltes Land* – als Holzfällerin oder so was Ähnliches.

»So ein Mist! Mist, Mist, Mist!« schrie sie wütend in den Nebel.

»Ich kann nichts sehen!« ertönte von links eine melodische Stimme.

»Oh!« stöhnte Bette. »Haben Sie mich erschreckt!«

»Entschuldigen Sie vielmals – das wollte ich nicht. Aber als Sie gerufen haben: ›Mist! So ein Mist!‹, da habe ich gedacht, Sie sehen etwas auf dem Wasser und war furchtbar neidisch.« Die Dame trat näher. »Hier draußen habe ich das Gefühl, ich brauche einen Stock, einen Blechnapf und einen Blindenhund. Ach, jetzt sehe ich Sie. Aber natürlich – Sie sind doch die Filmschauspielerin! Man hat mich im Speisesaal auf Sie aufmerksam gemacht. Wie geht es Ihrem Ehemann? Ich habe gehört, er liegt seit dem Panamakanal krank im Bett.«

»Ja, er liegt immer noch im Bett, und er ist ein Scheusal. Pardon. Das hätte ich nicht sagen sollen. Er ist eigentlich sehr nett, wenn man Typen wie ihn mag. Sie wissen also, wer ich bin. Da sind Sie mir einen Schritt voraus.«

»Ich bin Nydia Tilson«, antwortete die Dame freundlich, »und ich frage mich ständig, warum ich diese entsetzliche Nußschale gebucht habe – ich hätte doch mit dem Zug nach New York fahren und mich dann auf der *Bremen* oder der *Normandie* verwöhnen lassen können!«

»Ich weiß, was Sie meinen, aber ich finde die *Duchess of Bedford* ganz angenehm. Ich wollte eine lange Seereise machen. Es ist ... es ist mein erster Urlaub seit Jahren.«

Nydia Tilson zündete sich eine Zigarette an. Bette klang wie der halbverhungerte Oliver Twist, der um eine zweite Portion beim Essen bettelt, als sie sagte: »Sie haben sicher keine Zigarette übrig?«

»Ach, du liebe Zeit, wo sind denn meine Manieren geblieben? Das kommt von zwei Wochen Hollywood.« Nydia Tilson hielt ihr Feuerzeug an Bettes Zigarette. Noch nie im Leben hatte sie jemanden so gierig inhalieren sehen. Womöglich stammte die Schauspielerin von einem Drachen ab.

»Jetzt geht's mir schon besser. Vielen Dank!«

»Ganz egoistisch finde ich, da wir nun schon ein Gespräch angefangen haben, sollten wir es nicht gleich wieder beenden. Es ist Teezeit. Möchten Sie eine Tasse mit mir trinken? Hier gibt es richtigen, echten britischen Tee.«

»Im Gegensatz zu richtigem, unechtem britischem Tee?« fragte Bette trocken.

»In Hollywood gab es weder echten noch unechten«, antwortete Nydia.

Bette folgte ihr in den Schiffssalon, wo bereits mehrere Passagiere Tee tranken und Rosinenbrötchen, Kuchen und winzigkleine Sandwiches – Butter und Gurke auf Schwarzbrot – verspeisten.

Im hell erleuchteten Salon hatte Bette endlich Gelegenheit, ihre neue Bekannte eingehend zu mustern. Als erstes fiel ihr der makellose Teint auf. Als Nydia das Tuch abnahm, das sie um den Kopf gebunden hatte, bewunderte Bette ihre gepflegte Frisur. Die Dame trug einen schlichten Rock mit Bluse, darüber einen lose fallenden Pullover. Nachdem sie den Tee bestellt hatten, unterhielten sich die beiden Frauen über allerlei unwichtige Dinge, bis sie schließlich auf das Thema Londoner Hotels zu sprechen kamen.

»Ich wohne im Savoy«, erzählte Bette.

»Oh, sehr hübsch«, meinte Nydia. »Das Savoy liegt an der Themse. Sie müssen darauf bestehen, daß Sie ein Zimmer mit Blick auf den Fluß bekommen. Da haben Sie nämlich eine wunderbare Aussicht. Zum Hotel gehört eines unserer besten Restaurants, das Simpson in der Strand – im Gegensatz zum Simpson in der Piccadilly. Das Simpson in der Piccadilly ist ein Kaufhaus, in dem sich Fortnam und Mason befindet. Da gibt es wunderbare Ice-cream-Sodas, falls Sie Heimweh bekommen sollten – was wahrscheinlich ziemlich schnell der Fall sein wird. Außerdem befindet sich in dem Hotel das Savoy Theatre. Dort wurden die Operetten von Gilbert und Sullivan uraufgeführt, deshalb nennt man die Leute, die in den Stücken auftreten, ›Savoyarden‹. Ich komme mir ja schon vor wie ein wandelnder Baedeker! Wahrscheinlich langweile ich Sie schrecklich.«

»Nein, keineswegs. Ehrlich. Ich war noch nie im Ausland. Ich weiß ein bißchen etwas über England, vor allem über London, weil es in Hollywood eine große britische Kolonie gibt.«

»Ich weiß, ich habe die meisten bei einem Empfang von Marion Davies in ihrem Strandhaus in Malibu kennengelernt.«

»Ich bin beeindruckt! Das Haus befindet sich übrigens in Santa Monica.«

»Was ist der Unterschied? Nichts als Sand und Seitensprünge.«

Bette lachte. »Sie haben in zwei Wochen ganz schön viel mitgekriegt!«

»Es waren zwei sehr lange Wochen. In der Zeit zwischen den Séancen habe ich mich sehr gelangweilt.«

»Zwischen den Séancen? Sie haben an Séancen teilgenommen?«

»Oh, entschuldigen Sie, meine Liebe. Mein Name sagt Ihnen nichts.«

Bette geriet selten aus dem Konzept, aber jetzt war einer dieser Momente. »Wenn Sie jetzt sagen, Sie sind eine internationale Berühmtheit, springe ich über Bord. Ich muß zugeben, wenn ich nicht gerade Drehbücher oder die Filmnachrichten studiere, lese ich so gut wie nichts.«

»Mehr als verständlich, meine Liebe. Sie sind Schauspielerin, und das wiegt viele Sünden auf.« Rasch fügte sie hinzu: »Und ich meine das keineswegs herablassend. Ich habe eine Tante, die Schauspielerin ist – inzwischen ist sie alt und gebrechlich, wenn sie in meiner Abwesenheit nicht gar das Zeitliche gesegnet hat. Eine entzückende ältere Dame. Früher war sie sehr schön und sehr populär. Und sie hat auch zugegeben, daß sie nichts gelesen hat, außer Stücken und Theaterzeitschriften. Gelegentlich hat sie's auch mal mit einem Rezept versucht, aber meistens sehr schnell wieder aufgegeben, weil sie es einfach nicht richtig kapierte. Aber lassen wir das – ich bin Nydia Tilson. Ich bin ein weltbekanntes Medium. Ich halte nicht mehr so häufig Séancen ab wie früher, und zwar aus dem wunderbaren Grund, daß mein reicher Gatte, der vor fünf Jahren von uns gegangen ist, so freundlich war, mir ein geradezu unanständig großes Vermögen und einen sehr charmanten Liebhaber zu hinterlassen. Ich hoffe, er ist immer noch charmant, wenn ich wieder in London bin.«

Bette staunte, daß die Frau nach so kurzer Bekanntschaft schon derart offen mit ihr sprach, und das sagte sie auch.

Nydia lächelte. »Sie haben eine helle Aura über Ihrem Kopf. Ihre Aura umgibt Sie nicht, sondern sie schwebt über Ihnen. Auf Deck habe ich das deutlich gesehen, selbst im Nebel. Diese Aura zeichnet Sie als etwas ganz Besonderes aus.«

»Ich fühle mich nicht als etwas Besonderes.«

»Aber natürlich tun Sie das! Warum würden Sie sonst um Ihr professionelles Überleben kämpfen wollen? Ich habe es in der Zeitung gelesen, und da hätte ich Ihnen am liebsten ein ermunterndes ›Bravo!‹ zugerufen. Es ist höchste Zeit, daß mehr Vertreterinnen unseres Geschlechts für unsere Rechte kämpfen. Ich applaudiere Ihnen von Herzen, Bette Davis, und freue mich, daß ich jetzt Gelegenheit dazu habe, Ihnen das zu sagen.«

Der Tee kam, und nachdem sie sich eingegossen hatten, begann Bette: »Ich frage mich ...«

»Ja?«

»Wir kennen uns erst so kurz – darf ich Sie trotzdem fragen, ob Sie mir helfen würden, ein möbliertes Haus zu finden? Ehrlich gesagt, ich kann mir das Savoy nicht allzu lange leisten, und wenn ich tatsächlich so lange hier bleiben werde, wie ich annehme, dann hätte ich gern eine eigene Küche. Ich kenne nicht viele Leute in England und ...«

»Meine Liebe«, unterbrach Nydia sie, ohne sich zu entschuldigen. »Es könnte sein, daß Sie Glück haben. Ich weiß nämlich von einem Haus, das demnächst frei wird. Es ist ein wunderhübsches altes Gebäude in St. John's Wood, in einer Straße namens Blenheim Terrace. Blenheim Terrace ist eine Sackgasse. Das Haus gehört einem guten Freund von mir, und im Nachbarhaus lebt eine Freundin. Sie ist ein ausgesprochen lieber Mensch, wirklich, eine Schriftstellerin. Sie ist entsprechend exzentrisch und ißt ständig Äpfel, aber sie ist ein sehr netter Mensch. Der Besitzer des Hauses, das ich für Sie im Auge habe, ist übrigens ein weltberühmter Archäologe.«

»O Gott. Vermutlich habe ich von dem auch noch nie etwas gehört.«

»Das ist fast anzunehmen. Oder kennen Sie einen gewissen Virgil Wynn?«

»Wenn ich zugebe, daß ich ihn nicht kenne, bleiben wir dann trotzdem Freundinnen?«

Nydia lachte. »Blättern Sie denn nie den *National Geographic* durch?«

»O doch! Bei meinem Zahnarzt im Wartezimmer!« Bette trank einen Schluck Tee und fuhr dann fort: »Was bringt einen Menschen wohl dazu, in alten Gräbern herumzuschnüffeln? Diese Orte sind doch bestimmt feucht, muffig und deprimierend.«

»Und ganz nebenbei enthalten sie unbezahlbare Schätze.«

»Die dann den Archäologen gehören?« Bette wartete die Antwort nicht ab. Nydia würde sich mit dieser ärgerlichen Angewohnheit abfinden müssen. »Gehören die Sachen nicht dem Land, in dem sie ausgegraben wurden?«

»Theoretisch schon.«

»Juristisch gesehen nicht?«

»Na ja, die Archäologen und die zuständigen Behörden spielen eine Art Ringelreihen miteinander. Ein Teil der Beute wird einem regionalen Museum zugeteilt. Damit beschwichtigen sie ihre Schuldgefühle. Ein paar gute Stücke kriegen die Beamten selbst, die sie dann an Sammler weiterverkaufen, normalerweise zu einem sehr guten Preis.«

»Das ist Bestechung«, wandte Bette ein.

Nydia zuckte die Schultern. »Wer reich werden will, darf nicht naiv sein.«

»Sehr gut. Muß ich mir merken.«

Nydia setzte ihre Lektion »exotischer Diebstahl« fort. »Ein großer Teil der Funde wandert in die Museen. Das Britische Museum ist voll mit gestohlenen Schätzen. Und schließlich behält ein kluger Archäologe, der weiß, was ein Pfund wert ist, ein paar der besten Stücke für sich selbst.«

»Gehe ich richtig in der Annahme, daß Virgil Wynn auf diese Weise seinen Reichtum erworben hat?«

»Suchet, so werdet ihr finden. Virgil ist außerdem ein sehr kluger Investor. Er hat mir ein paar nützliche Tips gegeben.«

»Ich hoffe, unsere Freundschaft gedeiht so weit, daß Sie mir welche weitergeben!« meinte Bette eifrig.

»Wie begeistert Sie klingen.«

»Ich kann einfach nicht mit Geld umgehen. Sechzehnhundert Dollar in der Woche klingt nicht übel. Aber nachdem ich meinen Agenten und meinen Manager bezahlt habe und meinen Finanzberater und die Haushaltshilfe muß ich noch eine Menge Geld ausgeben, um auszusehen wie ein Filmstar –« sie hielt kurz inne, um Luft zu holen – »was für eine traurige Situation!« Sie winkte dem Ober und bat ihn, ihr ein Päckchen Zigaretten zu bringen.

»Schmecken Ihnen meine nicht?« fragte Nydia.

»Oh, doch, natürlich, aber wie alle richtigen Raucher rauche ich lieber meine eigene Marke. Sind Sie sicher, daß Mr. Wynn mir sein Haus vermieten würde?« Wieder wartete sie die Antwort nicht ab. »Ich meine, die ganzen Schätze, die da rumstehen.«

»Jede Menge Wertgegenstände, überall im Haus, und wenn man erst sieht, was er im Keller hat! Machen Sie sich keine Sorgen, meine Liebe, er ist bestens gegen Diebstahl versichert.«

Nydia machte zum erstenmal Bekanntschaft mit Bettes amerikanischem Sinn fürs Praktische. »Ach, du lieber Gott. Und wer staubt das alles ab?«

»Er hat ein ganz besonderes Juwel«, erklärte Nydia lächelnd. »Nellie Mamby. Sie ist seine Haushälterin.

Außerdem tyrannisiert sie ihn, aber das merkt er nicht.«

Bette hatte sich schon eine Meinung über Nydia und Virgil Wynn gebildet. »Sind Sie sehr in ihn verliebt?«

Nydia seufzte. »Ich hatte recht – Sie sind etwas Besonderes. Sie können sehr gut kombinieren, stimmt's?«

»Ich bin ja auch ein Down Easter.«

»Ist das eine Organisation? Wie wird man da Mitglied?«

»Endlich etwas, wovon Sie noch nichts gehört haben. Wir nennen New England oft auch ›Down East‹. Ich bin in New England geboren. Also bin ich ein Down Easter – und stolz darauf.«

»Als Antwort auf Ihre Frage – falls Sie noch an einer Antwort interessiert sind ...«

»Selbstverständlich bin ich interessiert«, sagte Bette.

»Ich bin nicht sehr in ihn verliebt. Virgil ist kein Mann, der Leidenschaften weckt. Er ist um die Vierzig, attraktiv und wohlhabend, aber ich selbst bin ja auch sehr reich.«

»Und sehr attraktiv. Ich weigere mich allerdings zu schätzen, wie alt Sie sind.«

»Nur keine falsche Scheu. Ich bin ... äh ... siebenunddreißig ... oder so. Ach, was soll's.« Mit einer lässigen Handbewegung erklärte sie das Thema Alter für beendet und goß sich noch eine Tasse Tee ein. »Virgil ist ein Fels in der Brandung. Er ist zuverlässig. Und ausgesprochen goßzügig. Er unterstützt seine ganze Familie.« Sie erzählte Bette von Sir Roland, von Virgils Schwester Anthea und seinem Bruder Oscar.

»Da haben wir ja etwas gemeinsam«, meinte Bette und zählte an den Fingern ab: »Da sind meine Mutter, meine Schwester Barbara, außerdem Mildred, die Schwester meiner Mutter – und wenn mein Ehemann keine Aufträge hat, was häufig passiert, dann unterstütze ich auch ihn. Er ist ein aufstrebender junger Dirigent.«

»Warum ist er denn nicht zu Hause und strebt weiter?«

»Er wird bald daheim sein. Wir lassen uns scheiden.«

»Wie wunderbar, meine Liebe! Ich werde es überall bekannt machen, daß Sie wieder frei sind, und Sie werden sich vor Anträgen nicht retten können. Engländer haben eine Schwäche für Schauspielerinnen. Ich meine vor allem die reichen Engländer, und da gibt es ziemlich viele, die noch zu haben sind. Und diejenigen, die nicht mehr zu haben sind, lassen sich meistens auch umstimmen. Ja, ich kann an der Aura über Ihnen erkennen, daß Sie in London bestens zurechtkommen werden.«

»Haben Sie Erbarmen mit mir, Nydia. Ich bin noch nicht so weit, mich auf einen neuen Mann einzustellen.«

Mit einer Handbewegung wischte Nydia diesen Einwand ebenso beiseite wie vorher ihr Alter. »Das kommt schon wieder. Geben Sie Ihrem Gefühlshaushalt ein bißchen Zeit, sich zu regenerieren. Virgil kennt einige verfügbare Kandidaten. Nur schade, daß er wegfährt.«

»Nein, das ist überhaupt nicht schade! Ich möchte sein Haus haben.«

Nydias Miene wurde besorgt. »Ich hoffe nur, daß es ihm wieder bessergeht.«

»Ist er denn krank?«

Nydia zündete sich eine Zigarette an, während der Ober Bette eine Schachtel mit der von ihr gewünschten Marke überreichte. Bette öffnete das Päckchen. Nydia schlug die Beine übereinander. »Die Ärzte kommen nicht dahinter, was ihm fehlt. Weder sein Hausarzt noch die Spezialisten, die hinzugezogen wurden.«

»Welche Symptome hat er denn?« Bette war ehrlich interessiert, wenn auch aus egoistischen Motiven. Sie wollte schließlich nicht, daß Virgil aus Gesundheitsgründen nicht abreisen konnte. Sie würde dieses Haus mit derselben Beharrlichkeit verfolgen, mit der sie sich aus Jack Warners Fesseln zu befreien versuchte.

»Er leidet an Leibschmerzen, verbunden mit Appetitlosigkeit und Schwächeanfällen. Und der Ärmste ist ja so eitel! Sein Haar wird schütter, dabei haben die Wynns eigentlich alle so schönes, dichtes Haar.« So wie Nydia das erzählte, klang es nach einem Triumph der Kosmetikindustrie. »Aber das ist natürlich schon einige Wochen her. Vielleicht ist inzwischen alles wieder in Ordnung. Ich habe seit meiner Abreise nichts mehr von Virgil gehört. Er ist kein Briefeschreiber. Aber wenn er gestorben wäre, hätte ich das bestimmt in der Zeitung gelesen. Sie wissen ja, daß Virgil auf seinem Gebiet eine Koryphäe ist.«

Worauf Bette nur trocken bemerkte: »Ja, das ist deutlich zum Ausdruck gekommen.«

»Ich frage mich allerdings, ob es vielleicht doch stimmt, was man über den Fluch sagt.«

Das machte Bette neugierig. »Wie meinen Sie das?«

Nydia erzählte ihr, daß angeblich ein Fluch auf allen Grabräubern lag.

Bette war fasziniert. »Ich wollte, Jack Warner würde nach Ägypten reisen und ein Grab öffnen.«

»Das ist ziemlich unwahrscheinlich.« Nydia schwieg und starrte vor sich hin. Nach einer Weile sagte sie sehr ernst: »Virgils Vater, Lord Roland, glaubt, daß ein Fluch auf ihm lastet, weil er Königin Baramars Grab geöffnet hat. Diese Königin war anscheinend eher unbekannt und hat lange vor Christi Geburt regiert. Eigentlich ist Lord Roland ganz zufällig auf ihr Grab gestoßen. Im Tal der Könige hatte es ein Erdbeben gegeben.«

Da Bette ein verwirrtes Gesicht machte, erzählte Nydia ihr kurz die Geschichte des Tals der Könige.

»Also, jedenfalls gab es ein Erdbeben, und als der Staub sich wieder gesenkt hatte – voilá! Da stand Lord Roland vor einem Grab. Er war natürlich begeistert, obwohl es in seiner Mannschaft mehrere Todesfälle gegeben hatte. Selbstverständlich hatte er keine Ahnung, um wessen Grab es sich handelte, bis er hineinging und die Hieroglyphen an den Wänden entzifferte, die teilweise recht obszön waren.«

»Ach, wie amüsant!«

»Sie haben recht! Offenbar war Baramar ein ziemlich schamloses Flittchen. Sie war von Sex so angetan wie Ihre Eleanor Roosevelt vom Steptanz. Meine Liebe! Was für Stellungen sie sich ausgedacht hat! Lord Roland wollte ein Buch mit Abbildungen veröffentlichen, aber kein Verlag hat sich getraut. Die Kirche von England kann bei solchen Dingen schrecklich unangenehm werden. Roland machte ziemlich viele Penunzen ...« Wieder schien Bette verwirrt. »... Geld, meine Liebe, Geld! Indem er Repliken der Wände an zahlreiche zweifelhafte Etablissements überall in Europa und Asien verkaufte! Aber er hatte einen so ausschweifenden Lebensstil, daß er schon bald in Schulden ertrank. Inzwischen war Virgil bereits dabei, sich einen Namen zu machen. Er warf seinem Vater einen Rettungsring zu. Aber Roland hatte nie mehr Glück. Deshalb ist er jetzt ein entsetzlich verbitterter alter Mann.

Baramar machte Schlagzeilen, als Roland sie entdeckte, und Baramar hat ihm die Adelswürde verschafft. Aber seit König Tutanchamons Grab im Jahre 1922, also vor vierzehn Jahren, von Carter und Lord Carnarvon entdeckt wurde, gehört Roland eigentlich der Vergangenheit an.«

»Wie traurig.«

»Ja, das stimmt, denn er ist wirklich ein sehr anständiger Mensch. Eton und Cambridge.« In Bettes Ohren klang das wie ein Tanzduo, aber sie verkniff sich jeden Kommentar. »Er konnte keinen Penny für weitere

Expeditionen locker machen. Gelegentlich wird er zu Vorträgen eingeladen, und manchmal spricht er auch im Rundfunk. Sonst hätte er sicher schon längst den Verstand verloren.«

»Darf ich etwas fragen?« Bette rauchte eine Zigarette nach der anderen.

»Aber gern.«

»Hat Virgil denn nicht angeboten, seinen Vater finanziell zu unterstützen?«

»Virgil mußte seine Expeditionen selbst finanzieren – und muß es auch heute noch. Die amerikanischen Forscher haben meistens Verbindungen zu Museen und reichen Universitäten. Aber hier gibt es das nicht allzu häufig. Und jetzt wird das Geld noch knapper, da wir ja eine weltweite Krise haben.«

»Und was ist mit den Männern passiert, die den unaussprechlichen König ausgegraben haben?«

»Tutanchamon?«

»Ich bewundere es sehr, mit welcher Leichtigkeit Ihnen das über die Lippen kommt.«

»Liebe Bette, meistens sagt man einfach König Tut, wie bei ›tut-tut!‹.« Sie wedelte den Zigarettenrauch weg. »Auf Tuts Grab lag auch ein Fluch. Lord Carnarvon ist innerhalb eines Jahres gestorben. Er war ein großer Anhänger des Okkultismus und hielt sehr viel von Séancen und mystischen Symbolen. Ich versuche seit Jahren, mit ihm Kontakt aufzunehmen, aber er entzieht sich mir. Wahrscheinlich ist es ihm peinlich, wie er gestorben ist, und deshalb wagt er nicht, sich zu zeigen.« Sie beugte sich vor und meinte verschwörerisch: »Er ist an einem Mosquitostich gestorben.«

»Sie wollen mich auf den Arm nehmen, stimmt's?«

»Nein, ganz im Gegenteil. Hören Sie zu.« Nydia hatte Bettes ungeteilte Aufmerksamkeit. »Ein Wahrsager in Kairo warnte Carnarvon davor, noch länger im Tal der Könige zu bleiben. Also beschloß Carnarvon, nach London zurückzugehen. Aber wie das Leben so spielt – sein Partner Howard Carter versuchte mit allen Mitteln, ihn umzustimmen. Carnarvon hatte das Geld. Carter besaß keinen *Sou.*«

»Also zwang er ihn irgendwie, zu bleiben und die Expedition fortzusetzen.«

»Genau.«

»Und was ist dann passiert?«

Nydia freute sich, daß Bette sich so für ihre Geschichte interessierte. »Nach der Öffnung des Grabs wurden die beiden weltweit mit Ruhm überschüttet, und dann wurde Lord Carnarvon von einem Moskito gestochen.«

»Malaria?«

»Nein, es war eine ganz normale, eklige Stechmücke. Sie stach ihn in die Wange. Die Stelle entzündete sich, und es bildete sich eine Pustel. Beim Rasieren kam Carnarvon mit der Rasierklinge daran, und das Ding entzündete sich noch mehr. Und mit der Infektion kam ein Fieber, und das wurde lebensgefährlich. Sein Arzt behandelte die Infektion, oder jedenfalls dachte er das, aber Carnarvon wurde nicht gesund. Und jetzt kommt das Merkwürdigste: Ein paar Stunden vor seinem Tod ist er ins Kino gegangen!«

»Ach, wie schön!« Bette freute sich, daß Carnarvon Filme mochte.

»Er hat Rudolph Valentino in *Der Scheich* gesehen.«

»Welche Ironie des Schicksals!«

»Ja. Der Film spielt in Ägypten, und Ägypten hat Carnarvon das Leben gekostet.«

»Und was ist mit Howard Carter? Wie hat der Fluch ihn getroffen?«

»Er geriet in Vergessenheit. Das gleiche schreckliche Schicksal wie bei Lord Roland. Howard ist ein verschrumpelter alter Mann, der in einer Wohnung in den Albert Mansions lebt, gegenüber der Albert Hall. Ich habe gehört, er führt ständig Selbstgespräche.«

»Vermutlich hat er sonst niemanden, mit dem er reden kann.«

»Lord Roland besucht ihn gelegentlich, hat mir Virgil erzählt. Ich denke manchmal, es sollte ein spezielles Heim für alternde Archäologen geben.« Ihr Gesicht hellte sich auf. »Aber ich muß sagen – und ich habe das auch schon zu Virgil gesagt, der den Gedanken allerdings für völlig abwegig hält – ich finde die Vorstellung von einem Fluch sehr romantisch.«

»Ich finde sie eher gruselig. Wenn ich nur daran denke, bekomme ich schon eine Gänsehaut.«

»Meine Liebe, betrachten Sie einen Fluch einfach als Legende. Und Legenden können sehr romantisch sein!«

»Ich habe vor, eine Legende zu werden.« Bette verschränkte die Arme vor der Brust, und ihr entschlossener Gesichtsausdruck imponierte Nydia Tilson sehr.

»Die Aura über Ihrem Kopf sagt mir, daß Sie tatsächlich eine Legende werden.«

»Ich meine es ernst!«

»Ich auch.«

»Ich weiß, daß ich das besitze, was man braucht, um in meinem Beruf ganz nach oben zu kommen. Ich bin entschlossen, einen echten Oscar zu gewinnen.«

»Wer ist Oscar?«

»So nenne ich den Academy Award. Als mir meiner überreicht wurde, habe ich gesagt, er sieht aus wie mein Onkel Oscar, und das wurde überall auf der Welt zitiert.«

»Ich glaube, an Großbritannien ist das irgendwie vorübergegangen.«

»Nein, das kann nicht sein. Die ganze Welt weiß, was ein Oscar ist.«

»Wenn Sie das sagen, muß ich Ihnen natürlich glauben.« Freundin oder nicht – Nydia sah in Bette Davis eine Frau von ungeheurem Ehrgeiz. Und eine Frau mit dem notwendigen Durchsetzungsvermögen, um diesen Ehrgeiz zu verwirklichen. »Und was ist ein echter Oscar im Gegensatz zu einem normalen Oscar?«

»Haben Sie mich vor zwei Jahren als Mildred in *Der Menschen Hörigkeit* gesehen?«

»Absolut genial!« Das kam von Herzen.

»Für die Rolle hätte ich einen Oscar bekommen sollen«, sagte Bette erregt. »Aber nein! Ich bin ausgetrickst worden. Jack Warner zwang die Leute, gegen mich zu stimmen, damit ich gefügig bleibe und er mir weiterhin schlechte Rollen in schlechten Filmen geben kann und mir nicht mehr Geld bezahlen muß! Und ich bin bis 1942 vertraglich an ihn gebunden! Können Sie sich was Schlimmeres vorstellen? 1942!«

»Das Schicksal kann so grausam sein.«

»Also hat Jack mich gezwungen, *Gefährlich* zu drehen. Ich spiele eine alkoholkranke Schauspielerin, nach dem Leben der verstorbenen Jeanne Eagels.«

»Ich glaube, ich kenne diesen Namen.«

»Sie war sehr gut. Sie hat ein paar Filme gedreht, und dann hat sie sich 1929 zu Tode getrunken und gefixt.«

»1929 war für viele Leute ein schlechtes Jahr.«

»Mein Gott – ich habe bei dieser Rolle entsetzlich übertrieben. Und für diesen Mist hat man mir dann einen Oscar verliehen! Das war doch nur ein Trostpreis.«

»Sie dürfen nicht so streng mit sich sein, Bette. Ich bin sicher, Sie waren sehr gut, sonst hätten Sie die Auszeichnung nicht bekommen. Hollywood kann doch nicht so dumm und heuchlerisch sein.«

»Ha ha ha.«

Diese zynische Einstellung ließ Nydia lächeln. Sie mußte an ihre zwei Wochen in Hollywood denken. Davon mußte sie unbedingt Bette erzählen! »Die Séance, die ich für Marion Davies abgehalten habe, war auch ein einziger Witz. Marion wollte, daß ich mit dem Stummfilmregisseur Thomas Ince Kontakt aufnehme. Ince ist einem Gerücht zufolge vor vielen Jahren auf seiner Yacht von Hearst erschossen worden. Marion wollte, daß Ince endlich die Wahrheit sagt, nämlich, daß er an einem bösartigen Magengeschwür gestorben ist.«

»Konnten Sie mit Ince in Verbindung treten?«

»Nein. Anscheinend war er anderweitig beschäftigt. Aber einer der Gäste hat mir anvertraut, daß eure Klatschkolumnistin Louella Parsons den Mord beobachtet hat und als Gegenleistung für ihr Stillschweigen zu einer der einflußreichsten Frauen der Filmwelt gemacht wurde.«

»Die gute, alte Lolly. Ihr Ehemann ist Alkoholiker, ihre Tochter ist lesbisch, heißt es, und sie selbst ist inkontinent. Ruth Chatterton läßt sie nicht mehr zu sich ins Haus, weil sie immer Flecken auf dem Sofa hinterläßt und das Sofa jedesmal neu bezogen werden muß. Ruth war ein Star bei Warner Brothers. Vergangenes Jahr hat man sie fallen lassen. Sie ist zu alt, hieß es. Sie ist über vierzig.«

»Wie unerfreulich. Vielleicht haben die Warners Walter Pitkins Buch *Das Leben beginnt mit vierzig* noch nicht gelesen.«

»Hollywood-Produzenten lesen nichts, außer dem Kleingedruckten in den Verträgen.« Bette drückte ihre Zigarette aus. »Ich glaube, ich sollte jetzt wieder in meine Kabine gehen und mich wie eine Ehefrau benehmen – wenn auch wie eine, die kurz vor der Scheidung steht ... Nydia?«

»Ja, meine Liebe?«

»Ich weiß, es mag ein bißchen übereilt klingen, aber ich darf Sie doch als Freundin betrachten, oder?«

»Ich werde zwar keine Blutsschwesternschaft trinken, um es Ihnen zu beweisen – aber ich werde Sie von meiner Freundschaft überzeugen, Bette.«

»Wissen Sie, ich bin gerade dabei, zwei wichtige Trennungen in meinem Leben zu vollziehen, die Trennung vom Studio und die von meinem Mann, und erst langsam wird mir die Tragweite dieser Entscheidungen bewußt. Ich habe ein bißchen Angst.«

»Dazu besteht kein Grund. Ihre Aura wird Sie schützen.«

»Ich wollte, ich wäre so überzeugt von meiner Aura wie Sie.«

»Vertrauen Sie mir.«

Instinktiv spürte Bette Davis, daß sie Nydia Tilson tatsächlich vertrauen konnte.

Kapitel 2

Insgeheim bewunderte Bette Ham Nelson, weil er sich so tapfer bemühte, mit der Situation fertigzuwerden. Sie saßen beide in der Waterloo Station auf dem Bahnsteig, von dem in Kürze der Zug nach Southampton abfahren sollte. Es blieb ihnen nicht mehr viel Zeit, und Bette redete über Banalitäten, die mit jeder Minute banaler wurden. Hams Gepäck befand sich bereits im Zug, und er selbst wäre am liebsten auch schon dort gewesen. Der Abschied war zu schmerzhaft, und außerdem hatte er immer noch leichtes Fieber.

»Mein Gott, was für scheußliche Erinnerungen dieser Bahnhof in mir wachruft.« Bettes Hand beschrieb mit der Zigarette schnelle Kreise in der Luft.

»Du warst doch noch nie hier.« Ham rollte eine Ausgabe des *Tatler* zusammen und wieder auseinander.

»O doch! Bei einem der ersten Filme, die ich für Universal gemacht habe. Er hieß *Ihr erster Mann.*« Sie zog heftig an der Zigarette. »Mae Clarke hat die Hauptrolle gespielt. Aber sie hätten lieber mich nehmen sollen. Mae hat es nicht gepackt. Jimmy Cagney mußte ihr erst mal in *Der öffentliche Feind* eine halbe Grapefruit ins Gesicht drücken, bevor sie wenigstens ein bißchen bekannt wurde.« Bette warf die Zigarette auf den Boden und trat sie mit dem Schuh aus. »Ach, ich rede und rede wie ein Wasserfall. Warum sagst du nicht, ich soll den Mund halten?«

Ham ignorierte die durchaus berechtigte Frage. Schließlich war er ein Gentleman. »Ich freue mich, daß du Nydia Tilson kennengelernt hast. Wenigstens hast du jetzt eine Freundin hier, auf die du dich verlassen kannst.«

»Ja, das stimmt. Sie ist wunderbar.« Bette blickte auf ihre Armbanduhr. »Ich treffe sie in einer halben Stunde. Sie begleitet mich zu Virgil Wynn. Hoffentlich ist er mit mir einverstanden. Ich muß sagen, durch Nydia lerne ich sehr viel über Archäologie. Sozusagen nach dem Motto: Die Kunst währt ewig, doch kurz ist unser Leben.« Sie lachte nervös. »Na ja, etwas unpassend, diese Bemerkung. Aber vielleicht auch nicht – die Ägypter glauben doch an Wiedergeburt. Glaubst du auch, daß wir schon mal gelebt haben?«

»Hoffentlich nicht. Ich finde unser jetziges Leben schon schwierig genug.« Der Zug pfiff. Der Schaffner pfiff. Die Reisenden stiegen eilig ein und begaben sich in ihre Abteile. Ham fuhr zweiter Klasse, weil Bette wieder einmal ihrer praktischen Vernunft gefolgt war. Die Lokomotive stieß eine gewaltige Dampfwolke aus, und hinter Ham konnte Bette den Lokführer erkennen, der sich ungeduldig aus seiner Kabine herausbeugte, um zu überprüfen, ob endlich alle eingestiegen waren. Ham nahm Bette in die Arme und drückte sie an sich. »Laß dich nicht einschüchtern.«

»Versprochen.«

»Du bist eine Kämpferin, Liebling. Du bist Ruthies Tochter. Mach der Familientradition Ehre!«

»Das werde ich.«

Ham ließ sie los. Bette hoffte inständig, daß er nicht in Tränen ausbrechen würde. Er war so schrecklich sentimental. »Auf Wiedersehen – bis bald!« sagte er.

»Ich weiß nicht genau, wann. Der Verhandlungstermin ist erst am vierzehnten Oktober.«

»Verlaß dich auf Sir William.« Sir William Jowitt war Bettes außerordentlich teurer Anwalt.

»Bei seinen Honoraren bleibt mir gar nichts anderes übrig«, meinte Bette. »Wenn es mit dem Haus von Virgil Wynn klappt, telegrafiere ich dir die Adresse und die Telefonnummer.«

Er küßte sie auf die Wange und stieg schnell ein.

»Ham!« rief Bette. Er stand in der Tür und hoffte irgendwie, sie würde ihn bitten, nicht wegzufahren. »Ruf meine Mutter an, sobald du zu Hause bist, und lad sie zum Essen ein!« Der Zug setzte sich in Bewegung, und Bette versuchte mitzuhalten, während er nach und nach das Tempo beschleunigte. »Erzähl ihr vom Fluch der Ägypter. Das gefällt ihr bestimmt. Und von Nydia – aber da wird sie vielleicht eifersüchtig. Sie ist so besitzergreifend.« Jetzt wurde der Zug zu schnell. Bette blieb stehen und winkte. Der Zug und ihr Mann wurden immer kleiner. Bette zündete sich eine Zigarette an. Es fiel ihr gar nicht leicht zuzusehen, wie ihre Vergangenheit in der Zukunft entschwand. Langsam und nachdenklich verließ sie den Bahnsteig. Sie war mit Nydia Tilson in Virgil Wynns Villa verabredet. Als sie die Haupthalle der riesigen Waterloo Station durchquerte, um sich auf die Suche nach dem Taxistand zu machen, beschleunigte sie ihren Schritt. Ihre Gedanken überschlugen sich. Jack Warner. Sir William Jowitt. Ham Nelson. Nydia Tilson. Virgil Wynn. Allein in London. Eine endlose Schlange gerade angekommener Reisender wartete auf ein Taxi. Bette beschloß, es ein Stückchen weiter die Straße hinunter zu versuchen, und das war eine kluge Entscheidung. Sie nannte dem Fahrer die Adresse und lehnte sich in ihren Sitz zurück, während das Taxi zur Waterloo Bridge und in Richtung St. John's Wood losfuhr.

Zwanzig Minuten später stand sie vor einer Backsteinmauer, die sich über die ganze Breite der Blenheim Terrace entlangzog. Eine Sackgasse, wie Nydia gesagt hatte. Vorne links befand sich eine Tür aus massiven Holz, die zur Villa Wynn führte, während rechts ein schmiedeeisernes Tor den Zugang zu dem etwas weniger vornehmen Nachbarhaus bildete. Bette zog an dem linken Riegel. Die Tür öffnete sich quietschend nach innen. Ein langer, sehr kunstvoll mit Backsteinen ausgelegter Weg führte zur Eingangstür der Villa. Bette blieb einen Moment stehen und ließ den Anblick atmosphärisch auf sich wirken. Was für eine grandiose Villa, dachte sie. Vielleicht doch eine Nummer zu groß für sie. Wenn sie genug Leute kennen würde, könnte sie einen Ball geben, aber dafür standen die Chancen ziemlich schlecht. Auf beiden Seiten der Eingangstür befanden sich hohe Terrassentüren mit schweren Vorhängen. Die Vorhänge waren zugezogen, aber Bette sah, daß einer sich einen Spaltbreit öffnete. Sie wurde beobachtet, und das machte sie nervös. Mit Mühe widerstand sie der Versuchung, sich eine Zigarette anzuzünden, weil sie fand, daß es eher zu Jean Harlow gepaßt hätte, mit einer brennenden Kippe im Mundwinkel anzukommen. Der Garten war elegant und gepflegt. Nydia hatte ihr erzählt, hinter dem Haus befinde sich ein herrlicher Park mit Pflanzen und ägyptischen Statuen. Bette fragte sich, ob Virgil je in Betracht zog, in seinem eigenen Garten nach Schätzen zu graben. Vielleicht würde er ja etwas Interessantes entdecken, nicht nur einen Hundeknochen.

Ja. Sie war beobachtet worden. Die Tür öffnete sich langsam, von unsichtbarer Hand, wie in der Eingangssequenz eines Kriminalfilms, und Bette erwartete schon den dazugehörigen markerschütternden Schrei. Statt dessen erblickte sie eine hochgewachsene, gutaussehende Frau, mit aristokratischen, aber etwas strengen Gesichtszügen. Ihre Haltung war majestätisch, als gehöre sie zur königlichen Familie. Sie lächelte breit. Das ist sicher die Haushälterin, dachte Bette, aber von der lasse ich mich nicht einschüchtern! Also lächelte sie ebenfalls und fragte: »Sind Sie Nellie Mamby?«

»Nein, meine Liebe.« Die Frau reichte ihr zur Begrüßung die Hand. »Mamby ist in der Küche und macht Tee für uns. Ich bin Anthea Wynn, Virgils Schwester. Er hat mich gebeten, Sie zu empfangen. Nydia ist gerade gekommen, und die beiden sind im

Salon und plaudern. Ich wohne ganz in der Nähe, deshalb bin ich öfter hier.« Bette fand die Vorstellung wenig erheiternd. »Aber wenn Virgil abreist, werde ich wieder anfangen, Blankverse zu schreiben, die leider allzuoft aus blanken Stellen auf weißem Papier bestehen.« Sie gab etwas von sich, das wohl ein Lachen sein sollte. Bette folgte Anthea in die prächtige Eingangshalle. »Virgil geht es nicht gut, aber jetzt ist ja Nydia wieder hier, da fühlt er sich gleich etwas besser. Nydia, das werden Sie sicher bald merken, sorgt immer dafür, daß es den Leuten bessergeht.« Anthea deutete auf einen kunstvoll geschnitzten Stuhl. »Warum legen Sie Ihre Sachen nicht auf diesem Stuhl ab? Er stammt höchstens aus dem Jahr fünfzehn vor Christus.«

»Oh. Wie neumodisch.«

In diesem Moment hörten sie auch schon Nydias melodische Stimme: »Da sind Sie ja, meine Liebe. Wie schön! Kommen Sie mit zu Virgil, er brennt darauf, Sie kennenzulernen.« Anthea trat in die Tür zum Salon und bedeutete Bette einzutreten. Was für eine seltsame Person, dachte Bette. Nydia kam ihr mit ausgestreckten Händen durch den prächtigen Raum entgegen. »Oh, meine Liebe, wie wunderwunderschön, Sie zu sehen! Sie sind ein bißchen blaß um die Nase. War Waterloo Station ein derart traumatisches Erlebnis?«

»Nein, den Bahnhof selbst fand ich gar nicht so übel, das Traumatische war die Abreise meines Mannes. Sie sind also Virgil Wynn! Ich habe schon viel von Ihnen gehört.«

»Und ich versichere Ihnen, es stimmt alles.« Virgil küßte Bette die Hand.

Bette erschrak, als ihr Nydia heimlich zuzwinkerte. Dieser Mann sieht wirklich elend aus, dachte Bette – eingesunkene Wangen, dunkle Ringe unter den Augen, ungesunde, fahle Haut. Es schien ihr fraglich, ob er es bis zur Toilette schaffen würde – von Ägypten ganz zu schweigen. »Ich muß sagen, was ich bisher von Ihrem Haus gesehen habe, ist höchst imposant«, meinte sie betont fröhlich.

»Nun ja, das hat sich alles im Laufe der Jahre angesammelt«, erwiderte er bescheiden.

»Angesammelt! Sie bezeichnen das als Ansammlung?« Bette machte eine ausladende Handbewegung und hätte um ein Haar eine Tischlampe umgestoßen. »Das sind die Schätze von Xanadu!« Sie überlegte einen Moment. »Ist Xanadu richtig?«

»Natürlich ist Xanadu richtig«, sagte Nydia. »Kublai Khan und so weiter. Ah, da kommt Mamby mit dem Tee.«

Mamby schob einen Teewagen vor sich her. Die kleine Frau erinnerte Bette an die Charakterdarstellerin Una O'Connor, eine sehr gefragte Horrorfilm-Kreischerin. Virgil stellte sie Bette vor, und die beiden tauschten die angemessenen Höflichkeiten aus. Bette war sich ziemlich sicher, daß sie gut miteinander auskommen würden. Mamby stellte den Teewagen vor Nydia ab, die ausrief: »Oh, nein! Ich soll die Mutter spielen? Anthea, möchten Sie nicht lieber die Honneurs machen?«

»Ehrlich gesagt, nein. Ich möchte gern Bette ein bißchen näher kennenlernen. Meine Liebe, macht es Sie nervös, wenn ich Sie so anstarre?«

»Ich bin Schauspielerin, Miss Wynn. Miss Wynn ist doch korrekt, oder?«

»Es wäre mir lieber, Sie würden mich Anthea nennen. Und darf ich Bette zu Ihnen sagen?«

»›Bett-iiiie‹, nicht ›Bett‹«, korrigierte Bette. »Nydia sagt auch immer ›Bett‹. Aber ich spreche meinen Namen ›Bett-iiie‹ aus.«

»Ach, Gott«, seufzte Anthea. »Daran werde ich mich wohl nicht gewöhnen können. Wenn man den Namen ›Bett-iiie‹ ausspricht, schreibt man ihn doch mit ›y‹. Sonst sagen wir ›Bett‹, wie bei Balzacs *La cousine Bette.«*

»Es ist gerade anders als bei Irene Dunne«, entgegnete Bette. »Sie heißt nämlich nicht ›Airiiniiie Duniiie‹.« Sie glaubte Dolche in Antheas Augen zu sehen. Nydia goß Tee ein, und Mamby reichte die Tassen und bot Milch oder Zitrone dazu an.

»Ach, Bette, Sie dürfen sich nicht über uns lustig machen!« meinte Nydia mit einem verstohlenen Blick auf Virgil. Wie schlecht er aussieht! Er ist richtig abgemagert, seit ich nach Kalifornien gefahren bin, dachte sie. Bald ist er nur noch ein Skelett. Bestimmt stirbt er in Ägypten – wenn er es überhaupt noch bis dorthin schafft. Aber er muß unbedingt fahren, denn ich sehe, Bette hat eindeutig ein Auge auf sein Haus geworfen.

»Anthea, Sie wollten wissen, ob es mich stört, wenn Sie mich anstarren. Nun, Sie machen es derart diskret, daß es mich überhaupt nicht stört. Als Schauspielerin stehe ich ja ständig im Rampenlicht, und eigentlich erwarte ich sogar, daß man mich anstarrt. Ach, verdammt noch mal – das klingt so angeberisch. Ich will ganz ehrlich sein: Wenn ich in der Öffentlichkeit nicht mehr angestarrt werde, fange ich an, mir Sorgen zu machen. Virgil, Ihre Laufbahn ist bewundernswert. Ich wußte kaum etwas darüber, ehe ich Nydia auf dem Schiff kennengelernt habe. Sie ist ungeheuer stolz auf Sie.«

»Stimmt das, Nydia?«

»Selbstverständlich bin ich stolz auf dich!« antwortete Nydia. »Das weißt du doch ganz genau. Ich prahle immer damit, daß ich dich kenne. Und jetzt prahle ich damit, daß ich Bette Davis kenne. Ich kann mein Glück kaum fassen. Sind alle mit Tee versorgt?«

»Jawohl, Ma'am«, antwortete Nellie Mamby, die nun Kekse und kleine Sandwiches mit Schinkenpaste und dünnen Gurkenscheiben reichte.

Bette fröstelte plötzlich und hätte beinahe ihren Tee verschüttet.

»Was ist los, Bette?« erkundigte sich Nydia besorgt.

»Ich weiß es nicht«, erwiderte sie und stellte vorsichtig Tasse und Untertasse auf den Tisch. »Wahrscheinlich ist gerade jemand über mein Grab gegangen.« Sie merkte, daß alle ganz still wurden. »Lassen Sie mich erklären, das ist eine alte amerikanische Redewendung.«

»Ich nehme an, die älteren Amerikaner benutzen sie am häufigsten«, meinte Virgil.

Anthea trat ans Fenster und schaute hinaus, während sie ihren Tee trank. »Sie kann sich einfach nicht zurückhalten«, murmelte sie. Sie meinte Virgils Nachbarin, die gerade dabei war, in ihrem Garten die Büsche zu beschneiden, und zwischendurch immer wieder in einen Apfel biß, den sie dann auf einen kleinen Holzschemel legte, um weiterarbeiten zu können.

»Sie meint meine Nachbarin«, erklärte Virgil. »Mrs. Mallowan. Sie schreibt Bücher. Ihr Ehemann, Max Mallowan, ist ebenfalls Archäologe.«

»So ein Zufall!« rief Bette.

»Eigentlich ist es kein Zufall. Mein Vater und Max sind gut befreundet, also ist Max auch mein Freund geworden. Ich habe den beiden das Haus empfohlen und war höchst erfreut, als sie beschlossen dort einzuziehen. Sie sind äußerst angenehme Menschen. Max ist zur Zeit bei einer Ausgrabung in Mesopotamien.«

»Machen Sie denn je auch Forschungen hier in der Nähe?« fragte Bette neugierig.

»Ich bin leidenschaftlicher Ägyptologe. Genau wie mein Vater, der eigentlich schon im Ruhestand ist, wenn auch ungern.«

»Wenn er immer noch ausgraben möchte«, meinte Bette, »warum laden Sie ihn dann nicht zu Ihrer bevorstehenden Reise ein?«

»Ich habe ihn bereits gefragt, aber Sir Roland – mein Vater – interessiert sich nicht für die Ptolemäer. Während sie mich aus den fernen, geheimnisvollen Winkeln ihrer Grabkammern in ihren Bann geschlagen haben.«

Mamby entschuldigte sich. Vermutlich hatte sie keine Lust, sich zum hundertsten Mal einen von Virgils Vorträgen über die ptolemäischen Könige anzuhören. Bette hingegen interessierte sich brennend für dieses Thema. Virgil sprach langsam und bedächtig. Er war ganz in seinem Element. Und während er redete und redete, füllte Anthea immer wieder die Teetassen auf, und Nydia machte sich Sorgen, weil Virgil so furchtbar gebrechlich wirkte. Sie wollte ihn in die Arme nehmen und ihm versichern, er werde bestimmt bald wieder gesund und es gebe keinen ägyptischen Fluch. Außerdem hätte sie ihn gern gefragt, ob er Sir Roland tatsächlich gebeten hatte, ihn bei dieser Unternehmung zu begleiten. »Meine liebe Bette«, hörte sie Virgil jetzt sagen, »ich glaube, meine Erzählung hat sie gefesselt!«

»Das ist alles unglaublich spannend. Und für mich ist es ganz neu. Ich würde für mein Leben gerne mit Ihnen reisen!«

»Aber wer würde dann mein Haus übernehmen? Kommen Sie – Sie müssen noch den Rest besichtigen. Mit dem Kellergeschoß werde ich Sie nicht belästigen.«

»Oh, ich liebe Kellergeschosse! Vor allem, wenn es dort Schnäppchen gibt.« Als Virgil sie verblüfft anschaute, erklärte sie rasch, daß es in amerikanischen Kaufhäusern im Untergeschoß oft Wühltische mit Sonderangeboten gab.

»Was für eine hübsche Sitte!« mischte sich Anthea ein. »Ich wollte, so etwas hätten wir hier auch. Ich kaufe gern preisgünstig ein.«

Nydia versuchte Virgil einzureden, daß sie und Anthea Bette das Haus zeigen konnten, während er sitzen blieb, um seine Kräfte zu schonen, aber davon wollte er nichts wissen. Er war hingerissen von der

Filmdiva aus Hollywood, von ihren großen Augen und dem eigenwilligen Mund mit den herabgezogenen Winkeln. Von ihren abrupten, schnellen Gesten. Von der Art, wie sie mit einer brennenden Zigarette herumfuchtelte. So etwas wie sie gab es weder in England noch in Ägypten. Vermutlich nirgends auf der ganzen Welt.

Langsam schlenderten sie von Raum zu Raum, von Stockwerk zu Stockwerk. Es waren drei Stockwerke und insgesamt mindestens zwanzig Zimmer. Bette entschied sich für eine Zimmersuite im ersten Stock und erfuhr zu ihrer Überraschung, daß dort früher Anthea gewohnt hatte. Bette beglückwünschte sie zu ihrem ausgezeichneten Geschmack und wurde dafür mit einem Haifischgrinsen belohnt. Im Laufe der Besichtigungstour erfuhr Bette, daß Virgils Vater und sein Bruder Oscar ebenfalls hier im Haus gelebt hatten. Sie fragte allerdings nicht nach, warum der Vater und die beiden Geschwister jetzt ihre eigenen Wohnungen hatten. Bette ahnte, daß Virgil früher ein ziemlich attraktiver Mann gewesen sein mußte. Er besaß tadellose Manieren, seine Stimme hatte einen angenehmen Klang, und als er von Königin Baramar und ihren pornographischen Darstellungen sprach, empfand Bette eine wohlbekannte Unruhe, und sie fragte sich, ob sie ihren Ehemann nicht doch etwas übereilt weggeschickt hatte. Die Küche, so warnte Nydia, war Mambys Privatreich und wurde mit übertriebenem Besitzerstolz verteidigt. Betty nahm sich vor, Mamby möglichst bald beizubringen, daß sie ein Down Easter war und außerdem eine ausgezeichnete Köchin, insbesondere, wenn es um Schalentiere ging. Über ihre Muschelsuppe wurde nur mit Ehrfurcht gesprochen.

Nun war die Zeit gekommen, sich das Grundstück etwas näher anzusehen. Auch der Park hinter dem Haus war wunderbar gepflegt. Bette klatschte vor Begeisterung in die Hände. »Oh, ich werde jeden Tag hier spazierengehen, wenn ich nicht gerade mit meinem Prozeß beschäftigt bin. Aber wie können denn die Blumen und Stauden in diesem jämmerlichen Klima überhaupt gedeihen?« Ihre Bemerkung über das englische Wetter kränkte niemanden.

»London liegt in der Nähe des Golfstroms«, erklärte Virgil. »Das gilt natürlich für die ganze Region, und deshalb blühen und gedeihen die Pflanzen das ganze Jahr über. Großbritannien ist sehr grün. Vielleicht sollten Sie sich die Zeit nehmen und nach Cornwall fahren und von dort mit dem Schiff zu den Scilly Islands übersetzen. Da ist die Flora wirklich exquisit. So üppig wie in den Tropen. Meine Liebe, Sie zittern ja schon wieder. Ist es Ihnen zu kühl hier draußen?«

»Nein, überhaupt nicht. Wirklich nicht ...« Sie wollte ihm nicht sagen, daß sie gerade eine Vorahnung gehabt hatte. Sie hätte nur etwas ziemlich Kryptisches murmeln können, etwa: »Schwer, schwer umwölkt es meinen Kopf.« War es die bevorstehende Gerichtsverhandlung? Das erschien ihr eher unwahrscheinlich. Hatte es mit Nydia zu tun? Nein, Nydia war viel zu sehr damit beschäftigt, sich Sorgen um Virgils Gesundheit zu machen. Was war mit Anthea? Sie hatte etwas dumpf Bedrohliches an sich. Ihre unterwürfige Verehrung für ihren Bruder wirkte irgendwie ungesund. Vermutlich führte Anthea bei den Mahlzeiten und auch bei Einladungen und Empfängen den Vorsitz. Außerdem glotzte sie immer noch. Hoffentlich konnte sie nicht Gedanken lesen! Warum wohnten Anthea und die übrigen Familienmitglieder nicht mehr hier? Warum fand Bette das plötzlich so wichtig? Vielleicht, weil sie sich hier draußen im Freien so unwohl fühlte. Anthea hatte sich ein Kellergeschoß mit Schnäppchen gewünscht. Plötzlich wurde Bette bewußt, daß Anthea und die anderen ja finanziell von Virgil abhängig waren. Sie konnte nur hoffen, daß hinter seinem freundlichen, umgänglichen Äußeren nicht ein geiziger, hartherziger Mann steckte. Das hatte sie in Hollywood viel zu oft erlebt. Dort lagen fast allen Leuten finanziell abhängige Verwandte auf der Tasche. Bette Davis nicht ausgenommen.

Eine riesige Ligusterhecke trennte die Grundstücke der beiden Villen, und Mrs. Mallowan spitzte auf ihrer Seite der Hecke die Ohren, um mitzukriegen, was auf der anderen Seite gesprochen wurde. Sie erkannte die Stimmen von Virgil und Anthea und natürlich die von Nydia, denn Nydia war eine gute Freundin von ihr, aber die vierte Stimme blieb ihr ein Rätsel. Sie schnappte immer wieder etwas auf, was darauf hinwies, daß es sich um eine junge Schauspielerin handelte, um eine Filmschauspielerin, ja, um eine Filmschauspielerin aus Hollywood. Für die süße kleine Shirley Temple war die Stimme zu erwachsen. Für die Garbo oder die Dietrich – zwei Stars, die Mrs. Mallowan sehr verehrte – klang sie zu amerikanisch. Sie war auch nicht so elegant wie die Stimme von Constance Bennett, die, wie in der Zeitung gestanden hatte, momentan in London einen Film drehte. Am Ende der Ligusterhecke befand sich ein Tor, und Mrs. Mallowan überlegte, ob sie hingehen und sich mehr oder weniger aufdringlich einladen lassen sollte. Natürlich würde sie sich nicht dazu herablassen, ihren Nachbarn mitzuteilen, daß sie, während sie lauschte, wieder einmal eine ihrer häufigen Vorahnungen gehabt hatte, die meist sehr präzise und zutreffend waren. Sie hatte gehört, daß sich die Schauspielerin ganz entzückt darüber geäußert hatte, daß sie am kommenden Samstag in die Villa Wynn einziehen würde. Also war sie demnächst ihre Nachbarin. Sie klang recht vernünftig, und Agatha Mallowan mochte Schauspielerinnen. Sie war hingerissen von der Monologsprecherin Ruth Draper, die sie zu ihrem Buch *Der Tod des Lord Edgeware* inspiriert hatte. Insgeheim hielt sie Ruth Draper selbstverständlich nicht für eine richtige Schauspielerin. Sie war Monologsprecherin. Monologsprecher stehen auf der Bühne und führen Selbstgespräche, bei denen das Publikum zuhören darf. Agatha hörte, wie Nydia sagte, sie würde ›Bett‹ bei ihrem Umzug vom Savoy gern helfen.

Vom Savoy!

Das hieß, die Schauspielerin mußte Geld haben. Das Savoy war nicht gerade eine Blackpooler Absteige. Mrs. Mallowan stand nun an dem Tor und rief der Gruppe auf ihre liebenswürdigste Art zu: »Seh' ich recht – hallo, Nydia, sind Sie das?«

»Aber natürlich, Liebste. Wie geht es Ihnen? Ich wollte gleich mit meiner neuen amerikanischen Freundin, Bette Davis, bei Ihnen vorbeischauen.«

»Oh, natürlich!« rief Mrs. Mallowan ehrlich erfreut. »Jetzt erkenne ich sie. Meine Liebe, Sie waren einfach phantastisch in *Der Menschen Hörigkeit*. Und wie großartig Sie das Cockney hingekriegt haben!«

Nydia stellte die beiden einander vor, und Bette mochte die ältere Dame sofort. »Ich habe mir die größte Mühe gegeben, es richtig hinzukriegen«, erzählte Bette. »Es ist wirklich nett von Ihnen, daß Sie mich loben.«

»Ich versuche immer, freundlich zu sein. Nun, Virgil – Sie brechen tatsächlich wieder nach Ägypten auf?«

»Am Samstag morgen, liebe Freundin. Es geht wieder ins Tal der Könige.«

»Beneidenswert! Ich sehne mich danach, wieder einmal mit Max auf eine Ausgrabung zu gehen. Im Moment plane ich eine Geschichte, die in Ägypten spielt.« Und an Bette gewandt fuhr sie fort: »Ägypten ist ungeheuer faszinierend. Mysteriös – und schmutzig. Milliarden von Fliegen, meine Liebe, Milliarden. Und die Armut ist entsetzlich. Aber die Atmosphäre! Unvorstellbar! Die Sphinx. Die Pyramiden. Und der Nil mit den kleinen Schiffen und den Krokodilen. Ach, ich könnte endlos davon schwärmen. Virgil, Sie müssen vor Ihrer Abreise unbedingt noch bei mir vorbeikommen. Und ich verspreche Ihnen, ich werde Miss Davis eine gute Nachbarin sein – sofern sie nichts dagegen hat.«

Bette nahm Agathas Hand und drückte sie. »Mrs. Mallowan, ich brauche alle guten Nachbarn, die ich kriegen kann.«

»Sie müssen mich nachher mit Nydia besuchen«, sagte Mrs. Mallowan. »Ich werde uns einen Tee machen – es sei denn, Sie haben schon zuviel Tee intus. Dann werde ich Ihnen ein Glas Sherry anbieten. Oder vielleicht sind wir ganz frivol und nehmen einen Whisky zu uns.« Mit einem zufriedenen Lächeln entfernte sie sich vom Tor. Das habe ich sehr gut gemacht, befand sie und beschloß, sich mit einem Stück Dundee-Kuchen zu belohnen.

Bette und die anderen gingen zur Villa zurück. »Was für eine liebenswürdige Dame!« sagte Bette. »Heute muß mein Glückstag sein. Das Haus hier und eine so entzückende Nachbarin – was für ein Glücksfall!«

»Nun müßten noch die lästigen Einzelheiten hinsichtlich der Miete besprochen werden«, meinte Nydia.

Mit einer gewissen Schärfe in der Stimme wandte Bette ein: »Ist das nicht eine Angelegenheit, die Virgil und ich unter vier Augen erörtern sollten?«

»Da gibt es eigentlich keine lästigen Einzelheiten zu besprechen«, erklärte Virgil und wandte sich an Bette: »Zunächst einmal: Mellie Mamby erhält zehn Pfund in der Woche.«

»Viel zuviel«, protestierte Anthea mit einem verächtlichen Schnauben.

Bette rechnete im Kopf die zehn Pfund blitzschnell in fünfzig Dollar um. Fünfzig Dollar für eine Köchin und Haushälterin! Sie mußte an sich halten, um nicht zu rufen: »Aber das ist ja spottbillig!« Statt dessen sagte sie: »Damit bin ich einverstanden.«

Virgil lächelte. »Dazu kämen dann noch die Kosten für Telefon, Gas, Strom und Müllabfuhr. Und was die eigentliche Miete betrifft ...« Bette überkreuzte die Finger hinter dem Rücken. »... schätze ich mich glücklich, daß Sie in meiner Abwesenheit auf mein Haus und auf meine Schätze aufpassen wollen.«

»Bette!« sagte Nydia herzlich. »Da bleibt Ihnen ja der Mund offenstehen.« Antheas Kinnlade war ebenfalls heruntergeklappt, aber aus einem anderen Grund.

»Das kann ich unmöglich annehmen!« Bette war wirklich baff.

»Meine Liebe«, erwiderte Virgil, ohne zu merken, daß er wie Ronald Colman klang. »Machen Sie bitte keine Umstände. Der Gedanke, daß Nellie allein in diesem Mausoleum wohnen müßte, hat mich wirklich bedrückt.«

»Aber dein Haus ist doch kein Mausoleum!« zwitscherte Nydia. »Es ist ein wunderschönes altes Gebäude, und ich wollte, es gehörte mir!«

»Du hättest es haben können«, murmelte Virgil.

»Aber, aber, mein Lieber!« wies ihn Nydia zurecht. »Es ist gar nicht gut, daran zu denken, was hätte sein können. Nicht wahr, Bette?«

»Ich glaube fast, Sie können Gedanken lesen. Ich trage auch ein paar ›Was-hätte-sein-können‹-Geschichten mit mir herum.« Sie hoffte inständig, daß Ham mit seiner Kabine in der zweiten Klasse zufrieden war.

Nun meldete sich Anthea zu Wort. »Virgil, du siehst sehr erschöpft aus. Ich denke, du solltest jetzt deine Medizin nehmen und dich ein bißchen hinlegen.«

»Wie oft habe ich dir schon gesagt, du hättest Aufseherin in einer malayischen Plantage werden sollen?« entgegnete Virgil scharf. Und dann, an die beiden anderen Frauen gewandt: »Anthea ist manchmal sehr dominant, sehr herrschsüchtig. Ich finde das für eine Frau ziemlich unpassend.«

Woraufhin Bette dachte: Er sollte Gott danken, daß er nicht mit mir zusammenlebt.

In diesem Moment kam Nellie Mamby geschäftig ins Zimmer geeilt. »Es ist Zeit für Ihre Arznei und Ihren Mittagsschlaf!«

Bette begegnete Virgils Blick und sagte mit einem leisen Lachen: »Bald haben Sie das alles hinter sich.«

»Sehr richtig«, stimmte er ihr zu. »Hören Sie, Bette. Ich werde die Nacht von Freitag auf Samstag in meinem Club verbringen, um Ihnen nicht im Weg zu sein und um Nellie Gelegenheit zu geben, alles für Ihren Einzug am Samstag vorzubereiten. Ich treffe mich mit meinem Vater und ein paar Freunden zum Essen, und da bietet es sich an, auch dort zu schlafen. Mein Gepäck wird am Freitag nachmittag hier abgeholt. Ich freue mich sehr auf die Reise übers Mittelmeer. Ach, wenn ich nur an die friedvolle Atmosphäre denke!« Anthea warf ihm einen verdrossenen Blick zu, der Bette nicht entging. Virgil klang fast ärgerlich, als er an Nellie Mamby gewandt fortfuhr: »Ich bin in ein paar Minuten oben, Nellie. Sie brauchen nicht auf mich zu warten.«

»Wir sehen uns dann am Samstag morgen, Mamby.« Bette hoffte, daß es Mamby recht war.

»Ich freue mich schon sehr, Miss Bette«, erwiderte Nellie, wobei sie unüberhörbar »Bettiiie« sagte. Dann verließ sie den Raum gemessenen Schrittes.

Jetzt mischte sich Anthea ein. »Wenn Sie wünschen, Bette, könnte ich am Samstag morgen auch hierher kommen und Ihnen behilflich sein.«

»Sie brauchen sich nicht zu bemühen«, antwortete Bette rasch. »Nydia holt mich vom Savoy ab, und nachdem wir die Sachen hierher gebracht haben, gehen wir mit George Arliss Mittag essen.«

Davon hatte Nydia zwar noch nichts gewußt, aber sie war durchaus einverstanden. Sie war sehr zufrieden, daß Bette die anderen auf ihre Fragen antworten ließ, ohne zu unterbrechen und selbst zu antworten. Sie war stolz auf Virgil, weil er sich Bette gegenüber so großzügig verhielt. Sie hatte ihm erzählt, daß Bette etwas knapp bei Kasse war und auf jeden Penny achten mußte, aber sie hätte niemals erwartet, daß er ihr seine Villa praktisch kostenlos zur Verfügung stellen würde.

Dann verabschiedeten sich Bette und Nydia herzlich von Virgil und seiner Schwester, wünschten Virgil viel Glück und gute Besserung. Er begleitete die beiden Frauen noch bis zur Haustür, während Anthea im Salon zurückblieb, allein und in trübe Gedanken versunken.

Virgil blickte den beiden Frauen nach, die mit raschen Schritten den Backsteinweg zum Tor hinuntergingen, um nun noch Mrs. Mallowan zu besuchen. Er stand in der Tür, die Arme vor der Brust verschränkt. Seine Augen wurden feucht. Er wußte, daß er sie nie wieder sehen würde.

Vom Fenster ihres Empfangszimmers aus konnte Mrs. Mallowan beobachten, wie Bette und Nydia durch das schmiedeeiserne Tor traten. Sie mußte daran denken, mit welcher Sorgfalt Max es in dem Geschäft in der nahegelegenen Abbey Road ausgewählt hatte. Der gute Max. Hoffentlich nahm er die vom Arzt verschriebenen Salze gegen seine chronische Verstopfung regelmäßig ein. Wieder einmal, wie so oft am Tag, dankte sie dem Schicksal, daß sie Max Mallowan kennengelernt und daß er erfolgreich um sie angehalten hatte. Eine große Verbesserung gegenüber ihrem ersten Ehemann, Archibald Christie. Ob ihr wohl ein Psychiater erklären konnte, warum sie immer noch ihre Bücher unter dem Namen »Agatha Christie« veröffentlichte?

Agatha öffnete die Tür. »Ach, meine Lieben! Wie schön, daß ich Sie hier begrüßen darf. Und Sie ziehen nun also am Samstag morgen in die Villa Wynn ein, Bette?«

»Mit einem Seufzer der Erleichterung«, sagte Bette, während sie den Mantel ablegte und sich in einen Sessel sinken ließ.

Agatha klang sehr fürsorglich, als sie fragte: »Was darf es sein? Tee? Sherry? Scotch?«

Nydia saß auf dem Sofa. »Warten Sie doch noch einen Moment, Agatha, und setzen Sie sich zu uns.« Agatha nahm neben Nydia Platz. »Im Garten hat Sie irgend etwas bedrückt. Was ist los?«

»Ihnen entgeht aber auch nichts, Nydia«, meinte Agatha und wandte sich dann an Bette. »Sie wissen sicher schon, daß meine teure Freundin ein bedeutendes Medium ist – sie gehört zu den besten der Welt. Sie hat ein ausgesprochen feines Gespür für die Stimmungen anderer Menschen und ist so einfühlsam.«

»Ja, Gott sei Dank!« meinte Bette. »Während der Überfahrt hat sie mir des öfteren geduldig zugehört.«

»Auch sie hat noch etwas anderes gestört außer Virgils Schwester Anthea«, meinte Nydia nun zu Bette. »Bette bekam nämlich zweimal eine Art Schüttelfrost«, sagte sie erläuternd zu Agatha. »Jemand sei über ihr Grab gegangen, hat sie gesagt.«

»Niemand geht über Bettes Grab«, versicherte Agatha. Und zu Bette: »Sie werden ja sehr lange leben.«

»Hoffentlich nicht allein. Ich bin so ungern allein.« Bette hoffte, daß Gott sie hörte und sich alles merkte.

»In dem Punkt kann ich Ihnen leider nicht helfen, weil ich nicht mehr da sein werde, um Sie zu trösten. Ich bin mindestens zwei Jahrzehnte älter als Sie.«

»Was ist mit mir, Agatha? Was für eine Lebensdauer habe ich zu erwarten?« wollte Nydia wissen.

»Sie? Der Fels von Gibraltar? Sie muß man vermutlich im Grab festhalten!«

»Dann werde ich eine Feuerbestattung anordnen. Also gut, Bette – was hat Sie zum Zittern gebracht?«

»Ich weiß nicht, ob ich es richtig erklären kann. Vielleicht war es nur das Haus. Es ist schon sehr kalt und feucht.«

»Alle britischen Häuser sind kalt und feucht. Bei Virgil müßte das allerdings nicht so sein. Er ist nur ein bißchen sparsam mit dem Brennholz.«

»Das kommt sicher daher, daß er bei seinen Ausgrabungen soviel Zeit in heißem Klima verbringt«, meinte Nydia. »Deshalb ist es ihm recht, wenn in seinem Haus nicht geheizt wird. Sie müssen sich ein paar schöne warme Pullover kaufen. Bei Selfridge's ist gerade Schlußverkauf«, fügte sie ein bißchen boshaft hinzu. »Wir könnten dort vorbeischauen, nachdem wir mit Mr. Arliss gespeist haben.«

»Mr. Arliss? Sprechen Sie von George Arliss? Kennen Sie ihn?« fragte Agatha.

»Er ist ein guter Freund von mir«, antwortete Bette, »und ich habe ihn noch nicht besucht. Ich habe mich weder bei ihm gemeldet noch bei meiner Freundin Janie Clarkson, die ich aus meiner New Yorker Theaterzeit kenne. Aber bei ihr habe ich es auch nicht besonders eilig. Sie ist eifersüchtig auf meinen Erfolg.«

»Bette.« Nydia sprach den Namen sehr betont aus. »Warum haben Sie gezittert?«

»Ich hatte eine Art Vorahnung.«

»Aha!« Agatha sprang auf und begann im Zimmer hin und her zu gehen, die Hände hinter dem Rücken verschränkt. Sie wirkte höchst konzentriert, und es fehlte nur noch eine Meerschaumpfeife. »Ich hatte auch eine Vorahnung. Im Garten, ehe ich ans Tor gekommen bin und mich bemerkbar gemacht habe. Worum ging es in Ihrer Vorahnung, Bette?«

»Ich schwöre Ihnen, ich weiß es nicht.« Sie schwieg. »Das heißt – ich bin mir nicht ganz sicher.«

»Raus mit der Sprache«, befahl Nydia.

»Ich glaube, die Vorahnung hing mit Virgil zusammen. Ich hatte das Gefühl, ich würde ihn nie wieder sehen. Dabei möchte ich ihn so gern wiedersehen! Er ist ein schrecklich netter Mann. Nydia, wie konnten Sie sich den nur entgehen lassen?«

»Ich habe nicht viel Aufhebens darum gemacht, sehr zur Erleichterung seiner Schwester Anthea. Und was war mit Ihrer Vorahnung, Agatha?«

»Ich weiß, daß ich Virgil wiedersehen werde, weil er ja erst am Freitag das Haus verläßt, und das sind noch zwei Tage. Aber danach – da habe ich auch meine Zweifel. Machen Sie nicht so ein betroffenes Gesicht, Nydia. Sie sind doch eine kluge Frau, und Sie sind nicht blind. Virgil ist nicht allein. Der Tod ist sein ständiger Begleiter.« Agatha blickte die beiden anderen Frauen fragend an. »Begreifen Sie nicht? Er wird ermordet.«

Kapitel 3

»Er wird ermordet?« Bette war fassungslos.

»Vermutlich vergiftet. Ganz langsam. Es zieht sich schon über mehrere Monate hin. Sagen Sie, Nydia – wissen Sie, ob Virgil arsensüchtig ist?«

»Das weiß ich leider nicht.«

»Wie ist es mit Strychnin?«

»Auch da muß ich passen.«

»Kann man denn auch von Giften abhängig sein?« erkundigte sich Bette ungläubig. »Ich dachte, Gifte sind immer tödlich.«

»Liebe Bette«, meinte Agatha freundlich, »dann werde ich jetzt etwas zu Ihrer Bildung beitragen. In kleinen Dosen haben Arsen und auch Strychnin eine sehr beruhigende, euphorisierende Wirkung. Die gute alte Königin Victoria war beispielsweise von Arsen abhängig. Und sie ist ja bekanntlich steinalt geworden. Wahrscheinlich wurde das Gift von ihren Ärzten genau dosiert verabreicht, nachdem diese sich ihr eigenes Quantum genehmigt hatten – Ärzte sind häufig von irgendwelchen Substanzen abhängig. Es ist für sie so einfach, an den Stoff heranzukommen! Deshalb habe ich mich gefragt, ob Virgil vielleicht süchtig ist, Nydia.«

»Ach, dieser schreckliche Virgil. Es könnte durchaus sein. Er ist immer so verschlossen.«

Bette wandte sich an Agatha. »Stört es Sie, wenn ich rauche?«

Nydia antwortete für Agatha. »Nein, es stört sie nicht, und ich würde auch gerne rauchen. Aber ich sehe keinen Aschenbecher.«

»Sie werden gleich einen sehen«, sagte Agatha zuvorkommend. Sie ging zum Schrank, während sich jede der Damen eine Zigarette anzündete.

»Müßte nicht Virgils Hausarzt Bescheid wissen?« fragte Bette.

»Möglicherweise, aber er würde die Information sicherlich nicht preisgeben. Wissen Sie, wenn Virgil tatsächlich süchtig ist, wäre das ein Geheimnis zwischen seinem Arzt und ihm. Wie heißt sein Arzt eigentlich, Nydia?«

»Solomon Hubbard. Er kümmert sich auch um mich, wenn er mich finden kann. Er ist nämlich blind wie ein Maulwurf und absolut inkompetent.«

»Warum gehen Sie dann zu ihm?« fragte Bette verwundert.

»Damit ich nie irgendwelche unangenehmen Dinge zu hören kriege. Eigentlich ist er gar nicht übel. Er versorgt mich mit meinen Schlaftropfen, so wie er vermutlich auch Virgil mit Arsen oder Strychnin versorgt. Sehen Sie mich nicht so an, Agatha! Sie wissen doch, daß man die Sachen nicht ohne Rezept bekommt.«

»Das weiß ich sehr wohl. Aber man kann Pflanzenschutzmittel kaufen, und die sind sehr, sehr giftig. In England sind schon einige Leute mit Pflanzengift umgebracht worden. Wir haben nämlich ein Faible fürs Vergiften, Bette. Die Borgias mögen zwar die Meister in diesem Fach gewesen sein, aber wir Briten haben das Vergiften zur einer Kunstform verfeinert. Sowohl physisch als auch verbal«, fügte sie nachdenklich hinzu.

Nydia war inzwischen zum Telefon gegangen und wählte eine Nummer.

»Meine liebe Nydia, das ist sehr ungezogen von Ihnen!« bemerkte Agatha tadelnd.

»Ich rufe Solomon Hubbard an.«

»Fühlen Sie sich krank?«

»Nein, Agatha. Ich bin nicht krank. Ich möchte ihn nur fragen, ob er Virgil irgendwelche Gifte verschreibt.«

»Und Sie glauben, das sagt er Ihnen einfach so?«

»Er ist ein ehrlicher Mensch. Selbstverständlich sagt er es mir.«

Agatha ging zu Nydia, nahm ihr den Hörer aus der Hand und legte ihn wieder auf die Gabel. »Meine liebe Nydia, Sie wissen doch genau, daß Ärzte niemandem sagen dürfen, was sich zwischen ihnen und ihren Patienten abspielt.«

»Das stimmt«, warf Bette ein. »Das gehört zum hypokritischen Eid.«

»Zum hippokratischen Eid«, korrigierte sie Agatha. »Ich verwechsle die beiden Wörter auch manchmal.«

Bette lachte, hörte aber sofort wieder auf, weil sie sich den Ernst von Virgils Lage ins Gedächtnis rief. »Oh, mein Gott! Agatha! Nydia! Könnte es denn sein, daß Virgil sterben will?«

Agatha antwortete sehr ruhig, als legte sie jedes Wort auf die Waagschale. »Ich bezweifle es sehr, daß ein Mann, der gerade zu einer großen archäologischen Expedition aufbrechen will, gleichzeitig seinen Abschied von der Welt vorantreibt. Ich bin überzeugt, daß ihn irgendwo im Hinterkopf bewußt ist, daß er bald sterben wird, und vielleicht glaubt er, genau wie die alten Ägypter, die er so liebt, daß ihn ein neues Leben erwartet.«

»Wenn dem so ist«, meinte Bette mit ihrem angeborenen Sinn fürs Praktische, »sollte man ihn vielleicht mit einer Schaufel in der Hand begraben.«

Die drei Frauen begannen zu lachen, was sie als sehr wohltuend empfanden. Agatha goß Scotch in drei Wassergläser.

»Ob es wohl sein kann, daß Virgil an einer lebensgefährlichen Krankheit leidet?« fragte Nydia. »In Ägypten kann man sich leicht anstecken. Er hat mir erzählt, daß es dort sehr viele Seuchen gibt – ich kannte von den meisten nicht mal den Namen!«

»Wenn er wirklich krank wäre, hätte er Ihnen das doch bestimmt erzählt«, entgegnete Agatha.

»Mag sein. Aber Sie wissen ja, Virgil ist ein außergewöhnlich rücksichtsvoller Mensch. Möglicherweise wollte er vermeiden, daß die Menschen, die ihm nahestehen, sich Sorgen um ihn machen.«

»Außerdem ist er Brite«, ergänzte Bette.

»Was hat das denn damit zu tun?« fragte Nydia.

»Na ja – Haltung bewahren um jeden Preis und so weiter«, antwortete Bette prosaisch.

Agatha ärgerte sich. »Es werden so viele Vorurteile über uns verbreitet! Und ehrlich gesagt, meine lieben Freundinnen – ich glaube, daran ist hauptsächlich Hollywood schuld! Die tapferen, die unermüdlichen, die emotionslosen Briten. Die Sonne geht nie unter und der ganze Quatsch. Ich habe meinen Max schon oft weinen sehen, und Gott weiß, ich selbst weine auch genug. Und als Ihr Mann gestorben ist, Nydia, da waren Sie beim Begräbnis ein einziges Häufchen Elend – oder Sie haben einen Academy Award verdient.«

»Nein, das war echt«, meinte Nydia und nippte an ihrem Whisky. Bette überlegte, ob sie es wohl wagen konnte, um Eiswürfel zu bitten, verwarf den Gedanken aber sofort wieder. Mrs. Mallowan kam ihr nicht vor wie eine Frau, die Eis im Haus hatte. Überhaupt war Bette entsetzt darüber, daß es in diesem Land so schlecht bestellt war mit Kühlschränken. Sie hatte das schon in einem Artikel über Großbritannien gelesen, den ihre umsichtige Mutter aus der Zeitschrift *Liberty* ausgeschnitten hatte, um sie dazu zu bewegen, ihren Prozeß in einer etwas zivilisierteren Gegend der Welt zu führen. Bette hatte ihre Mutter darauf hingewiesen, daß die Engländer lange vor den Amerikanern eine zivilisierte Nation gewesen waren. Die Engländer hatten kalte Speisekammern, in denen sie ihre Lebensmittel aufbewahrten, und Bette wünschte sich sehr, sie würden Chefköche einfliegen lassen, die ihnen beibringen könnten, wie man ein gutes Essen zubereitete. Es müßte vor allem ein Gesetz gegen zu weich gekochten Rosenkohl geben, fand sie.

»Haltung bewahren um jeden Preis – du liebe Güte«, wiederholte Agatha. Dann: »Nun gut, wenn er nicht süchtig ist, dann vergiftet ihn jemand.«

»Lieber Gott – das meinen Sie doch nicht ernst!« rief Nydia entsetzt. »Wer sollte das denn sein?«

»Hercule Poirot mit seinen wunderbar funktionierenden kleinen grauen Zellen hätte da sicher seine Vermutungen. Und die gute Miss Marple wäre gerade drüben und würde nach Spuren der in Frage kommenden Gifte suchen.«

Bette riß die Augen auf. »Ich weiß zwar nicht, wer diese Leute sind – aber warum setzen Sie sich nicht mit ihnen in Verbindung?«

»Aber Bette!« Nydia machte ein belustigtes Gesicht.

»Was denn?« Bette zündete sich eine neue Zigarette an.

»Hercule Poirot und Jane Marple sind zwei meiner Romanfiguren. Äh – Sie haben doch sicher gehört, daß ich schreibe?«

»Selbstverständlich. Nydia hat es erwähnt. Oder Virgil.«

»Wenn ich es war, dann habe ich mich nicht deutlich genug ausgedrückt. Poirot und Marple sind detektivische Genies«, erklärte Nydia.

»Wenn diese Figuren Ihre Geschöpfe sind, warum fangen Sie nicht an, deren Fähigkeiten auf Virgils Fall anzuwenden?«

»Das tue ich schon seit Monaten. Ich habe damit begonnen, ehe Nydia in die Staaten aufgebrochen ist.«

»Dann haben Sie bestimmt schon jede Menge Hypothesen.« Bette trank einen Schluck Scotch, ohne den Blick von Agatha zu wenden. Zu Bettes Erstaunen nahm diese einen Apfel aus einer Obstschale und biß kräftig hinein.

»Ich kann am besten denken, wenn ich einen Apfel esse«, erklärte sie. »Das müssen Sie auch mal probieren.« Dann hing sie eine Weile ihren Gedanken nach, und die beiden anderen Frauen störten sie nicht dabei. Agatha blickte schließlich von einer zu anderen und legte die Reste des Apfels beiseite. »Hat eine von Ihnen schon einmal von Charles Wilson Peale und seinem Sohn Raphaelle gehört?« Bette und Nydia schüttelten den Kopf. »Nun, Bette, der ältere Peale war einer der Väter der amerikanischen Malerei. Am bekanntesten ist sein Porträt von George Washington.« Bette fragte sich, ob ihr Gesichtsausdruck wohl wiederspiegelte, wie hoffnungslos dumm sie sich fühlte. Wie ungebildet sie doch war! Alles Ruthies Schuld!

Agatha fuhr fort: »Aber einer seiner Söhne übertraf ihn noch. Er wurde als der beste amerikanische Stilleben-Maler seiner Zeit betrachtet. Und der ältere Peale wurde vom Neid regelrecht zerfressen. Er hatte ein interessantes Hobby, nämlich Taxidermie. Deshalb besaß er einen großen Vorrat an Arsen und Quecksilber, weil er diese Stoffe brauchte, um die Haut der Tiere zu präparieren, damit er sie ausstopfen konnte.«

»Oh, nein, nein, nein! Ich weiß, worauf Sie hinaus wollen.«

»Psst, Nydia – lassen Sie mich ausreden. Er brachte auch seinem Sohn bei, wie man Tiere ausstopft. Bald schon litt Raphaelle unter Magenbeschwerden, Ohnmachtsanfällen, Kopfschmerzen, und die Haare fielen ihm aus ...«

»Virgil hat so viele Haare verloren!« warf Nydia ein, aber Bette machte ihr ein Zeichen, ruhig zu sein.

»Raphaelles Zähne wurden locker, und er hatte immer wieder deliriöse Zustände. Aber das konnte man auch auf seinen exzessiven Alkoholkonsum schieben. Die Frage lautet hier: Hat William seinen Sohn systematisch vergiftet, weil die Eifersucht ihn wahnsinnig machte, oder hat Raphaelle selbst Gift genommen, weil er trotz Ruhm und Reichtum ein sehr unglücklicher Mensch war?«

»Wollen Sie damit sagen, daß Sir Roland Virgil vergiftet?« Bettes Stimme klang eine Oktave höher als sonst. »Wenn das stimmen sollte – wann hätte er denn Gelegenheit dazu?«

Nydia gab zu bedenken: »Nellie Mamby verehrt Sir Roland aus tiefstem Herzen.«

»Ich habe ihn ja leider noch nicht kennengelernt«, meinte Bette. »Deshalb habe ich keine Vorstellung, wie verehrenswürdig er ist.«

»Ich glaube, Virgil weiß ganz genau, daß er bald sterben wird. Er will unbedingt nach Ägypten reisen, um dort zu sterben. Ich wette, er hat längst mit seinem Anwalt die notwendigen Maßnahmen besprochen. Er weiß, daß er stirbt, und er weiß, wer ihn umbringt.«

»Warum sagt er dann nichts?« Bette war wieder einmal fassungslos.

»Er ist ein Gentleman«, erklärte Agatha schlicht. »Ein Gentleman vermeidet jeden Skandal. Zumindest lautet so der verrückte Ehrenkodex, nach dem unsere Oberschicht lebt. Mir könnte das nicht passieren – wenn mich jemand um die Ecke bringen wollte, würde ich Zeter und Mordio schreien!«

Bette konnte nicht widerstehen. »Hat Schneewittchen nicht von einem vergifteten Apfel gegessen, den ihr die böse Stiefmutter geschenkt hat?«

»Es gibt in unserer unmittelbaren Nachbarschaft keine bösen Stiefmütter«, antwortete Agatha. »Jedenfalls weiß ich von keiner. Und Schneewittchen war sowieso ein bißchen unterbelichtet.«

Nydia kippte ihren Whisky hinunter, um Fassung bemüht. »Ich bin fest entschlossen, Virgil auf diese Sache anzusprechen.«

»Bitte, tun Sie das nicht!« rief Agatha entsetzt. »Das nützt nichts. Er kann nicht mehr geheilt werden. Er ist schon zu krank. Vergessen Sie nicht, meine Liebe, ich habe früher als Krankenschwester gearbeitet. Ich habe schon viele Menschen in seiner Verfassung gesehen. Auch ihr Zustand war hoffnungslos. Virgil ist nicht mehr zu helfen. Glauben Sie mir! Wenn er weiß, daß es für ihn keine Hoffnung gibt, sollten wir ihn in Frieden gehen lassen. Würdevoll. In Ägypten.«

»Wenn er überhaupt noch dorthin kommt.«

»Ich hoffe es nicht für ihn«, sagte Agatha. »In dem warmen Klima werden keine sehr guten Obduktionen gemacht.«

»Das kommt mir alles so unwirklich vor!« stöhnte Bette. »Als wäre ich nie von Hollywood weggegangen.«

Agatha füllte die Gläser auf. »Es ist leider sehr wirklich. Sie sind nicht in Hollywood. Irgendwo im Haushalt der Wynns lauert ein Mörder. Aber früher oder später wird dieser Mörder einen Fehler machen und sich verraten – und dann wird das Verbrechen aufgedeckt und Virgil gerächt werden.«

Bette schlug die Beine übereinander und stemmte die Hände in die Taille. »Sind Sie schon einmal auf den Gedanken gekommen, meine Damen, daß wir die nächsten Opfer sein könnten, wenn der Mörder herausfindet, daß wir ihm auf der Spur sind?«

»Ich glaube, wir sind in Sicherheit«, erklärte Agatha optimistisch. »Aber es gibt vielleicht andere, die in Gefahr schweben. Trotzdem können wir im Moment nichts tun, als die Entwicklung der Ereignisse abwarten. Nydia, wollten Sie Virgil vor seiner Abreise noch einmal besuchen?«

»Nein. Er will sich bis zu seiner Verabredung am Freitag abend zurückziehen.«

»Das ist gut. Warum gehen Sie beide heute abend nicht ins Kino? Am Leicester Square läuft der entzückende neue Film mit Jessie Matthews. *Immer wieder Liebe.* Ich finde sie so reizend, obwohl sie nicht besonders begabt ist. Ich habe den Film neulich nachmittags gesehen.« Mit ihrem dünnen Sopran begann sie tapfer zu singen: »It's love again, it's love again ...«, brach dann jedoch abrupt ab. »Den Rest habe ich vergessen, Sie können sich freuen.«

Eine Stunde nachdem Bette und Nydia sich verabschiedet hatten, rief zu Agathas großem Erstaunen Virgil an und fragte, ob er kurz vorbeikommen könne. Agatha wußte, daß er sie mochte, wenn auch nicht als Mrs. Mallowan, sondern weil sie die berühmte Agatha Christie war. Virgil war in Bezug auf Ruhm und Reichtum ein schrecklicher Snob. Das erklärte auch, warum es ihm Vergnügen bereitete, Bette sein Haus mietfrei zu überlassen. Virgils Mutter Mabel hatte kurz vor ihrem Tod einen der besten Londoner Salons geführt. Einladungen zu ihren Treffen waren heißbegehrt gewesen. Als die Familie Wynn noch unter einem Dach gelebt hatte, war es durchaus nichts Ungewöhnliches gewesen, daß sich bei Mabel in der Villa neben Agathas Haus die Prominenz versammelte: der geniale Schauspieler Gerald Du Maurier und seine Töchter Daphne und Angela, zwei vielversprechende junge Schriftstellerinnen, Noel Coward und Gertrude Lawrence, Winston Churchill und seine Tochter Sarah, die von einer Laufbahn im Musiktheater träumte und eine Affäre mit Vic Oliver hatte, einem beliebten Orchesterdirigenten, den sie später auch heiratete. Auch der Herzog von Windsor gehörte zu den Gästen, lange vor seiner berühmt-berüchtigten Liaison mit Mrs. Wallis Warfield Simpson, über die Mabel sagte: »Man sollte sich nie mit einer Frau einlassen, deren Kopf zu groß ist für den Rest ihres Körpers.« Virgil genoß die Berühmtheit seiner Mutter, aber Sir Roland fand das ganze Getue eher unerfreulich. Diese prominenten Leute kamen, um seine Ehefrau zu hofieren, nicht ihn. Sein Stern war schon verblaßt. Einmal war er zutiefst erschüttert gewesen, als er am Eingang stand und Lloyd George ihm seinen Mantel reichte, weil er ihn für den Butler hielt.

All das erzählte Virgil Agatha, als er sie besuchte, und Agatha fragte sich, ob sie ihm lieber ein Glas Whisky oder einen Sarg anbieten sollte. Aber er wollte nur reden. Er erzählte von Mabel, als müßte er sich irgendwie rechtfertigen. »Ich habe immer das Gefühl gehabt, Sie haben etwas gegen mich, Agatha. Ich will nicht versuchen, Sie umzustimmen. Natürlich wäre es mir lieber, Sie würden mich mögen, denn ich bewundere Sie sehr, wie übrigens meine ganze Familie sie bewundert, besonders meine geliebte Mutter.«

»Ihre Mutter war sehr töricht«, sagte Agatha unverblümt. »Sie lebte nur für zwei Dinge. Für sich selbst und für Sie, ihren Sohn. Als ihr Mann ihre Liebe und ihr Verständnis gebraucht hätte, weil sein Ruhm dahinschwand, distanzierte sie sich von ihm, sonnte sich gleichzeitig egoistisch im Ruhm ihres Sohnes und wollte davon profitieren. Ich begreife bis heute nicht, warum sie Selbstmord begangen hat.«

»Das versteht niemand. Solomon Hubbard hatte vielleicht recht. Hubbard ist unser Hausarzt.« Agatha nickte, um ihm zu zeigen, daß sie darüber informiert war. »Er meint, es war ein plötzliches mentales Trauma, das meine Mutter in eine schwere Depression stürzte, woraufhin sie eine Überdosis Schlaftropfen genommen hat. Ich weiß, daß sie sich sehr vor dem Älterwerden fürchtete.«

»Sie war nie besonders vernünftig«, meinte Agatha, und diesmal nahm Virgil seine Mutter nicht in Schutz. »Ich bin sicher, Sie haben das gemerkt. Wie verschwenderisch sie mit dem geringen Vermögen umgegangen ist, über das Ihr Vater noch verfügte! Diese luxuriösen, aber völlig sinnlosen Einladungen, ihre Versuche, Freundschaften zu kaufen, die nicht für Geld zu haben waren. Die Art, wie sie die Woolfs und diese entsetzliche Vita Sackville-West umworben hat! Verzeihen Sie, Virgil. Ich bin zu weit gegangen. Entschuldigen Sie bitte.«

»Genau deshalb mag ich Sie ja, Agatha. Sie sagen, was Sie denken, und das ist auch einer der zahlreichen Gründe, weshalb Max Sie anbetet. Agatha« – er faltete die Hände im Schoß – »ich werde bald sterben.«

»Ja, das weiß ich.«

»Es gibt keine Hilfe mehr für mich. Ich möchte auch nicht, daß mir geholfen wird. In meinem Testament bin ich nicht so grausam zu meinem Vater und meiner Schwester und meinem Bruder, wie meine Mutter es damals war. Mehr möchte ich dazu nicht sagen. In diesem schrecklichen alten Haus stecken ungeheure Reichtümer.«

»Am Freitag sind Sie schon nicht mehr dort.«

»Mein Geist wird noch dort sein. Das weiß ich.«

»Warum ist Ihnen das Haus so zuwider?«

»Wegen der schlimmen Dinge, die es meiner Familie und mir angetan hat. Es ist kein glückliches Haus. Deshalb sind die anderen ja auch nach dem Tod meiner Mutter ausgezogen. Ich habe sie nicht dazu gezwungen, wie die Gerüchte behaupten. Sie wollten weg. Wissen Sie, wir verstehen uns immer noch gut. Ich sehe Anthea jeden Tag.«

»Man kann ihr kaum aus dem Weg gehen«, bemerkte Agatha trocken.

»Wenn sie nur nicht an dieser furchtbaren Sucht leiden würde.«

Agatha richtete sich auf. »An welcher Sucht? Arsen?«

Virgils müde Augen funkelten plötzlich wieder. »Sie spielt. Wie kommen Sie auf Arsen?«

Agatha fühlte sich ertappt und trug hastig ihre Thesen zur Arsen- und Strychninsucht vor, in der Hoffnung, daß Virgil sich dazu äußern würde, aber er sagte kein Wort dazu. Doch das, was er sagte, fand Agatha ebenfalls sehr interessant.

»Agatha, wissen Sie, Anthea hat bei mehreren privaten Clubs Schulden. Ich habe diese Schulden bezahlt. Aber sie wird sich wieder verschulden. Und ich werde nicht mehr da sein, um sie zu unterstützen. Die Ärmste. Sie braucht fachmännische Unterstützung, genau wie mein Vater und mein Bruder, wenn es darum geht, über meine Privatsammlung zu entscheiden. Ich möchte Sie bitten, Ihren Mann zu fragen, ob er meine Familie beraten könnte.«

»Ich versichere Ihnen, daß er Ihren Verwandten beistehen wird, so gut er kann.«

»Was die Bezahlung angeht …«

»Lassen Sie den Unsinn. Sie wissen genau, daß Max darauf niemals eingehen würde. Er ist Ihr Freund. Er ist der Freund Ihres Vaters. Gibt es sonst noch etwas?«

»Ich bin entsetzlich müde.«

»Warum läßt mich das Gefühl nicht los, daß Sie noch etwas auf dem Herzen haben?«

Sie hatte den Eindruck, daß er lächelte, war sich aber nicht ganz sicher. »Was es auch sein mag«, sagte er, »ich bin sicher, Sie werden es auf Ihre unnachahmliche Art herauszufinden versuchen, auch wenn ich beschließe, es Ihnen nicht mitzuteilen.«

»Wenn das eine Aufforderung sein soll, nehme ich sie gerne an, und wenn es eine Herausforderung ist, dann erst recht.«

»Ich wollte, wir wären enger befreundet gewesen. Mein Gefühl sagt mir, daß mir viel entgangen ist.«

»Ich glaube, Sie haben oft an den falschen Stellen gegraben. Wenn Sie als Archäologe nicht so stur gewesen wären, hätten Sie vielleicht Ihren Vater, Ihre Geschwister und die liebenswerte Nydia besser kennengelernt.«

»Es hat vermutlich wenig Sinn, wenn ich gestehe, daß ich erst jetzt langsam begreife, daß meine Mutter mir im Weg stand.«

»Und als sie nicht mehr lebte, war es bereits zu spät, um die Gräben zu überbrücken. Die arme Mabel. Sogar mit ihren Liebhabern hatte sie Pech.« Agatha hielt abwartend inne. »Sie sind nicht schockiert? Wußten Sie Bescheid?«

»Mabel war nie besonders diskret.« Virgil erhob sich und ging zur Tür. Dort drehte er sich noch einmal um. »Aber Gott ist mein Zeuge – ich habe meinen Vater immer geliebt. Deshalb bin ich in seine Fußstapfen getreten. Nur hat das Schicksal es leider nicht gut mit uns gemeint.«

»Vielleicht ist es ja ebenso seine Schuld wie die Ihre. So ein halsstarriger alter Narr. Er sollte mit Ihnen auf diese Reise gehen.«

»Ich glaube, er denkt, daß ich gar nicht bis Ägypten komme. Er weiß, daß ich bald sterbe. Alle wissen es.« Fast heiter fügte er hinzu: »Vermutlich gibt es niemanden, der nicht weiß, daß ich sterbe.« Agathas Herz setzte für einen Schlag aus. Sie wußte, daß er ihr noch mehr erzählen wollte. Aber er verabschiedete sich, und zum erstenmal, seit sie ihn kannte, ließ sie ihn ungern gehen. Sie hoffte, er würde ihr vielleicht doch noch verraten, wer ihn vergiftete, aber der eigensinnige Kerl hatte offenbar beschlossen, bis zum bitteren Ende ein Gentleman zu bleiben. Die Tür fiel ins Schloß. Virgil war gegangen. Agatha sah ihre Aufgabe deutlich vor sich. Nydia Tilson und Bette Davis würden ihr bestimmt dabei helfen, wie die kleinen Elfen des Santa Claus. Aber zuerst würde sie sich an die kalte Lammkeule in der Speisekammer machen. Lecker und blutig, genau wie sie es mochte.

Kapitel 4

Der Samstag morgen war trostlos und grau, wie sich das für einen Herbsttag in England gehört. In der Villa Wynn, in Bettes Zimmer, das eigentlich eine Suite war, saßen Bette und Nydia und tranken Kaffee, der ziemlich bitter schmeckte, weil zuviel Zichorie beigemischt war. Nellie Mamby packte geschäftig Bettes Koffer aus und verteilte den Inhalt ordentlich auf die verschiedenen Schränke und Schubladen.

»Hoffentlich finde ich noch etwas wieder, wenn sie fertig ist«, murmelte Bette.

»Keine Sorge – es wird schon gutgehen.« Nydia schaute auf ihre Armbanduhr. »Virgil ist jetzt schon unterwegs. Sein Schiff hat vor zwei Stunden abgelegt. Tja – es hat wenig Sinn, sich um ihn Sorgen zu machen. Wir werden es früh genug erfahren, wenn ihm etwas zustößt.«

»Aber wissen wir es denn nicht längst?« Bette flüsterte wieder. »Dieser Kaffee schmeckt gräßlich!«

»Das kommt von der Zichorie«, erklärte Nydia.

»Von der Zichorie? Zichorie im Kaffee? Wie grauenhaft! Nur gut, daß Ruthie nicht hier ist. Sie haßt nichts so sehr wie Zichorie. Zichorie, nein, Zimt, ja.«

»Schluß mit dem Kaffee!« Nydia erhob sich. »Wir haben hier einiges zu erledigen. Wir müssen Inventur machen, meine liebe Bette, Inventur. Agatha besteht darauf, daß wir das Haus vom oben bis unten katalogisieren – Max zuliebe, damit er den anderen Familienmitgliedern mitteilen kann, wieviele Schätze sich hier befinden. Damit sich alle gierig die Hände reiben können. Vorausgesetzt, Virgil vermacht ihnen tatsächlich alles. Aber das wird er sicher tun, und sei es auch nur, um sein Gewissen zu erleichtern.«

»Glauben Sie denn, es belastet ihn so sehr, daß er das Vermögen seiner Mutter geerbt hat?«

»Ja, ich weiß es sogar ganz genau – er hat es mir selbst erzählt. Deshalb unterstützt er die andern auch finanziell.« Die beiden Frauen gingen die breite, mit dicken Teppichen ausgelegte Treppe zur Bibliothek hinunter, wo sie mit der Inventarisierung beginnen wollten. Nydia fand nämlich, daß die Bibliothek der freundlichste Raum im ganzen Haus war.

»Ich wollte, Agatha wäre in Bezug auf Virgils Besuch ein bißchen gesprächiger gewesen«, meinte Nydia. »Es kann doch nicht sein, daß er nur vorbeigekommen ist, um sie zu bitten, Max zu bitten, der Familie bei der Inventarisierung der Wertgegenstände zu helfen. Erwartet er, daß Max und Agatha jedes einzelne Stück mit einem Preisschild versehen, wie bei einer Auktion?«

Da kannte Bette sich aus. »Bei einer Auktion werden die Sachen nicht mit einem Preisschild versehen, Nydia. Es wird ein Ausgangspreis genannt, und dann wird geboten. Preisschilder gibt es in Kunstgalerien, aber man kann immer versuchen zu handeln. Mein Gott, Nydia, waren Sie denn noch nie auf einer Auktion?«

»Doch, doch. Sogar sehr häufig. Ich werde Sie möglichst bald zu Sotheby's mitnehmen. Aber ich biete nie.«

Bette riß erstaunt die Augen auf. »Nicht einmal für etwas, das Sie gerne hätten?«

»Für die Sachen, die ich gern hätte, kann man selten bieten«, meinte Nydia mit leisem Spott in der Stimme. Bette folgte ihr in die Bibliothek.

Nydia schrie laut auf. Bette blieb wie angewurzelt stehen.

Virgil Wynn saß an seinem Schreibtisch und starrte sie an. Mit leblosen Augen – aber man hatte trotzdem das Gefühl, er würde etwas sehen. Seine Hände umkrampften noch die Armlehnen, wie im Todeskampf.

In dem Augenblick hörten die beiden Frauen hinter sich eine Stimme. »Meine Spezialität. Eine Leiche in der Bibliothek.« Es war Agatha. Nydia und Bette starrten sie fassungslos an. »Die Eingangstür stand einen Spaltbreit offen, da bin ich einfach hereingekommen.« Agatha hatte einen Strauß mit Blumen aus ihrem Garten im Arm, und in dem kleinen Einkaufsnetz, das an ihrem Arm baumelte, befanden sich Äpfel, eine Packung Salz und ein Laib Brot.

»Oh, Agatha! Wie kaltblütig!« Bette war empört.

»Warum kaltblütig? Er ist doch eindeutig tot. Was allerdings nicht leicht zu verstehen ist – warum sitzt er hier an seinem Schreibtisch? Warum befindet er sich nicht auf dem Dampfschiff nach Ägypten? Nehmen Sie doch bitte diese Blumen und legen Sie sie irgendwo hin. Nicht zu nahe bei der Leiche, sonst denken die Polizisten noch, wir nehmen den Tod nicht ernst. Oder vielleicht, wir nehmen das Leben nicht ernst? Na egal, jedenfalls wäre es ein schlechtes Omen. Und das ist für Sie, Bette – Äpfel, Salz und Brot. Das soll Ihnen hier im Haus Glück bringen. Wenn es dafür nicht schon zu spät ist.«

Die drei hatten gar nicht bemerkt, daß Nellie Mamby inzwischen in die Bibliothek gekommen war. Deshalb erschraken sie ziemlich, als Nellie mit Grabesstimme verkündete: »Es ist der Fluch!«

»Nein, es ist kein Fluch«, erklärte Bette mit ihrer berühmten Kommandostimme. »Der Mann hier ist tot, und ich glaube nicht an so etwas wie einen Fluch. Rufen Sie bitte die Polizei, danach können Sie die Familienangehörigen informieren.«

Agatha war näher an die Leiche herangetreten und inspizierte sie sachkundig. An Bette gewandt meinte Nydia: »Was für ein unerfreulicher Einstand für Sie. Ich hoffe, das verleidet Ihnen nicht das ganze Haus, oder?«

»Wenn ich keine Miete bezahlen muß? Sind Sie verrückt?«

Sie sahen beide zu Agatha, die sich die Hände rieb wie ein Bankräuber, der sich daran macht, einen Safe zu knacken. Sie konnten hören, wie Nellie Mamby im Flur telefonisch der Polizei die Situation schilderte. Bette stemmte die Hände in die Hüften und sagte mit strenger Stimme zu Nydia, der die Tränen in den Augen standen: »Brechen Sie mir jetzt bloß nicht zusammen, mein Fels von Gibraltar.«

Nydia schniefte und lächelte mühsam. »Ich kann es mir einfach nicht vorstellen, daß ich nie mehr mit ihm speisen werde! Er war ein unglaublich charmanter Gastgeber.«

»Wie ich vermutet habe«, verkündete Agatha. »Alle Anzeichen deuten auf eine Arsenvergiftung.«

»Sollten Sie nicht warten, bis der Gerichtsmediziner ihn untersucht?« fragte Bette.

»Ich bin genauso gut wie ein Gerichtsmediziner«, antwortete Agatha hoheitsvoll. »Das heißt, ich bin besser, um ganz ehrlich zu sein. Und außerdem – was verstehen Sie von Gerichtsmedizinern?«

»Ach, meine Liebe, wenn Sie für Warner Brothers spielen, sind Sie umzingelt von Gerichtsmedizinern. Ich habe sogar schon mal eine Leiche für sie gemimt. In einem blöden Film mit dem Titel *Nebel über Frisco.*«

»Ach, wie hübsch. Sämtliche Symptome einer Arsenvergiftung. Der Zustand seiner Fingernägel, seine bleiche, ungesunde Haut.«

»Er war immer so schön sonnengebräunt«, murmelte Nydia traurig.

»Damit ist jetzt wohl Schluß«, entgegnete Bette, die Agatha noch immer fasziniert zuschaute.

»Ihre Beobachtung war zutreffend, Nydia«, verkündete Agatha.

»Welche?« Sie fragte sich, warum Virgil nicht wenigstens kurz zum Leben erwachte und Agatha für ihr unhöfliches Herumfingern zurechtwies. Es war eine wirklich makabre Form der Belästigung, fand Nydia, obwohl sie sich nie getraut hätte, das laut zu sagen, jedenfalls nicht in Anwesenheit der furchteinflößenden Mrs. Mallowan.

»Daß er an Haarausfall litt.« Agatha nahm einen Bleistift vom Schreibtisch und lüftete ein kleines Haarteil, damit die anderen es sehen konnten. »Sehr kunstvoll an der Kopfhaut befestigt. Der arme Mann, er war ungeheuer eitel.«

»Er sah ja auch sehr gut aus«, verteidigte ihn Nydia.

»Ich müßte jetzt das Innere des Mundes betasten, aber dazu habe ich im Moment nicht die Nerven«, sagte Agatha. Bette und Nydia sahen aus, als fänden sie schon die Vorstellung extrem abstoßend. »Nun ja, das wird der Gerichtsmediziner tun müssen. Aber ich garantiere Ihnen, er wird feststellen, daß Virgils Zähne locker sind.« Agatha richtete sich auf und verzog das Gesicht, als hätte sie einen leichten Krampf im Rücken. »Mir graust es, wenn ich daran denke, wieviel Gift sich im Verlauf von Gott weiß welchem Zeitraum in seinem Körper angesammelt hat.«

Nellie Mamby kam wieder in die Bibliothek. »Die Polizei wird gleich hier sein. Aber von den Familienangehörigen ist keiner zu Hause. Wir müssen es ihnen später sagen.« Sie begann leise zu schluchzen. Bette ging zu ihr, legte ihr den Arm um die Schultern und versuchte sie zu trösten.

»Mein Gott! Was geht denn hier vor?« Das war Anthea. Merkwürdigerweise war sie von Kopf bis Fuß in Schwarz gekleidet.

»Haben Sie es geahnt?« fragte Bette.

Verwirrt antwortete Anthea mit einer Gegenfrage: »Wieso?«

»Virgil«, sagte Bette. Mehr als den Namen brauchte sie nicht zu sagen.

In diesem Moment entdeckte Anthea die Leiche. Sie stieß einen lauten Schrei aus. Agatha ging zu ihr, schloß sie in die Arme und sagte: »Beruhigen Sie sich, meine Liebe. Aber Sie und Ihre Angehörigen haben doch sicher bemerkt, daß es Virgil seit Monaten immer schlechter ging.«

»Ja, ja, aber jetzt, da es wirklich passiert ist, erscheint es mir völlig unbegreiflich!«

Bette sah, daß hinter Nellie Mamby zwei Männer die Bibliothek betraten. Vermutlich Sir Roland Wynn und sein Sohn Oscar, dachte sie. Beide hatten einen Blumenstrauß in der Hand. »Das ist ja geradezu unheimlich«, sagte Bette zu Agatha. »Anthea erscheint in Schwarz, und die Männer bringen Blumen.«

Mit eisiger Stimme erklärte Anthea: »Ich trage Schwarz, weil ich bei der Trauerfeier für einen alten Schulfreund war, der von der Straßenbahn überfahren wurde. Die Blumen sind für Sie, Bette.« Sie stellte ihren Vater und ihren Bruder vor, die Bettes Begrüßungsworte aber gar nicht hörten, weil sie nur Augen für den Toten hatten.

Agatha nahm die Situation in die Hand. »Bette und Nydia haben Virgils Leiche gerade eben entdeckt. Ich betrat etwa zur selben Zeit ins Haus. Vermutlich ist Virgil noch einmal hierher zurückgekommen, nachdem er mit Ihnen gespeist hatte. Ich nehme an, er hatte irgend etwas vergessen.«

»Ja, das stimmt«, bestätigte Sir Roland mit zitternder Stimme. »Er hat etwas von Notizen gesagt, an denen er gerade arbeitet und die er während der Reise weiterführen wollte.«

»Ich sehe gar keine Notizen auf dem Schreibtisch«, bemerkte Agatha.

Bette äußerte die Vermutung, daß er vielleicht vom Tod überrascht wurde, ehe er sie finden konnte. Agatha fragte Mamby, ob sie nicht gehört habe, wie Virgil nach Haus gekommen war.

»Nein, Mrs. Mallowan. Ich schlafe im hinteren Teil des Gebäudes. Dort ist es sehr ruhig.« Nach einer kurzen Pause fügte sie noch hinzu: »Ich schlafe außerdem wie ein Murmeltier.«

»Sie sehen gar nicht so aus!« meinte Agatha.

Anthea und Oscar steckten flüsternd die Köpfe zusammen. Sir Roland war an den Schreibtisch getreten und starrte wie gebannt auf seinen toten Sohn. Er bewegte die Lippen, brachte aber kein Wort heraus. Schließlich fragte er: »Agatha, wissen Sie, wer ihn umgebracht hat?«

Agatha und Bette tauschten kurze Blicke aus. Dann fragte Agatha zurück: »Sie denken, er wurde ermordet? Wie kommen Sie darauf?«

Mamby wisperte: »Es ist der Fluch, der Fluch!«

Sir Roland wandte sich ihr mit einer schnellen Bewegung zu. »Ich habe den sogenannten Fluch überlebt, genau wie Howard Carter und viele andere. Sie hören zu viele alberne Sendungen im Rundfunk!«

Agatha hakte noch einmal nach. »Roland, verdächtigen Sie denn jemanden?«

»Ich habe nicht die geringste Ahnung. Wir aßen gestern abend im Fouquet, und bevor er weggegangen ist, haben wir uns kurz unter vier Augen unterhalten, und da sagte er etwas wie, er werde umgebracht und wir würden uns nie wiedersehen. Dann faselte er noch irgendwelches albernes Zeug daher – ich möge ihm vergeben, daß er mir kein besserer Sohn war und so weiter.« Sir Roland berichtete dies mit erhobenem Haupt, und einen Augenblick lang glaubte Bette zu verstehen, was Mabel zu ihm hingezogen hatte. »Ich finde, er war ein großartiger Sohn. Ich war sehr stolz auf seine Errungenschaften und werde das bei der Trauerfeier auch zum Ausdruck bringen. Ich weiß, ich weiß. Alle Welt denkt, ich sei eifersüchtig, weil er mich in den Schatten gestellt hat.« Langsam ging er vom Schreibtisch weg und trat an das Fenster, von dem man auf den Garten hinterm Haus blickte. »Ich hatte nicht das Gefühl, daß das gegen mich gerichtet war, überhaupt nicht. Ich bin von meinem König für die Entdeckung von Königin Ramatah geehrt worden. Die gute alte Dame hat mich reich und berühmt gemacht. Ich werde meine Empfindungen noch detaillierter in meinen Memoiren darlegen.«

»Oh, gut, ich freue mich, daß Sie beschlossen haben, alles zu Papier zu bringen«, sagte Agatha. Bette fragte sich, ob er wohl noch eine Schreibfeder benutzte oder schon einen Füllfederhalter.

»Virgils Tod hat meinen Entschluß gefestigt. Es wird meine eigene Geschichte sein – und die meines Sohnes Virgil.« Er ging wieder vom Fenster weg. »Agatha, glauben Sie, Ihr Verleger hätte eventuell Interesse daran?«

Dieser alte Gauner, dachte Bette, und Nydia, die gerade etwas zu ihr sagen wollte, lächelte, als hätte sie Bettes Gedanken gelesen. Sie hörten beide, wie Agatha sagte: »Ich denke, er hätte größtes Interesse. Er hat eine Vorliebe für alles Alte. Schließlich veröffentlicht er auch meine Bücher.«

»Ach, kommen Sie!« rief Sir Roland. »Sie sind doch noch gar nicht so alt.«

»In Momenten wie diesem fühle ich mich sehr alt«, entgegnete Agatha. »Mein Verleger bringt Helen Grosvenors Autobiographie heraus.« Sie wandte sich erklärend an Bette und Nydia. »Helen Grosvenor ist eine sehr eigenwillige Frau, die darauf besteht, daß sie die Reinkarnation einer ägyptischen Prinzessin ist, und der Mann, mit dem sie nun schon seit Ewigkeiten zusammenlebt, ist angeblich ihr Geliebter aus dem Altertum, eine wieder zum Leben erweckte Mumie.«

Bettes Augen blitzten. »Den Film habe ich gesehen!«

Agatha war verblüfft. »Wie kann man einen Film über eine Geschichte drehen, die noch gar nicht veröffentlicht worden ist?«

»Tja – dann hat die Dame vermutlich den Film gesehen und die Idee gestohlen. Der Film hieß *Die Mumie.* Die Mumie selbst wurde von Boris Karloff gespielt und die wiedergeborene Prinzessin von Zita Johann.«

Agatha schien richtig betroffen. Mit leiser Stimme fragte sie: »Meine Liebe, dürfte ich einen der Äpfel essen, die ich Ihnen mitgebracht habe?«

»Bitte, bedienen Sie sich.«

Nun meldete sich Bruder Oscar zu Wort. »Ich werde ein Oratorium komponieren und es Virgil widmen. Wir müssen sein Andenken in der Welt lebendig halten.«

»Ja, tun Sie das nur, Oscar«, sagte Nydia. Sie wußte genau, falls Oscar dieses Oratorium je schreiben sollte, würde das Publikum aus nur einem Menschen bestehen, und dieser Mensch war er selbst. »Er ist absolut unmusikalisch«, flüsterte sie Bette zu. »Wahrscheinlich hört er in seinem Kopf wunderschöne Kompositionen, aber wenn er sie niederschreibt, werden daraus immer ohrenbetäubende Mißklänge.«

Nellie Mamby eilte aus dem Zimmer, da es an der Tür geklingelt hatte.

»Das muß die Polizei sein«, sagte Bette.

Draußen vor der Tür sagte Detective Inspector Howard Cayman zu seinem Assistenten Detective Lloyd Nayland: »In Kürze wird es hier von Presseleuten nur so wimmeln. Reporter und Fotografen werden auf dem gepflegten Rasen herumtrampeln. Virgil Wynn war nicht gerade ein unbekannter kleiner Wicht aus dem East End.« Er grinste. »Was hat die Haushälterin noch mal gesagt, als sie die Meldung machte?«

»So etwa: Virgil Wynn, der weltberühmte Archäologe, ist umgebracht worden, er sitzt an seinem Schreibtisch und ist steifer als ein Spazierstock, und seine Freundin Mrs. Mallowan nimmt an, daß hier etwas faul ist.«

»Wahrscheinlich der ganze Fall.« Er schnaubte. »Mrs. Mallowan vermutet, daß etwas faul ist – na, wunderbar! Wenn es etwas gibt, was ich bei Ermittlungen nicht ausstehen kann, dann sind es diese übereifrigen Klatschbasen, die sich ständig einmischen.«

In dem Moment öffnete sich die Tür.

»Sind Sie von der Polizei?« fragte Nellie Mamby.

»Haben Sie die Polizei gerufen?«

Nellie Mamby nickte.

»Na, dann sind wir hier wohl richtig.«

»Mrs. Mallowan meint, Sie würden auch noch einen Gerichtsmediziner mitbringen«, meinte Nellie und fragte dann Lloyd Nayland: »Sind Sie der Gerichtsmediziner?«

»Nein. Aber sehen Sie mal, da ist er schon!«

Nellie sah einen älteren, mittelgroßen Herrn mit einer Arzttasche auf sie zukommen. Er hielt seinen Bowler fest, damit der plötzliche Wind ihm den Hut nicht vom Kopfe blies. Nellie hatte keine Ahnung, ob ein Gerichtsmediziner normalerweise so aussah.

Inspector Cayman meinte leicht ironisch (er hatte öfter diese Anfälle von Ironie): »Das ist Mr. Ambrose MacDougal. Ich bin Inspector Cayman. Und dies hier mein Assistent, der auf den Nachnamen Nayland hört. Und nachdem ich nun als freundlicher und wohlerzogener Mensch den Regeln der Höflichkeit Genüge getan habe – würden Sie uns bitte netterweise zum *Corpus delicti* führen, womit ich den verstorbenen Virgil Wynn meine? Wir wollen uns nämlich unverzüglich an die Aufklärung des Verbrechens machen. Falls ein Verbrechen vorliegt.«

»Es ist ekelhaft kalt hier«, murmelte Ambrose MacDougal, »und ich habe keinen Mantel.«

Die kleine Gruppe, angeführt von Nellie Mamby, durchquerte die Eingangshalle zur Bibliothek, wobei einige passende und auch einige unpassende Bemerkungen über die ringsum zur Schau gestellten Schätze fielen. Inspector Cayman war sehr beeindruckt, während Nayland sagte: »Das ist ja ein gottverdammtes Museum.«

»Warum auch nicht?« entgegnete Cayman. »Wir befinden uns schließlich im Haus eines weltberühmten Archäologen.«

»Nichts als ein gottverdammter Grabräuber«, brummelte Nayland, der insgeheim Sozialist war.

Als sie die Bibliothek betraten, kam Sir Roland ihnen entgegen und stellte sich vor. »Der Verstorbene ist mein Sohn.«

»Herzliches Beileid«, sagte Cayman, von dem Bette dachte, er würde besser als Oberkellner in ein exklusives Restaurant im vornehmen Stadtteil Mayfair passen. Cayman stellte sich und seine Begleiter vor.

»Aha!« rief Ambrose MacDougal, nahm seinen Hut ab und reichte ihn Nellie. »Da sitzt der Leichnam. Sehr lebensecht, finden Sie nicht?« Cayman stimmte ihm zu, gab dem Gerichtsmediziner jedoch mit gedämpfter Stimme zu verstehen, er möge bitte keine Scherze machen, denn die hier Versammelten wirkten alles andere als heiter.

Cayman blickte sich im Raum um und kam zu dem Schluß, daß es sich bei der Dame, die gerade ein Stück von einem Apfel abbiß, höchstwahrscheinlich um Mrs. Mallowan handelte. »Korrigieren Sie mich, falls ich mich irre – sind Sie Mrs. Mallowan?« sagte er an Agatha gewandt.

»Gut kombiniert. Nellie Mamby hat Ihnen vermutlich erzählt, daß ich den Verdacht habe, daß Virgil ermordet wurde. Wir werden uns gleich noch darüber unterhalten.« Sie stellte die anderen vor. Cayman musterte alle sehr gründlich und fachmännisch. Bette kam als letzte dran. »Und das hier ist die berühmte Hollywood-Diva Bette Davis.«

»Miss Davis muß niemandem vorgestellt werden«, versicherte Cayman charmant.

»Vielleicht doch – falls Sie auf die bizarre Idee kommen sollten, ich hätte das Verbrechen begangen«, meinte Bette und blies den Rauch ihrer Zigarette in die Luft.

»Das ist ja großartig«, sagte Cayman. »Alle sind davon überzeugt, daß ein Verbrechen vorliegt, was Ihre Anwesenheit, Ambrose, leider überflüssig macht.«

»Nein, keineswegs«, entgegnete Ambrose, während er an der Leiche herumzupfte. »Ein Gerichtsmediziner wird immer gebraucht. Wer soll denn sonst die Obduktion vornehmen?«

»Möglicherweise Mrs. Mallowan. Sie führen doch auch Obduktionen durch, oder nicht, Madam?«

»Nur, wenn man mich darum bittet«, erwiderte Agatha etwas schnippisch. »Der Mann ist über einen noch nicht genauer bestimmten Zeitraum hinweg systematisch vergiftet worden. Höchstwahrscheinlich mit Arsen. Die Leiche weist alle typischen Symptome auf.«

»Sie hat absolut recht«, erklärte der Gerichtsmediziner jovial. »Stimmt genau.« Dann sagte er zu Agatha: »Mein Kompliment, Mrs. Mallowan.« Er deutete auf Virgil. »Ein klassischer Fall. Nach einer oberflächlichen Untersuchung kann ich sagen, er hätte eigentlich schon vor Wochen das Zeitliche segnen müssen. Erstaunlich, daß er so lange durchgehalten hat.«

»Mein Bruder war schon immer sehr halsstarrig«, warf Oscar ein.

»Oscar!« wies ihn Anthea zurecht.

»Das war keineswegs respektlos gemeint«, verteidigte sich Oscar. »Ich habe nur eine Tatsache ausgesprochen, über die wir uns alle einig sind.«

»Sie sprechen nur für sich selbst«, sagte Bette, die es ungerecht fand, daß solch ein Schwachkopf den Namen ihres angesehenen Academy Awards trug. »Ich finde, Virgil war ein sehr charmanter Gentleman.«

»Sie haben ihn doch kaum gekannt«, wandte Anthea ein.

Mit drohendem Blick entgegnete Bette: »Da, wo ich herkomme, bin ich für meine Menschenkenntnis berühmt.«

Cayman beschloß, sich mit der Schauspielerin möglichst wenig anzulegen. Offenbar ließ sie sich so schnell nichts vormachen. »Miss Davis, da Sie auf Ihr treffsicheres Urteil so stolz sind, darf ich fragen, wie Sie mich einschätzen?«

»Sie? Sie sollten eine Gruppe von vier Gästen an einen reservierten Tisch führen.«

Agatha lachte. »Das gefällt mir, Bette. Sehr treffend.«

»Mir gefällt es auch«, sagte Cayman. »Solange Sie mich nicht als typischen *flatfoot* klassifizieren. So würde man mich doch in Ihren Kreisen nennen, oder?«

»Nur die Gangster und ihre Bräute sagen das bei uns.« Bette begann sich für den Mann zu interessieren. »Waren Sie schon mal in den Staaten, Inspector?«

»Nein, bei meinem Gehalt ... Aber eines Tages werde ich mir Ihr Land ansehen.«

Jetzt mischte sich der Gerichtsmediziner ein. »Ich kann hier nicht mehr viel tun«, sagte er. »Ich werde die Jungs mit der Bahre hereinbitten.« Er nahm seinen Hut und ging, nachdem er sich respektvoll vor Agatha verbeugt hatte. Sie schenkte ihm ein dankbares Lächeln.

»Ambrose!« rief Cayman ihm nach. »Sagen Sie den anderen, sie sollen niemanden über die Mauer klettern lassen! Ich werde später eine Erklärung abgeben.« Und der versammelten Gemeinde erklärte er: »Ich meine die Presseleute. Die werden bestimmt bald hier aufkreuzen – wenn sie nicht schon da sind.«

»Ach, du liebe Güte«, stöhnte Bette. »Könnten Sie wohl bitte meinen Namen aus der Geschichte heraushalten?« Sie erzählte von der bevorstehenden Gerichtsverhandlung und daß sie fürchtete, die Richter könnten ihr gegenüber voreingenommen sein.

»Ich werde tun, was ich kann«, versprach Cayman. »Aber viele Vertreter unserer Presse muß man leider als Geier bezeichnen.«

»Ich wäre Ihnen sehr verbunden.«

»Könnten wir in ein anderes Zimmer gehen?« fragte Cayman. »Die Entfernung eines Leichnams ist unter Umständen ein recht unerfreulicher Anblick.«

»Wir können in den Salon gehen«, schlug Anthea vor.

»Oh, tatsächlich?« fragte Bette und zündete sich eine Zigarette an.

Anthea machte ein betroffenes Gesicht. »Entschuldigen Sie bitte vielmals. Ich habe gar nicht daran gedacht, daß Sie jetzt hier wohnen.«

»Vorübergehend«, erwiderte Bette mit einem gezwungenen Lächeln. Sie blies einen Rauchring in die Luft und sagte dann: »Wir können uns in den Salon begeben.« Sie ging voraus.

Cayman sagte leise zu Nayland: »Sie hatten doch mal eine Affäre mit einer Amerikanerin. Hat die auch so herumkommandiert?«

»Ja, natürlich. Deshalb fand ich sie ja so interessant.«

Als sich alle im Salon eingefunden hatten, beäugten Cayman und Nayland die eindrucksvolle Sammlung von Kunstwerken. »Ich muß schon sagen«, meinte Cayman. »Das ist ja die reinste Räuberkammer.«

Sir Roland widersprach heftig. »Das hier ist nicht geraubt, sondern das Ergebnis wissenschaftlicher Forschungen. Sie sollten dies respektieren.« Man schenkte ihm jedoch wenig Beachtung, und so blieb ihm nichts anderes übrig, als im stillen weiterzumurren.

Cayman widmete sich Agatha. »Mrs. Mallowan, Gift ist angeblich eine weibliche Waffe.«

»Was heißt hier angeblich? Natürlich ist Gift eine weibliche Waffe. Ich habe schon oft Gift verwendet.«

»Wie bitte?« Cayman konnte es nicht fassen, daß er so schnell ein Schuldgeständnis zu hören bekam.

»In meinen Büchern. In meinen Stücken. In meinen Kurzgeschichten.«

Bette mischte sich ein. »Inspector, Mrs. Mallowan ist besser bekannt unter dem Namen Agatha Christie.«

»Na, so was. Das gibt es doch nicht! Ich hätte Sie von den Schutzumschlägen erkennen müssen!« Er schüttelte Agatha begeistert die Hand. »Ich bewundere Sie über alle Maßen, obwohl Sie immer schummeln.«

»Ich schummle nicht«, widersprach Agatha. »Ich finde, ich gehe ausgesprochen fair mit meinen Lesern um. Wenn ich irgend jemanden hereinlege, dann mich selbst. Ich stelle derart schwierige Probleme, daß ich oft nicht weiß, wie meine Lieblinge sie lösen sollen. Verflixt und zugenäht, Bette, Sie haben die Äpfel in der Bibliothek gelassen.«

»Ich werde Mamby bitten, sie zu holen.«

»Ach, lassen Sie nur. Ich esse ohnehin zu viele Äpfel. In meinem Haus und im Garten liegen überall vertrocknete Kerngehäuse herum. Lassen wir die Vertreter der Staatsgewalt in Ruhe ihre Arbeit tun.«

»Verstehe ich das richtig – Sie haben das Haus vorübergehend gemietet, Miss Davis?« fragte Cayman.

»Ja, das stimmt. Virgil bat mich auf seine großzügige Art, hier zu wohnen, solange er sich in Ägypten aufhält. Hoffentlich gibt es nun keine Einwände. Nydia und ich wollten gerade beginnen, eine Liste mit allen Kunstwerken aufzustellen, als wir Virgil in der Bibliothek entdeckten.«

Sir Roland sprach für sich und seine Kinder, als er Bette versicherte, sie könne selbstverständlich gerne hier im Haus wohnen. Bette dankte ihm und teilte Cayman dann mit, daß Virgil eigentlich vorgehabt hatte, am frühen Morgen nach Ägypten aufzubrechen. Sir Roland berichtete, daß er am vergangenen Abend mit Virgil gespeist habe und daß Virgil noch einmal zum Haus zurückgekehrt sei, um irgendwelche Notizen zu holen, die er vergessen hatte. Und bei der Suche nach diesen Papieren habe ihn offenbar der Tod ereilt.

»Eine interessante Formulierung«, meinte Agatha. »Da hat ihn der Tod ereilt. Ich hingegen habe den Verdacht, daß er schon seit einiger Zeit Arsen zu sich genommen hat. Inspector Cayman, kennen Sie sich mit Arsen aus?«

»Nicht besonders gut, aber wir sind uns schon gelegentlich über den Weg gelaufen.«

Agatha nahm entzückt die Gelegenheit wahr, ihn aufzuklären. Als sie mit ihrem Vortrag fertig war, fragte Cayman ungläubig: »Woher wissen Sie denn, daß Königin Victoria arsensüchtig war?«

»Und strychninsüchtig! Das steht in mehreren Nachschlagewerken. Diese Art der Abhängigkeit war damals sehr verbreitet, aber in ihrem Fall wurde sie sorgfältig von einem Arzt überwacht – jedenfalls nehme ich das an. Auch heute noch, so höre ich, kommt diese Sucht relativ häufig vor, wenn auch wesentlich seltener als damals.«

»Mrs. Mallowan, Sie versetzen mich mit Ihrem kriminalistischen Wissen in großes Erstaunen. Ich muß schon sagen! Sie kennen nicht zufällig auch noch die Identität von Jack the Ripper?«

»Nein, leider nicht. Ich habe meine Theorien, wie alle anderen auch. Nur in einer Sache bin ich ganz sicher: Er war sinistral.«

»Wie bitte?«

»Sinistral. Linkshänder. Das kann man daraus ableiten, wie er mit dem Messer, seiner Waffe, den Opfern den Bauch aufgeschlitzt hat.«

Bette runzelte die Stirn. »Reizendes Gesprächsthema!«

Cayman ging rastlos im Zimmer auf uns ab. »Tod auf Raten. Wer könnte ihm das Gift verabreicht haben?« Er blieb vor Nellie Mamby stehen. »Ich vermute, Sie sind die Haushälterin.« Nellie nickte. Sie wirkte nicht besonders glücklich. »Und ich vermute, Sie sind auch die Köchin.«

»Ja, ich bin die Köchin.« Nellie rang die Hände. »Aber ich habe ihn nicht umgebracht!«

»Das habe ich auch nicht behauptet. Aber Sie haben für ihn gekocht.«

»Seit Wochen hatte er kaum noch Appetit!« stieß Nellie hervor. »Er konnte das Essen nicht bei sich behalten. Ich glaube, er ist an Unterernährung gestorben und nicht nur an Gift, wie Sie behaupten.«

»Er ist vergiftet worden«, versicherte Agatha freundlich, aber bestimmt.

»Er hat immer nur ein bißchen Haferbrei zu sich genommen, ein paar Löffel Suppe ...«

»Tee und Kaffee?« warf Agatha ein.

»Ja, natürlich, Tee und Kaffee.«

»Milch und Zucker im Tee?«

»Selbstverständlich. Den Tee immer mit Milch und Zucker.«

»Inspector«, sagte Agatha, »ich brauche Sie sicher nicht darauf hinzuweisen, daß der Zucker analysiert werden muß.«

»Nydia und ich haben vorhin Kaffee getrunken«, verkündete Bette. »Wir haben beide Zucker genommen.«

»Oh, mein Gott!« murmelte Nydia.

»Ich habe die allgemeine Dose genommen«, meinte Nellie.

»Und was ist die allgemeine Dose?« wollte Cayman wissen.

»Das ist die Zuckerdose, die wir für die Allgemeinheit nehmen«, erklärte Nellie.

»Irgendwo ausgegraben?«

»Bei Harrod's.«

»Ich habe Virgil öfter Vanillesauce und Reispudding gebracht«, sagte Anthea. »Und Oscar brachte ihm immer seine Lieblingssuppe, Hühnersuppe mit Lauch.«

»Und ich habe ihm Cremetörtchen vorbeigebracht«, sagte Sir Roland, »und andere ungesunde Desserts, die er so gerne mochte. Also nehme ich an, wir könnten ihn alle vergiftet haben, obwohl ich diese Vermutung für absolut lächerlich halte. Ich wüßte ja gar nicht, wie man Gift käuflich erwerben kann.«

»In sehr vielen Pflanzenschutzmitteln werden Gifte verwendet«, erklärte Agatha, »und die sind überall zu haben.«

Das war nun doch zuviel für Sir Roland. »Ich finde diese Diskussion unerträglich! Wie kann jemand unterstellen, daß wir unseren Sohn und Bruder umgebracht haben!«

»Sir Roland«, sagte Cayman mit betont ruhiger Stimme, »niemand hat irgend etwas unterstellt, weder ich noch Mrs. Mallowan noch Miss Davis oder Miss Tilson.«

»Gut, daß Sie mich auch mal wieder erwähnen«, sagte Nydia gelassen. »Ich habe nämlich ebenfalls dazu beigetragen, Virgils schlummernden Appetit wieder zu wecken. Und zwar habe ich ihn häufig mit Gemüseeintöpfen beglückt.«

»Und in den Eintöpfen waren immer viele Pilze!« warf Nellie rasch ein. »Bei Pilzen kann man nicht vorsichtig genug sein. Es gibt viele giftige!«

»Nun, wenn dem so ist, Inspector, dann sollten Sie bei meinem Gemüsehändler nachforschen. Ich verstehe nichts von giftigen Pilzen, aber ich habe den Verdacht, daß er mir immer viel zu hohe Rechnungen stellt.«

»Du lieber Gott«, murmelte Cayman und legte sich die Hand auf die inzwischen fast fiebrige Stirn. »Warum konnte dieser Mann denn nicht so freundlich sein und an einem Herzinfarkt sterben?«

Anthea schnappte empört nach Luft. »Scherze sind hier völlig unangebracht!«

»Ich mache keine Scherze, Miss Wynn«, entgegnete Cayman. »Ich sehe bei diesem Fall sehr viele Komplikationen auf mich zukommen, und obwohl man sich immer eine einfache Lösung wünscht, kann ich mich nicht mit der Theorie anfreunden, daß es hier eine Epidemie von Vergiftern gibt.«

In dem Moment ertönte hoch und schrill Nellie Mambys Stimme. »Jetzt kann ich es Ihnen ja sagen, da

Mr. Virgil tot ist. Er hat gesagt, ich darf es keiner Menschenseele verraten. Und schon gar nicht Miss Bette, weil sie ja hier einziehen will.«

Bette ging langsam auf Nellie zu. »Und was ist das für ein Geheimnis, das ich nicht erfahren sollte?«

Am Himmel waren inzwischen düstere Wolken aufgezogen, und immer wieder erhellte Wetterleuchten das Dunkel.

»Sagen Sie es mir, Mamby – was ist das Geheimnis?«

»Hier im Haus spukt es!«

Ein lauter Donnerknall ließ die Fensterscheiben klirren.

Bette nahm die Zigarette aus dem Mund und sagte: »Genau im richtigen Moment!«

Kapitel 5

Nellie Mamby wiederholte vor dem Hintergrund von Blitz und Donner: »Hier spukt es! Das Haus ist verflucht!«

Bette wäre fast herausgeplatzt, schaffte es aber gerade noch, sich zu beherrschen. »Sie sind also davon überzeugt, daß das Haus verflucht ist. Und Virgil hat Ihnen geglaubt.«

»Er hat mir jedenfalls nicht widersprochen.« Sie blickte nervös von einem zum andern.

»Spuken hier ägyptische Geister oder gute alte britische Gespenster?« wollte Bette wissen.

»Es gibt hier alle Arten von Geistern«, antwortete Nellie und fügte, an Sir Roland gewandt, hinzu: »Ich habe oft gehört, wie er sich mit Miss Mabel unterhält.«

Sir Roland machte ein ungläubiges Gesicht. »Virgil und der Geist meiner Frau unterhalten sich?«

»Wie bei Shakespeare«, meinte Agatha, die allerdings nicht genau hätte sagen können, welches Stück sie meinte.

Bette sagte zu Nydia: »Mir wird langsam ganz wirr im Kopf!«

Mit einer Stimme, die sehr effizient klang, erklärte daraufhin Nydia: »Sie vergessen, Bette, daß ich mich mit dem Jenseits befasse. Und zwar nicht ohne Erfolg.«

»Ich sage Ihnen – hier spukt es!« beharrte Nelly Mamby. »Ich weiß es ganz genau. Ich habe Mr. Virgil gesagt, daß ich mitten in der Nacht merkwürdige Geräusche höre, die aus dem Kellergeschoß kommen.«

Diese Aussage weckte Caymans Interesse. »Können Sie die Geräusche beschreiben?«

»Es klingt, als würde jemand graben. Als ich Mr. Virgil zum ersten Mal davon erzählt habe, meinte er, es sei alles Mumpitz. Aber ich weiß, was ich gehört habe, und das klang genauso, wie wenn jemand gräbt. Ich habe es ganz deutlich gehört, weil mein Zimmer direkt über diesem Teil des Kellers liegt.«

»Ist Mr. Wynn der Sache nachgegangen?« fragte Cayman.

»Ich glaube nicht. Falls er es doch getan hat, dann war es in meiner Abwesenheit. Vielleicht, wenn ich einkaufen war, oder an meinem freien Tag, das ist der Donnerstag. Da besuche ich immer meine Schwester. Sie wohnt in Twickenham.«

Bette wußte, daß Twickenham eine Londoner Vorstadt war und daß es dort ein Filmstudio gab. Dort wollte Ludovico Toeplitz *Ich gehe meinen Weg* filmen.

»Sind Sie denn selbst je nach unten gegangen und haben die Geschichte überprüft?« wollte Cayman von Nellie wissen.

»Ich? Haben Sie den Verstand verloren? Ich soll allein da runtergehen? Ich war nicht mehr im Kellergeschoß seit Miss Mabels Tod. Sie war ständig da unten und hat an dem Schmuck herumgemacht und an diesen Dingern, die sie als Kuriositäten bezeichnet hat.« Mit heiserer Stimme ergänzte sie: »Da unten sind nämlich Leichen.«

»Leichen? Was für Leichen?« Cayman war preplex.

Sir Roland erklärte: »Im Keller sind ein paar Mumien gelagert. Wir nehmen an, sie waren Sklaven. Sklaven wurden oft mit ihren Herren begraben. Das war so Sitte. Die Wertgegenstände da unten wollte Virgil in seinem Museum ausstellen.« Erläuternd fuhr er fort: »Virgil hat davon geträumt, ein Privatmuseum zu gründen, das unseren Namen tragen und unsere Errungenschaften für die Nachwelt bewahren sollte. ›Das Wynn-Museum der Archäologie‹. Gott weiß, er hatte das nötige Kleingeld. Mabel war eine wohlhabende Frau. Den größten Teil ihres Vermögens hat sie Virgil hinterlassen, damit er seine Expeditionen finanzieren konnte.«

»Sie hat ihm das Geld doch aus reiner Boshaftigkeit hinterlassen!« zischte Anthea. Bette fuhr richtig zusammen, war aber im Grunde erleichtert, daß die graue Maus ein bißchen Leben zeigte.

»Anthea! Halt den Mund!« befahl Sir Roland.

»Ich werde nicht den Mund halten. Ich habe es satt, immer den Mund zu halten! Ich glaube, ich werde mein eigenes Buch schreiben, und darin werde ich die Wahrheit enthüllen. Mabel und Virgil waren aus dem gleichen Holz geschnitzt. Egoistisch und boshaft.«

Nun mischte sich Nydia ein. Sie sagte zu Anthea: »Aber zu Ihnen war Virgil doch sehr großzügig! Er hat Ihre ganzen Spielschulden bezahlt!«

»Er litt unter starken Schuldgefühlen, als ihm klar wurde, daß er nicht mehr lange unter uns weilen würde. Schließlich wußte er genau, daß er seine irdischen Güter nicht mitnehmen konnte.«

»Vielleicht hat er es ja versucht«, meinte Bette. »Constance Bennett sagt auch, wenn sie die Sachen nicht mitnehmen kann, geht sie nicht. Und glauben Sie mir – ihr sollte man lieber nicht widersprechen!«

»Offenbar soll der gute Virgil jetzt heilig gesprochen werden. Ein Märtyrer – daß ich nicht lache!«

»Das reicht, Anthea, das reicht!« Sir Roland stand an der Bar, als könne er dort Trost finden. Der Regen trommelte jetzt gegen die Fensterscheiben, und Detective Nayland taten die Leute von der Presse leid, die bestimmt schon draußen warteten und sich verzweifelt an die Hauswand drückten. Da wandte sich Cayman an ihn:

»Lloyd, gehen Sie doch bitte ins Untergeschoß und sehen Sie sich um. – Könnten Sie uns eine Taschenlampe bringen?« fragte er dann Mamby.

»Er braucht keine. Da ist ein Lichtschalter, gleich wenn man reinkommt. Dann ist alles hell erleuchtet.«

»Es gibt hier so viele Türen. Welche führt denn zum Untergeschoß?«

»Draußen im Flur, gleich neben der Küche. Ich zeige Ihnen den Weg.« Brav folgte Nayland der Haushälterin, die ihm unterwegs von Geistern und Gespenstern und nachts grabenden Monstern erzählte, während Bette dachte: Im Theater hätte Mamby für ihren Abgang Szenenapplaus bekommen. Statt dessen wurde sie mit einem Donnerschlag belohnt.

Anthea nahm ein Glas Sherry entgegen, um das sie gar nicht gebeten hatte. Oscar bediente sich selbst, und Bette dachte, daß Egoismus wohl ein Familienmerkmal sein mußte, denn niemandem sonst wurde eine Erfrischung angeboten. Agatha meldete sich zu Wort: »Ich möchte auch ein Glas trinken, wenn Sie nichts dagegen haben.« Sie lächelte Cayman und ihren beiden Freundinnen zu. »Außer mir noch jemand?« Alle bejahten, und Oscar machte sich daran einzuschenken.

Cayman hatte eine ganze Liste von Problemen zu lösen: Virgil war vergiftet worden, und fünf Verdächtige hatten Gelegenheit gehabt, ihn umzubringen oder jedenfalls seinen Abschied von der Welt zu beschleunigen. Er spürte, daß sich ein Augenpaar in seinen Rücken bohrte, und als er sich umdrehte, war es Agatha, die ihn forschend ansah. »Ja?«

»Ich habe gerade nachgedacht, Inspector. Sie werden doch nicht vergessen, den Inhalt von Virgils Medizinschränkchen zu inspizieren?«

»Das werde ich ganz bestimmt nicht vergessen. Man kann die Polizeischule nicht verlassen, ohne den Inhalt eines Medizinschranks analysiert zu haben. Aber alles zu seiner Zeit. Als Kollegin erkennen Sie sicherlich, daß ich hier vor einem Mordfall stehe, der einige Ungereimtheiten enthält und viele Rätsel aufwirft. Fragen über Fragen und ein höchst kompliziertes Gewebe von Emotionen, von denen manche sicher erst noch an die Oberfläche kommen werden.« Er nahm Agatha am Arm und führte sie in eine Ecke des Zimmers, wo die anderen sie nicht hören konnten. Es entging ihm nicht, daß Bette ihnen für ihr Leben gern gefolgt wäre, dann aber beschloß abzuwarten, ob sie darum gebeten wurde. Und als dies nicht geschah, machte sie sich statt dessen daran herauszufinden, warum Nydia so vor sich hin brütete.

Cayman fragte Agatha vertraulich: »Dieser plötzliche Gefühlsausbruch der Schwester – mir kommt es vor, als hätte der schon lange unter der Oberfläche gebrodelt.«

»Das stimmt. Ich vermute, da lagert noch Sprengstoff für jede Menge weiterer Explosionen. Tja – und Sir Rolands hübscher Nachruf war für eine improvisierte Rede ausgezeichnet formuliert, aber ich glaube ihm kein Wort. Er wird doch grün vor Neid, wenn er nur an Virgil denkt. Ich hege den Verdacht, daß er für keinen seiner Nachkömmlinge besonders viel übrig hat. Und dann ist da noch Mabel, seine verstorbene Ehefrau. Er hat sie verabscheut und ihr keine Träne nachgeweint. Sie haben doch sicherlich von ihrem Salon gehört, nehme ich an.«

»Wenn ich das mal so sagen darf – die Geschichten sind mir zu sämtlichen Ohren herausgekommen.«

»Wie viele haben Sie denn?« fragte Agatha.

»Mrs. Mallowan, solch flapsige Bemerkungen sind eher mein Terrain.«

»Dann werde ich mir Mühe geben, die Grenze nicht mehr zu überschreiten«, erklärte Agatha ernsthaft. »Also gut, wenn ich zum Thema selbst zurückkehren darf? Mabels Affären waren berüchtigt. Aber es kursiert eine Lüge, die ich gerne richtigstellen würde. Mabel hat keineswegs Sir Rolands Schatztruhen ausgeräumt. Sie war nicht auf sein Geld angewiesen. Inzwischen ist Ihnen sicher klar, daß sie mehr als genug besaß. Roland hat sich selbst finanziell zugrunde gerichtet. Wilde Spekulationen an der Börse, um das kleine Vermögen aufzustocken, das er sich mit Vorträgen und gelegentlichen Rundfunksendungen verdient hat. Und durch den illegalen Verkauf von Kunstwerken. Aber leider war er nicht besonders geschickt. Meiner Meinung nach ist Sir Roland also seit vielen Jahren nur noch ein verbitterter alter Mann.«

»Was ist mit Anthea? Ich habe gedacht, sie betet ihren Bruder an.«

»Sie war immer da, hat ihn bedient, Erledigungen für ihn gemacht und sich allgemein als Speichelleckerin betätigt. Was Sie vorhin gehört haben, stimmt nicht – Mabel hat auch den anderen etwas hinterlassen. Ich weiß das, weil sie mich um Rat gefragt hat. Ich habe sie damals davon überzeugt, daß kleine Geschenke die Freundschaft erhalten und die bösen Erinnerungen an sie etwas mildern würden. Und so hat sie es dann auch gemacht, sie hat den anderen ein paar kleine Geschenke hinterlassen. Sir Roland ist daraufhin sofort losgezogen, um eine Ausgrabungsexpedition in Island zu finanzieren. Auf Island kann man nämlich Versteinerungen finden. Mich interessiert das nicht besonders, aber mein Mann hat es mir erzählt. Sie wissen doch sicher, daß mein Mann auch ein recht bekannter Archäologe ist?«

»Ja, das weiß ich.«

»Max hat versucht, Roland zu helfen, aber der Dummkopf – ich meine Roland, nicht Max – hat sich im Laufe der Zeit mit zu vielen Leuten überworfen. Anthea wiederum hat alles, was sie bekommen hat, verspielt. Sie tut mir furchtbar leid. Sie ist ein sehr einsamer Mensch, und ohne Virgil wird sie noch einsamer sein. Sie schreibt Gedichte. Lauter Blankverse. Blanker Hohn.«

»Sie finden die Gedichte wohl nicht besonders gut?«

»Ich sage immer: Blanker Unsinn, auf den man sich keinen Reim machen kann.«

»Und was ist mit Bruder Oscar?« fragte Cayman.

»Er hält sich im Hintergrund, immer schon, und da gehört er auch hin.«

»Falls Nellie Mamby etwas gegen Virgin Wynn hatte, muß man es ihr hoch anrechnen, daß sie so lange in seinem Haushalt geblieben ist.«

»Sie wird gut bezahlt und bewohnt eine hübsche Suite im hinteren Teil des Hauses. Außerdem verwaltet sie das Haushaltsgeld, und ich überlasse es Ihnen, daraus Ihre Schlüsse zu ziehen. Aber lassen Sie mich nun noch ein anderes Thema ansprechen, Inspector – etwas, was Ihnen mit Sicherheit nicht entgangen ist. Dieses Haus ist voller Kunstgegenstände, die nirgendwo katalogisiert sind. Das Kellergeschoß ist die reinste Schatzkammer. Oben, unterm Dach, befinden sich weitere Schätze. Ich hege seit langem den Verdacht, daß Nellie und die Familienangehörigen sich ab und zu bedienen und dies oder jenes Kunstwerk an einen Händler verscherbeln. Ich bin sicher, Virgil wußte das auch, aber ich muß eine Sache noch einmal klarstellen: egal, was ich über Virgil sage, ob es lobend oder tadelnd ist – er war immer ein perfekter Gentleman, und ein perfekter Gentleman wirft seinen Verwandten oder seiner Hausangestellten nicht vor, daß sie ihn bestehlen. Ich darf vielleicht noch hinzufügen, daß Mabel ihr Vermögen zu einem großen Teil ihrem treffsicheren Blick für wertvolle Objekte verdankte.«

»Und wo bringen Sie Nydia Tilson und ihren Gemüseauflauf unter?«

»Ich bringe Nydia in meinem Gästezimmer unter und den Gemüseauflauf in meinem Magen. Wir sind seit langem befreundet. Sie haben doch bestimmt gehört, daß sie ein geniales Medium ist.«

»Ach! Wie peinlich. *Die* Nydia Tilson!«

»Hat sie viele Doppelgängerinnen?«

Cayman drohte ihr mit dem Finger. »Sie überschreiten die Grenze.«

»Tut mir leid. Nydia und Virgil waren eine Weile ein Paar. Sie wollte ihn allerdings nicht heiraten, und ich glaube, das hat ihr später leid getan. Sie ist eine sehr warmherzige, fröhliche Person, und wenn man sie braucht, ist sie immer für einen da. Aber ich glaube, wie Diogenes mit seiner Lampe einen ehrlichen Menschen gesucht hat, so hat sie ihr ganzes bisheriges Leben damit verbracht, *la grande passion* zu suchen – allerdings bisher ohne Erfolg.«

»Wer hat dabei schon Erfolg?«

In diesem Augenblick kam Nellie Mamby wieder ins Zimmer. Sie wollte von Bette wissen, ob alle Anwesenden zum Mittagessen bleiben würden.

»Hoffentlich nicht«, fügte sie leise hinzu. »Ich habe die Vorratskammer fürs Wochenende aufgefüllt, aber das reicht nicht für so viele Personen, und samstags machen die Geschäfte früher zu. Was soll ich tun?«

»Gar nichts«, beruhigte sie Bette. »Ich bin sicher, die Wynns werden den Wink verstehen und sich verabschieden – es sei denn, der Inspector will sie zu Scotland Yard mitnehmen und sie ein bißchen grillen.« Beim letzten Satz war eine gewisse Schadenfreude nicht zu überhören.

»Wie bitte? Sie grillen? Wie das?« Nellie Mamby begriff nicht.

»Entschuldigen Sie, Mamby. Das ist amerikanischer Slang für Ausquetschen. Verhören. Befragen.«

Mamby erschrak. »Gilt das auch für mich?«

»Haben Sie etwas zu verbergen?«

»Haben wir nicht alle etwas zu verbergen?« gab Mamby überraschend scharfsinnig zurück.

»Nydia?« rief Agatha streng, als sie und der Inspector zur Gruppe zurückkehrten. »Nydia!«

Nydia schrak aus ihrer Trance hoch. »Was? Was ist denn los?«

»Meine Liebe! Sie sind ja völlig weggetreten. Woran denken Sie?«

»Eine Séance. Agatha, ich denke, es ist Zeit dafür.«

Nun meldete sich Bette zu Wort. »Sie meinen, wir sollten Kontakt mit Virgil aufnehmen und ihn fragen, wer ihn umgebracht hat?« Fast wäre ihr »vergiftet« rausgerutscht, aber sie war froh, daß sie es sich verkniffen hatte. An die übrigen gewandt, fügte sie hinzu: »Ist das nicht eine wunderbare Idee? Ich liebe Séancen. Sie bringen mich immer in Stimmung.«

Lloyd Nayland wanderte derweil tief beeindruckt durch das Untergeschoß. Zu gern hätte er eine Kamera mit Blitzlicht dabeigehabt, um die Reichtümer, die er da vor sich sah, festzuhalten. Die Mumien interessierten ihn zwar nicht besonders, aber der Schmuck, die mit Edelsteinen verzierten Kunstgegenstände, die herrlichen Vasen und Urnen und Wandteppiche faszinierten ihn. Wie benommen ging er weiter, bis er auf etwas stieß, das ihn augenblicklich ernüchterte.

Im Boden war eine Vertiefung, die aussah wie ein flaches Grab. Daneben standen eine Hacke und eine Schaufel. Nellie Mambys Geist! Nayland eilte nach oben in den Salon und hörte etwas von einer Séance, die später am Abend in der Bibliothek abgehalten werden sollte. Deshalb sprach er Cayman nicht sofort an. Zuerst wollte er noch ein bißchen mehr über die Séance erfahren.

»Die Bibliothek ist genau der richtige Ort«, verkündete Nydia. »Dort ist Virgil gestorben, und vielleicht ist sein Geist noch anwesend.«

Bette unterdrückte ein Gruseln. Hoffentlich kam Virgil nicht auf die Idee, ihr einen Besuch abzustatten, nachdem alle anderen sich schon verabschiedet hatten.

»Ich glaube nicht an diesen Quatsch!« murrte Sir Roland.

»Bitte, schweigen Sie, Roland«, befahl Agatha. »Die Londoner Spiritistenvereinigung ist eine angesehene Organisation, und Nydia ist ein Mitglied von hohem Rang.«

Stolz erklärte Nydia: »Sir Arthur Conan Doyle war ein überzeugter Anhänger des Spiritismus.«

»Ach tatsächlich? Hat in letzter Zeit jemand von ihm gehört?« fragte Sir Roland mit einem etwas spöttischen Unterton.

»Ich habe Sir Arthur gut gekannt«, sagte Agatha. »Er war nicht besonders mitteilsam.« Ihrer Meinung nach war damit die Diskussion über den Schöpfer von Sherlock Holmes abgeschlossen. »Sollen wir sagen, pünktlich um acht Uhr? Und ich denke, jeder der hier im Raum Anwesenden sollte teilnehmen. Finden Sie nicht auch, Inspector?«

»Absolut. Punkt acht.«

Bette trat neben ihn. »Sie nehmen das wirklich ernst, oder?«

»Miss Davis – oder darf ich Sie Bette nennen?«

»Da Sie auf Ihre charmante Art meinen Namen richtig aussprechen, dürfen Sie das selbstverständlich gern. Aber ich werde nach wie vor ›Inspector‹ zu Ihnen sagen. Wie heißen Sie eigentlich mit Vornamen?«

»Howard. Wie Leslie Howard.«

»Ich habe zwei Filme mit ihm gedreht. Er versucht immer, seine Filmpartnerinnen aufs Kreuz zu legen. Und er behauptet, sehr viel Erfolg dabei zu haben. Aber er hatte auch sein Kreuz mit ihnen … Aber lassen wir die Scherze. Sie wollten gerade etwas sagen …«

»Bei Ermittlungen in einem Mordfall ist es oft angebracht, daß man den Verdächtigen die Initiative überläßt, um sie dorthin zu führen, wo sie etwas von sich preisgeben. Ich habe Mörder schon unter den merkwürdigsten Umständen entlarvt.«

»Sie denken also, die Séance könnte sowohl amüsant als auch erhellend sein.«

»Eigentlich halte ich mich nur an Miss Christie. Sie ist eine ausgesprochen kluge Frau, und ich weiß, daß sie möglicherweise eine Spur verfolgt, aber noch für sich behält, bis sie genügend Material gesammelt hat. Sie haben wirklich sehr ungewöhnliche Augen, Bette.«

»Das höre ich oft. Da, wo ich herkomme, sagt man dazu ›Popeyes‹.«

»Sie meinen, wie die Comicfigur Popeye, der Seemann?«

»Nein, es heißt soviel wie Glupschaugen. Die Augen springen sozusagen aus dem Gesicht. Wie Popcorn. Aua!« Sir Roland hatte sich auf dem Weg zur Bar dicht an ihr vorbeigedrängt.

»Was ist los?« fragte Cayman.

»Ich glaube, Sir Roland hat mich doch tatsächlich gekniffen!«

»Der alte Lüstling!«

»Meine Mutter hat mich vor solchen Kavalieren gewarnt ...«

Nayland gesellte sich zu ihnen. Er berichtete, was er im Keller entdeckt hatte.

»Ein Grab?« Bettes Augen traten noch mehr hervor. »Das erklärt Mambys Geister!«

»Allerdings«, meinte Cayman. »Aber wer könnte denn Ihrer Meinung nach mitten in der Nacht da unten graben?«

Bette rief Agatha zu: »Mr. Nayland hat im Keller ein Grab entdeckt!« Nellie Mamby gab einen Laut von sich, der wie ein unterdrückter Schrei klang.

»Das ist ja phantastisch!« sagte Agatha.

»Ein flaches Grab«, erklärte Nayland.

»Mr. Nayland«, sagte Agatha, »ein Grab ist ein Grab. Ob flach oder tief – wenn man in einem Privathaus im Keller ein ausgehobenes Grab findet, ist das höchst verdächtig.«

Enthusiastisch schlug Bette vor: »Ich finde, wir sollten uns das mit eigenen Augen ansehen!«

Ein paar Minuten später hatten sich alle bis auf Nellie Mamby ins Kellergeschoß begeben. Agatha und Bette blieb angesichts der Schätze fast die Spucke weg. Nydia hatte auf Virgils Einladung hin die Räume schon besichtigt, und für die Mitglieder der Familie Wynn war der Anblick mit Sicherheit nichts Neues. Nayland führte die Gruppe zum Grab.

»Sieht aus wie ein Grab«, sagte Bette. »Aber für einen Sarg wäre es nicht groß genug.«

»Ich glaube nicht, daß es für einen Sarg geplant

war«, erwiderte Cayman. »Meiner Meinung nach ist dort schon etwas vergraben.«

»Eine Leiche?« Agatha machte ein blutdürstiges Gesicht. Jedenfalls kam es Bette so vor.

»Ich glaube eher, da sind noch weitere Kunstschätze vergraben«, erklärte Sir Roland. »Virgil wurde womöglich derart von Reue und Schuldgefühlen gequält, daß er beschloß, sie mit seinem Partner zu teilen, doch dann hat der Tod ihn weggerafft.«

»Und wer ist dieser Partner?« wollte Cayman wissen.

»Der bin ich.« Sir Roland seufzte. »Als Virgil zu seiner Expedition aufgebrochen ist, um den ersten Ptolemäerkönig zu finden, konnte ich ihm finanziell unter die Arme greifen. Alle dachten, Mabel hätte ihm geholfen, aber dem war nicht so, ich war der Förderer. Mabel wollte nicht noch einen Archäologen in der Familie.« Er schwieg kurz, fügte dann aber schnell hinzu: »Sie fand, einer sei schon lästig genug.«

Der arme Kerl, dachte Bette.

Sir Roland hatte Mühe weiterzusprechen. »Virgil brachte einen großen Teil dieser Schätze hier mit« – er machte eine ausladende Handbewegung – »und bei späteren Ausgrabungen fügte er neue hinzu. Wir hatten vereinbart, daß er den Schatz mit mir teilen würde. Aber ich schöpfte schon ziemlich bald Verdacht, daß er mich hinterging. Einer seiner Begleiter hat mir beispielsweise erzählt, daß Virgil einen ptolemäischen Gral im Wert von mehreren hunderttausend Pfund ausgegraben hat. Aber ich habe ihn nie zu Gesicht bekommen.« Die Erinnerung schien ihn immer noch sehr zu schmerzen. »Es gab viele Funde, die ich nie gesehen habe. Ich nehme an, sie sind hier im Keller vergraben. Der Gedanke, daß Mabel von diesem verborgenen Schatz wußte, und daß ihr Reichtum zum größten Teil daraus bestand, tut mir entsetzlich weh.« An Anthea und Oscar gerichtet schloß er: »Eure Mutter war kein besonders netter Mensch!« Dann wandte er sich um und entfernte sich.

»Anthea«, meinte Oscar, »ist dir klar, daß wir einen großen Teil dieser Beute hier für uns beanspruchen können?«

Agatha mischte sich mit einem guten Rat ein: »Ich würde vorschlagen, Sie warten, bis Virgils Anwälte seinen letzten Willen bekanntgeben. Vielleicht stellt sich ja heraus, daß Virgil, wie Ihr Vater meint, juristisch Schadenersatz angeordnet hat, um seinen Verrat wiedergutzumachen. Falls er tatsächlich so treulos gehandelt haben sollte.«

»Glauben Sie etwa, unser Vater hat das erfunden?« fragte Anthea.

»Ich denke, es ist noch zu früh, um irgendwelche Schlüsse zu ziehen. Meinen Sie nicht auch, Inspector?«

»Diese Kellerräume lassen mich an eine Travestieshow denken.«

Agatha reagierte ungeduldig. »Inspector, das ist jetzt wohl kaum der richtige Zeitpunkt für derlei absurde Bemerkungen.«

Cayman grinste. »Ich wollte nicht scherzen. Es war eine ernsthafte Feststellung.«

»Haben Sie vor, jemanden damit zu beauftragen, hier noch tiefer zu graben?«

»Oh, graben müssen wir auf alle Fälle.« Dem Inspector bereitete der Schlagabtausch mit der Schriftstellerin großes Vergnügen. Ihre Streitlust und ihr Sinn für Humor gefielen ihm. Er beobachtete voller Interesse, wie sie sich anderen unterzuordnen schien und sich zurückhielt, solange Nydia Tilson oder Bette Davis ihre Kommentare abgaben. Und auch mit ihm hatte sie erstaunlich viel Geduld. Während er langsam und methodisch vorging, stieß sie blitzschnell zu. Das Medizinschränkchen. Das Grab. Die Séance. Sie hatte keinen Augenblick gezweifelt. Obwohl der Inspector diesen Gedanken nachhing, entging es ihm nicht, mit welch gierigen Gesichtern Anthea und Oscar die Schätze musterten. Diese armen Teufel! Bette zündete sich schon wieder eine Zigarette an, und diese Nydia Tilson machte es ihr sofort nach.

Die Séance. Im Rahmen seiner beruflichen Tätigkeit hatte Cayman schon an mehreren Séancen teilgenommen, die alle nichts als Hokuspokus gewesen waren. Aber ihm hatte das Spaß gemacht. Besonders an eine Séance konnte er sich sehr lebhaft erinnern: Einer der Teilnehmer fiel in Ohnmacht, als er hörte, wie seine Frau ihn rief. Anscheinend war die Dame noch nicht tot. Im Lauf der Zeit hatte Cayman mindestens drei sogenannte Medien wegen Betrugs ins Gefängnis gebracht. Er war allerdings sicher, daß Nydia Tilson dieses Schicksal nicht bevorstand, denn er vertraute auf Agathas Urteil. Da fiel ihm auf, daß Sir Roland verschwunden war. Anthea meinte, er sei wahrscheinlich wieder nach oben gegangen, um an der Bar Trost zu suchen. Cayman schlug vor, daß sich alle wieder in den Salon begeben sollten.

Dort fanden sie Sir Roland. Er stand mit dem Rükken zum Kamin, in dem ein offenes Feuer loderte. Offenbar hatte Nellie Mamby beschlossen, daß sie nun, da sie nicht mehr von Virgil zurechtgewiesen werden konnte, der Kamin wieder öfter benutzt werden sollte. Sir Roland wärmte einen Cognacschwenker zwischen den Händen und starrte aus dem Fenster zu seiner Rechten. Der Regen hatte nachgelassen, und Cayman beauftragte Nayland, sich den Presseleuten zu widmen, deren Sensationsgier durch den Regen sicherlich nicht gedämpft worden war. Anthea und Oscar hatten Verabredungen zum Mittagessen und wurden schon etwas unruhig. Nydia erinnerte noch einmal daran, daß die Séance pünktlich um acht beginnen werde. Die beiden boten an, ihren Vater mitzunehmen, aber er hatte es nicht eilig. Bette gab einen Seufzer der Erleichterung von sich, als Anthea und Oscar sich verabschiedet hatten, und hoffte inständig, Sir Roland würde sich ihnen bald anschließen.

Sie nahm Nydia am Arm und führte sie in eine Ecke des Raums, um ungestört mit ihr sprechen zu können. »Meinen Sie, Sie könnten den alten Herrn dazu bringen, daß er geht? Ich bitte inzwischen Nellie Mamby, uns ein kleines Mittagessen zu machen.«

»Ich muß leider auch gehen«, erklärte Agatha. »Ich habe ein Kapitel meines neuesten Romans in der Schreibmaschine, und das würde ich gerne vor dem Abendessen noch abschließen. Bette, Nydia«, sie senkte verschwörerisch die Stimme, »hätten Sie nicht Lust, heute abend um sechs bei mir zu Abend zu essen?« Die beiden nahmen dankend an. »Ich werde uns etwas Einfaches machen, vielleicht Kröte-im-Loch. Bette, Sie sind ja plötzlich ganz blaß! Das sind nur Schweinswürstchen mit Kartoffelbrei. Sehr nahrhaft und sättigend. Oder hätten Sie lieber Blubber-und-Quietsch?«

Du lieber Gott, dachte Bette, werden Briten und Amerikaner wohl je dieselbe Sprache sprechen? »Schwein-im-Loch fände ich wunderbar.« Agatha korrigierte sie nicht.

Statt dessen sagte sie zum Inspector: »Sie sind völlig anders als alle Detectives, die ich je erfunden habe. Ausgesprochen charmant und urban.«

»Wie nett von Ihnen«, bedankte sich Cayman und hätte fast noch hinzugefügt: »Und keiner der Detectives, die Sie erfunden haben, hat auch nur die geringste Ähnlichkeit mit den Polizisten, die ich kenne.« Er verkniff sich aber diese Bemerkung, weil sie zu einer Diskussion geführt hätte, der er sich momentan nicht gewachsen fühlte.

»Roland, Sie stehen viel zu nahe am Feuer«, warnte Agatha. »Wir können nicht zulassen, daß Sie in Flammen aufgehen. Der Inspector möchte Ihnen bestimmt noch ein paar Fragen stellen.« Mit einer raschen Handbewegung, die niemandem und allen galt, verabschiedete sie sich. Bette bat Nellie Mamby, für sie und Nydia Mittagessen zu machen, und aus reiner Höflichkeit fragte sie Sir Roland, der keinerlei Anstalten machte zu gehen, ob er sich ihnen anschließen wolle.

»Nein, vielen Dank. Samstags speise ich immer im Club. Da treffe ich mich mit den anderen lebenden Mumien.«

»Sie sind viel zu streng mit sich selbst«, meinte Bette.

»Ich mag zwar ein alter Knochen sein, aber ich bin kein alter Narr. Ich esse mit Howard Carter, der König Tuts Grab entdeckt hat, müssen Sie wissen. Er war in letzter Zeit sehr deprimiert. Es wird ihn unendlich aufheitern, wenn ich ihm erzähle, daß Virgil tot ist. Wir sehen uns dann um acht.« Auf dem Weg zur Tür reichte er Cayman seinen Cognacschwenker. Cayman bedankte sich mit einer steifen Verbeugung. Bette nahm ihm den Schwenker ab und stellte ihn auf den Tisch zu den anderen gebrauchten Gläsern.

»Würden Sie gerne mit uns essen, Inspector?«

»Danke für die freundliche Einladung. Aber ich muß Nayland vor den Presseleuten retten, und dann müssen wir zu Scotland Yard und den ganzen Nachmittag hart arbeiten. Ach übrigens, Bette – würden Sie Miss Mamby bitten, Virgils Medizinschränkchen nicht anzurühren?«

»Und wenn sie es schon getan hat?« fragte Bette.

»Dann wird sie das bestimmt nicht zugeben.«

»Da, wo ich herkomme, wirft man Steine auf die Leute. Hier wirft man mit Verdächtigungen.«

»Hatten Sie schon einmal näher mit einem Mordfall zu tun?«

»Nein. Aber ich fühle mich sehr privilegiert, daß ich an diesem hier beteiligt sein darf, wenn auch nur indirekt.«

Cayman grinste. »Ich finde Sie sehr direkt. Und damit möchte ich mich verabschieden. Ich werde die beiden charmanten Damen heute abend um acht wiedersehen. Ach, übrigens, Miss Tilson, ich hoffe, Sie denken nicht, ich wollte Sie ignorieren.«

»Mich ignoriert man nicht so schnell«, antwortete Nydia spitz.

»Ja, da haben Sie recht. Es gibt vieles, was ich über Virgil Wynn wissen möchte – und was ich mit Sicherheit nicht von seiner Familie erfahren werde.«

»Ich werde tun, was ich kann, um Ihre Erwartungen zu erfüllen.« Sie lächelte höflich. »Bis heute abend.«

Sobald der Inspector außer Hörweite war, meinte Nydia zu Bette: »Hat er mit Ihnen geflirtet?«

»Ich habe nichts davon bemerkt.«

»Als er sich vorstellte, habe ich seinen Namen wiedererkannt, und ich wußte sofort, welcher Ruf ihm vorauseilt. Angeblich kann er sehr gut mit Frauen umgehen. Es gab einen Skandal mit ihm und einer Frau, die unter dem Verdacht stand, ihre Kinder ermordet zu haben. Sie wurde schuldig gesprochen und aufgehängt, und wenn ich mich recht erinnere, hat ihr Ehemann behauptet, Cayman habe ihr das Geständnis unter der Bettdecke entlockt.«

»So ein raffinierter Wüstling. Na egal – ich mag ihn. Es gefällt mir, wie er mit den Verdächtigen umgeht. Und es wäre ja auch schade, wenn sein ganzer Charme umsonst versprüht würde.« Da klingelte das Telefon. »Das ist hoffentlich meine Mutter. Ich habe ihr gestern die Nummer und die Adresse hier telegrafiert.« Das Telefon klingelte erneut, und Bette bat Nydia, Nellie Mamby mitzuteilen, sie werde an den Apparat gehen. Nydia eilte aus dem Zimmer, und Bette nahm den Hörer ab. Das Telefon stand neben einem Sessel.

»Hallo? Vermittlung? Ja, am Apparat. Selbstverständlich möchte ich mit ihr sprechen. Sie ist meine Mutter.« Geduldig wartete sie ab, bis das Gespräch durchgestellt wurde. Dann rief sie: »Ruthie? Du klingst so komisch. Ganz weit weg! Ich höre dich kaum.« Sie wartete. »Ah, so ist es besser. Mir geht es ausgezeichnet. Aber hör zu, du glaubst nicht, was mir passiert ist. Ich bin in einen Mordfall verwickelt. Meine neue Freundin Nydia Tilson und ich haben heute morgen in der Bibliothek eine Leiche gefunden! Nein, nichts, was mein Gastgeber vergessen hat einzupacken – *er* war die Leiche! Vergiftet.« Sie erzählte alles, was sie wußte. Ja, es sei unglaublich aufregend, und die Polizei habe versprochen, ihren Namen nicht in die Zeitung zu bringen. Nydia kam auf Zehenspitzen ins Zimmer zurückgetippelt und setzte sich Bette gegenüber, die ihr mit verzweifelten Gesten zu verstehen gab, daß sie unbedingt eine Zigarette brauchte. Nydia reichte ihr eine und steckte sich selbst eine zwischen die Lippen, und gleich darauf pafften die beiden Frauen wie zwei wildgewordene Dampflokomotiven.

Inzwischen klang Bette ziemlich genervt. »Bitte, Mutter, hör auf damit! Der Butler kann es unmöglich gewesen sein.« Sie hörte wieder zu. »Himmelherrgott, Ruthie, ich habe gar keinen Butler! Ich habe eine Haushälterin. Ich weiß noch nicht, ob sie ein Schatz ist, ich bin erst heute morgen hier eingezogen. Aber es gibt hier einen richtigen Schatz, Ruthie!«

Während Bette weiterplapperte und vom Keller und seinen Schätzen erzählte – zu dem flachen Grab war sie noch nicht gekommen –, blickte sich Nydia nach einer Zeitschrift um. Sie konnte sich ausrechnen, daß dieses Gespräch etwas länger dauern würde. Im Zeitschriftenständer neben dem Kamin fand sie eine *Illustrated News.* Vermutlich hatte Mamby die Zeitschriften zum Feuermachen dort hingestellt.

Nydia hörte Bette sagen: »Hör zu, Ruthie, ich hab dir das doch schon in dem Telegramm geschrieben, es ist aus zwischen Ham und mir. Ruf am besten Louella Parsons an und erzähl ihr die ganze Geschichte, sonst wird sie bei den Berichten über meinen Prozeß noch ganz giftig. Ruthie – ich weiß genau, was ich tue. Nein, ich werde es mir nicht noch mal überlegen.« Eigentlich mußte Ruthie inzwischen begriffen haben, daß ihre Tochter selten ihre Meinung änderte. Bettes Stimme wurde wieder etwas leiser. »Ich nehme an, daß

Ham sich bei dir melden wird, wenn er eine Schulter braucht, an der er sich ausweinen kann.« Dann klang sie wieder härter. »Ihr zwei verschwört euch ständig gegen mich. Du warst immer auf seiner Seite.« Nydia erwartete schon, daß die nächste Rauchwolke aus Bettes Nasenlöchern kam, wurde aber enttäuscht. Bette schlug nervös die Beine übereinander, setzte sich dann wieder gerade hin, und Nydia war klug genug, ihr die nächste Zigarette anzuzünden – und gleichzeitig auch eine für sich selbst. Dann ging sie zu ihrer dankbaren Freundin hinüber und steckte ihr die Zigarette zwischen die Lippen. Bette kannte die Möglichkeiten, die in dieser Geste schlummerten. Wenn ein männlicher Hauptdarsteller zwei Zigaretten auf einmal ansteckte, konnte das extrem romantisch sein.

»Ruthie, schrei nicht so! Du weißt genau, daß ich es nicht ertragen kann, wenn du so zeterst. Du klingst wie Patsy Kelly, und du weißt, daß ich Patsy Kelly nicht ausstehen kann.« Nydia kam der Name irgendwie bekannt vor. Immer diese Filmschauspielerinnen! »Ist schon gut, Ruthie. Beruhige dich. Ich wollte dich nicht ärgern. Du darfst nicht vergessen, ich bin eine Fremde in einem fremden Land, und die Leute hier sprechen eine völlig andere Sprache als wir. Weißt du, wie sie zu harten Bonbons sagen? Gekochte Süßigkeiten! Und heute abend bin ich bei meiner neuen Nachbarin zum Abendessen eingeladen, und sie hat mir zur Auswahl zwei Gerichte vorgeschlagen, entweder Kröte-im-Loch« – Nydia hielt sich die offene Zeitschrift vors Gesicht, um ihre wachsende Erheiterung zu verbergen – »oder etwas namens Blubber-und-Quietsch.« Pause. »Nein, Ruthie! Das ist kein Badezusatz, glaube mir! Oh, Ruthie! Mach doch nicht so einen Aufstand deswegen. Ich schreie nicht!« schrie sie. »Ruthie! Leg sofort auf!« Bette beruhigte sich ein bißchen, während sie der dringlichen Stimme ihrer Mutter lauschte. »Meinetwegen, Ruthie. Hör auf mit dem Getue. Ich verspreche dir, ich lasse mich nicht ermorden. Meine Nachbarin hat mir ein sehr langes Leben vorausgesagt. Und sie muß es wissen, denn sie hat schon jede Menge Leute umgebracht.« Nydia konnte sich nicht mehr beherrschen. Sie lachte laut los. Bette rief: »Ruthie, du hast das völlig falsch verstanden. Sie ist eine berühmte Krimischriftstellerin und hat die Leute nur in ihren Büchern ermordet. Sie heißt Agatha Christie.« Ihre Augen wurden rund vor Staunen. »Nydia! Meine Mutter hat tatsächlich schon von Agatha Christie gehört. Sie hat sogar ihre Bücher gelesen und findet sie gut.«

»Ihre Bücher sind nicht nur gut, sie haben ihr auch viel Geld gebracht«, sagte Nydia. Und nachdenklich fügte sie hinzu: »Reichtum ist so beruhigend.« Sie merkte, daß sie mit sich selbst redete. Bette trug gerade Ruthie auf, ihre Schwester zu grüßen, aber nicht den Ehemann ihrer Schwester, den sie nicht leiden konnte. Außerdem solle sie nicht vergessen, dem Hund einen Kuß zu geben und ihm zu sagen, er müsse brav sein.

Damit war das Gespräch beendet, und Bette tupfte sich die Augen mit dem Taschentuch. »Entschuldigung.«

»Wieso? Meine Mutter bringt mich auch immer zum Weinen. Ist das nicht bei allen Müttern so?«

»Das verstehen Sie nicht, Nydia. Ich liebe meine Mutter von ganzem Herzen. Sie ist meine beste Freundin. Sie hat mir geraten, Schauspielerin zu werden. Sie hat uns allein großgezogen. Sie hat so viele Opfer gebracht. Mein Vater hat uns verlassen, als ich acht Jahre alt war, und das ist jetzt achtzehn Jahre her, wie ich Ihnen gerne gestehe.« Sie drückte die Zigarette im Aschenbecher aus und erhob sich. »Ach, zum Teufel mit der Sentimentalität. Gehen wir essen.«

»Das können wir erst, wenn Mamby uns mitteilt, daß alles angerichtet ist.«

»Ach, du lieber Gott!«

Nydia legte ihre Zeitschrift weg. »Meine liebe Miss Davis, es gibt hierzulande zwar viele brutale, hinterhältige, scheußliche Morde, aber es gibt auch etwas, was in diesem Lande niemals sterben wird ...«

Von der Tür rief Mamby: »Das Mittagessen ist fertig!«

»... Tradition!«

Kapitel 6

Es war schwer zu glauben, daß die drei Frauen, die in Agatha Christies wunderschönem Garten hinter ihrem Haus spazierengingen, in einen recht unangenehmen Mordfall verwickelt waren. Agatha spulte die lateinischen Namen der unterschiedlichsten Blumen und Sträucher herunter, von denen sie stolz behauptete, sie selbst gepflanzt zu haben. Sie hatte nicht nur einen grünen Daumen, sondern auch eine grüne Zunge. Als sie zu mehreren Reihen von Topfpflanzen kamen, rief Bette begeistert: »Oh, wie genial! Das sind doch tatsächlich Tropenhelme, die hier als Blumentöpfe verwendet wurden.«

»Gut beobachtet«, entgegnete Agatha. »Aus altem Armee-Überschuß. Ich habe sie in einem Geschäft bei der Victoria Station gefunden.«

»Da bin ich richtig neidisch«, verkündete Bette. »Ich hätte auch gern einen Tropenhelm zum Bepflanzen.«

»Ich habe noch einen ganzen Vorrat in meinem Gartenhaus«, erklärte Agatha. »Nydia! Schon wieder sind Sie so geistesabwesend!« Sie führte die beiden Frauen zurück ins Haus. »Ich will doch nicht hoffen, daß die Séance Sie beunruhigt.«

»Ich habe über Virgils Familie nachgedacht. Sie haben sich alle mehr Gedanken um ihre Verabredungen zum Mittagessen gemacht als um die Bestattung ihres Bruders.«

Bette riß die Augen auf. »Ich habe das als einen weiteren Beleg für britische Reserviertheit genommen! Ich dachte, der Anwalt der Familie würde sich um alles kümmern, was mit Virgils Bestattung zusammenhängt.« Sie schnippte mit den Fingern. »Da fällt mir etwas ein. Glauben Sie, Virgil hat angeordnet, daß man ihn einbalsamiert und in einer Gruft beisetzt? Wäre das nicht grandios?«

»Meine liebe Bette«, erwiderte Nydia mit übertriebener Geduld. »Virgil Wynn hatte seine Mängel. Es mangelte ihm beispielsweise an Phantasie.« Und an Agatha gewandt, fügte sie hinzu: »Ich könnte es vielleicht Sir Roland vorschlagen.«

»Das würde ich lieber nicht tun«, antwortete Agatha. »Ich kenne Roland seit vielen Jahren, und ich kann mit Bestimmtheit sagen, daß er nicht viel für solche Frivolitäten übrig hat.«

Als sie später an Agathas Eßtisch saßen, große Portionen Kröte-im-Loch verspeisten und dazu exzellenten Claret tranken, unterhielten sie sich weiter über Virgils Hinterbliebene. Bette fragte Agatha: »Könnte es wirklich sein, daß einer von ihnen der Mörder ist? Mir kommt es nicht so vor, als wären sie dazu fähig!«

»Meine liebe Bette, jeder von uns hat einen Mörder in sich. Wir sind doch alle schon einmal auf irgend jemanden so wütend gewesen, daß wir ihn am liebsten umgebracht hätten und auch damit gedroht haben. Sie etwa nicht?«

»Ich male mir immer mit größtem Vergnügen Jack Warners Tod aus.«

»Da sehen Sie's. Ich hätte fast Mr. Christie umgebracht – statt dessen habe ich mich klugerweise dafür entschieden, ein paar Tage zu verschwinden, und danach hatte ich mich wieder gefaßt.«

»Ihr Engländer seid in puncto Mord sehr viel begabter als wir Amerikaner. In Amerika töten weniger Leute mit Vorbedacht, glaube ich. Meistens passiert es eher spontan. Jemand kriegt plötzlich einen Wutanfall oder so.«

Agatha stimmte zu. »Wir Briten sind systematisch und ordentlich. Wir planen unsere Morde, wie wir die Speisenfolge und die Sitzordnung für eine Dinnerparty planen. Mit größter Sorgfalt.«

»Was hat es denn mit der Theorie auf sich, daß Gift vor allem eine Frauenwaffe ist?«

»Ein von Männern propagierter Mythos. Maßlos übertrieben. Die Männer der Borgias und der Medicis waren berühmte Giftmörder. Und unser Richard der Dritte stand mehrmals unter dem Verdacht, Gift verwendet zu haben. Aber selbstverständlich gibt es auch die Theorie, daß ihm das nur angehängt wurde, weil er behindert war, und zur damaligen Zeit galten Behinderungen als ein Zeichen des Bösen.« Agatha trank einen Schluck Wein und lächelte. »Das Schöne am Gift ist die große Auswahl. Es gibt banale und alltägliche Gifte, wie zum Beispiel Rattengift und Pflanzenvernichtungsmittel – etwas für niedrige Ansprüche. Dann gibt es exotische, extravagante Gifte, zum Beispiel die zahlreichen Varianten der Nachtschattengewächse, Curare, Coniin, Atropin und viele, viele andere, die ich bewundere und selbst häufig verwende. Selbstverständlich werden auch die bekannteren Gifte wie Strychnin und Arsen immer wieder gern genommen, was sie ja auch verdient haben.«

»Warum ist Virgil Ihrer Meinung nach so langsam gestorben?« wollte Bette wissen.

»Mord auf Raten, meine Liebe, Mord auf Raten. Ein langsames Dahinsiechen statt eines plötzlichen Todes. Das gibt weniger Anlaß zu Mißtrauen. Sie dürfen nicht vergessen, daß es nur wenige Menschen gibt, die die Auswirkungen von Gift erkennen. Wir Profis wissen, worauf wir achten müssen. Eine Verfärbung der Fingernägel konnte ich bei Virgil kaum feststellen, weil seine Finger regelmäßig manikürt wurden, aber sein Haarausfall und die lockeren Zähne, dazu der Appetitmangel ...« Bette schob ihren Teller weg. Agatha sprach weiter. »Soviel an Virgils Zustand kommt mir bekannt vor. Sie müssen mir etwas sagen, Nydia. Sie standen Virgil doch sehr nahe. Hat er selbst je einen Verdacht geäußert? Hatte er Angst um sein Leben?«

Nydia überlegte eine Weile. »Wie alle Archäologen ist er bedroht worden, weil er angeblich Gräber ausgeraubt und geplündert hat. Bei den Ausgrabungen kam es ein paarmal vor, daß seine ganze Gruppe eine Lebensmittelvergiftung hatte, und Virgil hat öfter überlegt, ob die Speisen vielleicht irgendwie präpariert wurden.«

»Ausrauben und plündern! Wie melodramatisch«, meinte Bette.

»In diesem Beruf gibt es viel Melodramatik, wie Sie ja schon bemerkt haben«, erwiderte Agatha. »Sehr viel Neid und Eifersucht, und nach Virgil und seinem Vater zu schließen, gibt es auch hinter den Kulissen jede Menge Schiebereien. Zum Glück ist mein Max gegen so etwas immun. Ich sehe die Archäologie mit seinen Augen. Er will einfach mehr über die Antike erfahren und wird von einem großen Wissensdurst und von einer meiner Meinung nach durchaus gesunden Neugier getrieben. Am meisten faszinieren ihn die alten Ägypter, vor allem die Kopten.«

Bettes Gesicht strahlte. »Agatha!«

»Ja, meine Liebe?«

»Sind Sie schon mal auf die Idee gekommen, ein Buch über die Ursprünge der Archäologie zu schreiben? Vielleicht in Zusammenarbeit mit Ihrem Ehemann? Ich hätte da auch schon einen phantastischen Vorschlag für den Titel.«

»Oh, ausgezeichnet! Ich habe nämlich immer Probleme mit den Titeln.«

»Wie finden Sie Das *Pan-Koptikum?«*

»Ich wäre da nicht besonders koptimistisch. Übrigens habe ich tatsächlich schon irgendwo ein paar Notizen für einen Thriller, der in Ägypten spielt, nur habe ich leider keine Ahnung, wo sie geblieben sind.«

»Vielleicht sind sie ja bei Virgils verschwundenen Notizen«, warf Nydia ein.

Bette entgegnete etwas rechthaberisch: »Ich glaube nicht, daß diese Notizen überhaupt existieren. Wahrscheinlich brauchte Virgil nur eine Ausrede, um von diesem Essen wegzukommen. Ihm war bestimmt langweilig, und er wollte lieber nach Hause, um eine letzte Nacht im Keller zu graben.«

Agatha klatschte in die Hände. »Wir sind zwei Genies! Ich habe genau das gleiche gedacht. Wenn es die Notizen tatsächlich gibt, was für einen Inhalt hatten sie wohl? Waren es Anweisungen für seinen Schneider? Ein Hinweis für den Steuerberater, wie er das Finanzamt weiterhin betrügen soll?« Und an Bette gewandt fügte sie hinzu: »Sie würden wahrscheinlich Steuerbehörde sagen.«

»Ich würde noch ganz andere Sachen sagen«, sagte Bette.

Unbeirrt fuhr Agatha fort: »Selbstverständlich haben wir keinen Grund, die Existenz der Notizen einfach von der Hand zu weisen. Aber ich habe trotzdem im Hinterkopf den Verdacht, daß der Mord an Virgil gar nicht so kompliziert ist, wie wir jetzt annehmen. Ich habe mir schon überlegt, ob ich mein Buch im Hause einer alten ägyptischen Familie spielen lassen soll, die der Familie Wynn gleicht. Aber bei mir wäre die Familie natürlich viel exotischer. Königliches Blut. Pharaonen. Prinzessinnen und Prinzen. Dunkle Machenschaften und noch dunklere Protagonisten.«

»Auf das Buch freue ich mich jetzt schon!« jubelte Bette.

»Ich dachte, Sie lesen keine Kriminalromane«, warf Nydia ein.

Das wollte Bette nicht auf sich sitzen lassen. »So stimmt das nicht. Ich habe Dashiel Hammetts Roman *Der Malteser Falke* gelesen.«

»Ist das nicht ein brillantes Buch? Und ist Hammett nicht ein brillanter Schriftsteller?« rief Agatha begeistert. »Ihm kann keiner das Wasser reichen.«

»Ich habe gerade in einer neuen Version des *Malteser Falken* mitgespielt«, erzählte Bette. »Der Film heißt *Der Satan und die Lady.*«

»Kein besonders guter Titel«, meinte Agatha.

»Kein besonders guter Film«, ergänzte Bette. »Das ist einer der Gründe, weshalb ich um meine Freiheit kämpfe. Das Drehbuch war dermaßen albern!«

»Ich möchte den Film trotzdem gern sehen«, erklärte Agatha. »Was meinen Sie, Nydia?«

»Ich will ihn keinesfalls verpassen.«

»Wenn er läuft, sehen wir ihn uns gemeinsam an.«

Bette lächelte. »Wie nett von Ihnen.«

Agatha begann den Tisch abzuräumen. »Ja, ich nehme an, manchmal bin ich nett. Es ist ein so schwaches, klägliches Wort, aber oft ist es einfach *le mot just.*«

»Es ist gleich acht«, sagte Bette. »Sollten wir nicht lieber zu mir hinübergehen? Ich werde Mamby bitten, uns einen Kaffee zu machen.«

»Hervorragende Idee«, lobte Agatha. »Ich lasse hier alles stehen und liegen und räume morgen früh auf.« Und als sie aus dem Haus gingen, fragte sie Bette: »Nun mal ganz ehrlich, Bette – hat Ihnen die Kröte-im-Loch geschmeckt?«

»Sie war ausgezeichnet! Ich muß Sie demnächst zu einem New-England-Eintopf einladen.«

»Woraus besteht der?«

»Oh, aus gekochtem Rindfleisch, Kartoffeln, Karotten, Rüben, und wenn ich Lust habe, gebe ich noch ein bißchen Kohl dazu.«

»New-England-Eintopf nennen Sie das? Für mich klingt das eher irisch, wie Corned beef mit Kohl.«

»Ha ha ha! In New England gibt es jede Menge Iren. Man kann fast sagen, die Iren beherrschen Boston.«

Mamby stöhnte entsetzt auf, als Bette ihre Küche betrat.

»Stimmt etwas nicht, Mamby? Sieht man meinen Unterrock?«

»Nein, Miss Bette. Es ist nur so, daß niemand … äh …«

»Ach, natürlich! Die Königin ist nicht ihm Salon, die Königin ist in der Küche.« Sie vergrub die Hände in den Rocktaschen, und mit einer Geste, die ihrem Publikum sehr vertraut war, ging sie langsam ein paar Schritte zurück und dann wieder ein paar Schritte nach vorn, den Kopf zur Seite geneigt, ganz ähnlich wie Charles Laughton als Captain Bligh in dem Film *Meuterei auf der Bounty*. Und genau wie der berühmt-berüchtigte Kapitän war Bette fest entschlossen, auf ihrem Schiff für Ordnung zu sorgen, und sei es auch nur aus Respekt vor ihrem verstorbenen Gastgeber. »Mamby, wir müssen eine Sache ein für allemal klarstellen. Virgil hat nur lobend von Ihnen gesprochen, und ich akzeptiere das. Aber ich nehme an, Mr. Wynn war ein Mann, der sich sehr schlecht selbst versorgen konnte.«

»In Haushaltsdingen war er ein hoffnungsloser Fall.«

»Natürlich«, sagte Bette. »Typisch Mann. Was verstehen Männer schon von der Küche?« Sie kannte eine ganze Reihe Männer, die sich in der Küche wesentlich besser auskannten als sie und Mamby, aber dieses Geheimnis wollte sie ihrer Haushälterin jetzt lieber nicht offenbaren.

»Also gut, Mamby, wir müssen uns erst ein bißchen aneinander gewöhnen. Dann kommen wir sicher spielend zurecht.«

»Ich weiß nicht, welches Spiel Sie meinen.«

Bettes Stimme bekam einen scharfen Unterton. »Dann werde ich Ihnen die Spielregeln mal erklären. Mamby, ich lasse mich gern bedienen, wie jeder normale Mensch, aber hin und wieder mache ich die Sachen lieber selbst. Ich gelte als relativ gute Köchin. Gelernt habe ich bei einer Expertin. Bei meiner Mutter. Unsere Spezialität sind Gerichte aus New England. Darin sind wir kaum zu übertreffen. Gelegentlich werde ich Sie also wissen lassen, daß ich für ein paar Gäste kochen möchte. Ich würde mich natürlich über Ihre Hilfe freuen. Aber, falls es Sie zu sehr stört, wenn jemand Ihr Terrain betritt, dann habe ich durchaus Verständnis dafür, wenn Sie sich bei solchen Gelegenheiten in Ihr Zimmer zurückziehen und lesen oder stricken oder Patience spielen oder sonst etwas. Bis die Gäste kommen. Dann erwarte ich von Ihnen, daß Sie das Essen servieren. Ich hoffe, daß Ihnen meine Gerichte ebensogut schmecken werden wie mir die Ihren. Wenn das für Sie jedoch ein Problem ist, sollten wir morgen darüber reden, denn jetzt möchte ich meine Gäste nicht warten lassen, und es werden in Kürze noch fünf weitere Personen eintreffen. Miss Tilson wird eine Séance leiten.«

»Wieder so eine Gruselsitzung? Sie hat schon früher hier welche abgehalten. Sie können ganz schön unangenehm werden.«

»Genau wie das Leben selbst. Und nun, meine Liebe, würden Sie uns bitte eine Kanne Kaffee kochen?«

»Wird gemacht.« Mamby war schon am Schrank und holte eine große Kaffeekanne heraus.

Da fiel Bette noch etwas ein. »Ach, übrigens, Mamby, was ich sagen wollte – ich glaube, Inspector Cayman leidet an schweren Allergien. Zum Beispiel ist er allergisch gegen Zichorie.«

»Tatsächlich?«

»Ja. Sie haben nicht zufällig Zimt im Haus?«

»Ich glaube doch.«

Bette lächelte. »Dann nehmen Sie bitte welchen für den Kaffee.«

»Jawohl, Miss Bette.« Bette wandte sich zum Gehen. »Oh – Miss Bette?«

Bette blieb stehen. »Ja?«

»Es wird nicht nötig sein, daß wir morgen über die Küche sprechen.«

»Oh?«

»Ich verstehe genau, was Sie meinen – von Frau zu Frau, wenn ich das mal so sagen darf.«

»Oh, gut!«

»Es ist nur so – als ich angefangen habe, hier zu arbeiten, sah die Küche jedesmal, wenn ich von meinem freien Tag zurückkam, ganz furchtbar aus – als hätte eine Bombe eingeschlagen. Also habe ich langsam aber sicher Mr. Wynn aus der Küche verbannt, und er war damit einverstanden.«

»Na ja, sonst wäre er wahrscheinlich verhungert.«

»Sie sind wirklich witzig.«

Nachdem Bette sich verabschiedet hatte, stand Mamby noch eine Weile stocksteif da, die Kaffeekanne krampfhaft umklammernd. Wenn Blicke tatsächlich töten könnten, wäre Bette Davis eine tragisch kurze Karriere beschert gewesen.

Während Bette sich in der Küche mit Mamby auseinandersetzte, präparierten Agatha und Nydia den wunderschönen runden Tisch in der Bibliothek für die Séance. Sie stellten genügend Stühle bereit, und Nydia sorgte dafür, daß auch Aschenbecher vorhanden waren. Zwischendurch schielte sie immer wieder zu dem Stuhl hinter dem Schreibtisch, auf dem Virgil zuletzt gesessen hatte.

Agatha fragte: »Sie sehen ihn nicht zufällig dort sitzen, oder?«

»Wen?« entgegnete Nydia scharf.

»Virgil. Sie blicken immer wieder so verstohlen zu dem Stuhl hinter dem Schreibtisch, als würden Sie erwarten, daß er dort erscheint.«

»Ich spüre seine Anwesenheit hier im Raum.«

»Ah! Das ist ja ein gutes Vorzeichen für die Séance.«

»Da bin ich mir nicht so sicher.«

»Oh? Und warum nicht?« Agatha war verblüfft.

»Ich spüre eine gewisse Feindseligkeit.«

»Von Virgil? Feindseligkeit? Aber er war doch immer so freundlich und gelassen, finde ich. Soweit ich weiß, hat er nie die Beherrschung verloren.«

Bette betrat den Raum. »Wer hat nie die Beherrschung verloren?«

»Virgil.«

»Ich kann nicht ganz folgen. Was habe ich verpaßt?«

»Nydia spürt Virgils Anwesenheit hier im Raum. Gleichzeitig spürt sie eine gewisse Feindseligkeit, die vielleicht von Virgil ausgeht.«

»Warum sollte Virgil feindselig sein? Ich könnte mir vorstellen, er freut sich, daß er schon so bald nach seinem Ableben von uns hört.«

Geduldig erklärte Nydia: »Die Geister kürzlich verstorbener Personen sind oft feindselig. Sie können furchtbare Luftwirbel auslösen, so daß alle möglichen Sachen durch die Gegend fliegen. Türen öffnen sich und knallen wieder zu. Die Geister können dafür sorgen, daß das Leitungswasser schwarz und brackig wird, daß sich widerliche Gerüche in den Zimmern ausbreiten und Gegenstände verschwinden.«

»Wenn Virgil vorhat, sich derart danebenzubenehmen, bin ich nicht besonders scharf darauf, ihn hier zu empfangen, auch wenn es sein Haus ist.« Bette zündete sich eine Zigarette an und vollführte mit der Hand, in der sie sie hielt, ihre typische schwungvolle Bewegung.

»Vorsicht, meine Damen«, gab Agatha zu bedenken. »Wir sollten nicht versuchen, das Unvorhersehbare vorherzusehen. Es könnte schließlich auch sein, daß es gar nicht so leicht ist, mit Virgil Kontakt aufzunehmen.«

»Das stimmt. Vielleicht ist er ja noch gar nicht angekommen«, meinte Bette mit ihrem gesunden Menschenverstand.

»Wo angekommen?« fragte Agatha, die möglicherweise vermutete, daß es Fahrpläne für die Ankunft im Jenseits gab – falls dieses unerforschte Gebiet tatsächlich existierte.

Bette zuckte die Schultern. »Dort, wo wir ihn kontaktieren wollen. Wir wissen jedenfalls mit Sicherheit, daß er nicht in Beverly Hills ist.«

Nydia nahm schon am Tisch Platz. »Sein Geist müßte eigentlich auf dem Weg nach Ägypten sein.«

Agatha klatschte in die Hände. »Wir werden scheinbar alle ein bißchen albern. Ich weiß, Séancen machen die Leute manchmal nervös, aber ich finde, wir sollten heute abend besonders vernünftig und nüchtern sein, wenn wir die Polizei und Virgils Familie beeindrukken wollen. Hat er eigentlich je über seine Feinde gesprochen?«

»Ich weiß nicht, ob ich sie überhaupt Feinde nennen würde. Ich meine die anderen Archäologen, die ihn beneidet haben – manche haben ihn vielleicht sogar gehaßt.«

»Viele haben ihn gehaßt. Wir sollten nicht beschönigend über den gar nicht so lieben Verstorbenen sprechen. Ich konnte ihn nicht ausstehen, und er hat das genau gewußt. Er hat es zugegeben, als er mich gestern besucht hat. Andererseits – mein Max hat ihn sehr gemocht. O Gott!«

»Was ist los?« erkundigte sich Bette besorgt.

»Max wird schockiert sein, wenn er hört, daß Virgil ermordet worden ist. Ich hätte ihm ein Telegramm schicken sollen, ehe er es in der Zeitung liest. Aber andererseits liest Max gar keine Zeitung, wenn er arbeitet.« Einen Moment lang schwieg Agatha nachdenklich. »Max ist sowieso hart im Nehmen. Ich schicke ihm morgen früh ein Telegramm. Und wir haben doch vorhin im Keller auch Rolands Version der Geschichte gehört.«

»Ich würde seine Version anzweifeln«, meinte Bette.

»Sie haben ihm nicht geglaubt?« fragte Agatha mit gerunzelter Stirn.

»Das Verhältnis zwischen den beiden Männern war viel zu widersprüchlich. Roland behauptet, er und Virgil seien bei einer Ausgrabung Partner gewesen, und trotzdem hat er kein Geld, während Virgil genug besitzt, um die ganze Staatsschuld zu begleichen, und ich nehme an, England hat eine. Wir dürfen nicht vergessen, daß Sir Roland von einem ptolemäischen Gral gesprochen hat, den Virgil angeblich gefunden hat, den Roland aber nie zu Gesicht bekam. Ich denke, er wollte damit andeuten, daß sich der Gral unter den Schätzen befinden könnte, die seiner Meinung nach in dem Grab verscharrt sind. Glauben Sie das nicht auch, Agatha?«

»An Rolands Stelle wäre ich Virgil gegenüber sehr verbittert, wenn dieser tatsächlich einen Weg gefunden hätte, mich um meinen Anteil zu bringen. Aber wir sind auf Rolands Aussage angewiesen, daß er und Virgil bei der ersten Expedition, die Virgil unternommen hat, tatsächlich Partner waren. Es sei denn, es gibt eine schriftliche Vereinbarung. Und ich kann mich nicht erinnern, daß er so etwas erwähnt hat.«

Bette zündete sich gerade eine neue Zigarette an. »Ich habe einen ganz bestimmten Verdacht«, sagte sie, nahm einen tiefen Zug und stieß den Rauch dann so heftig aus, daß Agatha fast erstickte. Bette entschuldigte sich und erläuterte dann ihre Vermutung. »Ich glaube, Sir Rolands Gerede von der Partnerschaft ist eine ziemlich abgefeimte Methode, um seinen Anspruch auf Virgils Vermögen zu begründen. Das wäre doch durchaus logisch, nicht wahr, meine Damen?«

»Meine liebe Bette, ich glaube, Sie haben da einen zentralen Punkt angesprochen. Und ich brauche jetzt einen Apfel.«

»Bitte, Agatha, ich kann dieses laute Kauen nicht ertragen, wenn ich eine Séance leite«, wandte Nydia ein.

»Dann sind Sie dafür verantwortlich, wenn ich Entzugserscheinungen kriege.«

Bette kam wieder auf das eigentliche Thema zurück. »Seien wir doch realistisch. Sir Roland hat bessere Chancen als Anthea und Oscar.«

»Eine ausgezeichnete Theorie.« Agatha rieb sich das Kinn. »Wenn Virgil allerdings einen großen Teil seiner Schätze einer Institution wie dem Britischen Museum vermacht hat, dann wird man sich dort gegen Sir Rolands Ansprüche wehren, und die haben genug Geld für eine lange, harte Auseinandersetzung.« Sie kratzte sich vorsichtig an der Wange. »Anthea und Oscar werden sich vermutlich hinter Sir Roland stellen, in der Hoffnung, daß sie reichlich belohnt werden, wenn er seinen Anspruch durchsetzt.«

Bette fragte unvermittelt: »Gibt es eigentlich keinen Mann in Antheas Leben? Hat es je einen gegeben?«

»Sie hat kein Glück mit Männern«, antwortete Agatha. »Und als Mabel noch lebte, schon gar nicht. Wenn Anthea einen hoffnungsvollen Anwärter mit nach Hause brachte, um ihn ihrer Familie vorzustellen, ließ er sich immer sehr schnell von Mabel einwickeln, und Anthea wurde zur Nebenfigur. Nein, Anthea hat nur ihre Liebe zu Virgil gekannt.«

»Das klingt sehr ungesund«, meinte Bette und entfernte einen Tabakkrümel von ihrer Zunge.

Mit leiser Stimme sagte Nydia: »Untertreiben Sie immer so, Bette?«

»Aha. Offenbar bin ich auf Öl gestoßen.« Bette wartete gespannt darauf, daß Nydia weiterredete.

»Agatha kennt die Geschichte schon, aber wenn es ihr nichts ausmacht, werde ich sie Ihnen gern erzählen, Bette.«

»Bitte, meine Liebe, legen Sie los. Die anderen Gäste haben sich anscheinend verspätet.«

Nydia zündete sich eine Zigarette an und begann. »Ich habe Virgil nicht abserviert. Er hat mir den Laufpaß gegeben. Ganz der Gentleman, versteht sich, aber trotzdem hat er mich in die Wüste geschickt. Und zwar recht unmißverständlich.«

»Das klingt schon mal sehr interessant«, sagte Bette. »Wie einer meiner Filme.«

»Weil ich nämlich das Gefühl hatte, hingehalten zu werden, habe ich ihn irgendwann ganz direkt nach seinen Absichten gefragt. Und da stellte sich heraus, daß sie alles anderes als ernst waren. Ich hatte mich in ihm geirrt. Er war ein eingefleischter Junggeselle, und er fühlte für mich wie ein älterer Bruder für eine jüngere Schwester.«

»Nach meinen Familienerfahrungen zu urteilen, ist das nicht besonders schmeichelhaft«, sagte Bette. »Ich hoffe, Sie haben ihm eine Ohrfeige verpaßt.«

»Ich habe seinem Ego eine Ohrfeige verpaßt. Ich war so wütend – wahrscheinlich war es eine Wut, die nach Agathas Ansicht sogar zu Mord hätte führen können. Ich habe ihm gesagt, er sei nicht Manns genug, um sich zu binden, und er würde mich mitsamt seiner ganzen Archäologie sowieso zu Tode langweilen.«

»Und trotzdem haben Sie ihm noch Gemüsesuppen gebracht.« Bette verschränkte die Arme vor der Brust, und der Rauch ihrer Zigarette stieg in Kringeln zur Decke auf.

Nydias Antwort kam sehr schnell. »Als ich wußte, daß er krank ist, meldete sich mein mütterlicher Instinkt. Zu diesem Zeitpunkt hatte ich längst kein Interesse mehr, mich wieder mit ihm einzulassen.«

»Haben Sie je mit ihm geschlafen?«

»Oh, Bette, Sie benehmen sich wirklich manchmal wie ein Elefant im Porzellanladen«, stöhnte Agatha.

»Nein, Bette, ich habe nie mit ihm geschlafen. Er hat mir nie einen Antrag gemacht oder auch nur vorsichtig angefragt. Er legte Wert darauf, sich dieses Thema im wahrsten Sinn des Wortes vom Leib zu halten.«

»War er homosexuell?«

»Das weiß ich nicht«, antwortete Nydia. »Er hatte eigentlich keinen richtigen Freund.«

»Das ist ja auch nicht nötig. Es gibt merkwürdige Orte, wo sich Homosexuelle treffen, habe ich gehört. Öffentliche Parks, intime Bars und Teestuben.«

»Teestuben?« Agatha war überrascht. »Ich habe gar nicht gewußt, daß es in Amerika Teestuben gibt.«

Bette lachte. »Gewisse öffentliche Toiletten, wo Homosexuelle hingehen, *pour le sport.* Die nennt man Teestuben. Polo ist der Sport der Könige – oder sind es Pferderennen? Und Cruising ist der Sport der Queens. Vielleicht war er ja auch doppelt gepolt.«

»Das müssen Sie uns ebenfalls erklären«, sagte Agatha, die sich überlegte, ob sie vielleicht etwas davon in ihrem nächsten Buch verwenden konnte. Für sie waren Homosexuelle wie Marsmenschen. Vielleicht existierten sie, vielleicht aber auch nicht. Und sie glaubte nicht, je einen getroffen zu haben.

Bette erklärte. »Doppelt gepolt heißt bisexuell. Man hat mir erzählt, daß es das gerade hierzulande sehr häufig gibt. Wahrscheinlich hängt das mit den vielen Internaten zusammen, in denen nur Jungen untergebracht sind. Ach, was soll's. Wollten Sie beide vorhin eigentlich andeuten, daß das Verhältnis zwischen Anthea und Virgil in irgendeiner Weise ungesund war?«

»Manchmal konnte man nicht umhin, sich diese Frage zu stellen«, sagte Agatha.

»Ich glaube, Virgil war asexuell«, konstatierte Nydia nüchtern. »Mabel hat ihn ausgesaugt. Und was Anthea betrifft – ich habe großes Mitleid mit ihr. Ich kann nur hoffen, daß Virgil ihr gegenüber großzügig war. Das ist er ihr schuldig.«

»Und was ist mit Oscar?« wollte Bette wissen. »Ich hatte den Eindruck, wenn er keine Kleider tragen würde, wäre er unsichtbar.«

»Er ist sehr unbeherrscht«, erklärte Agatha. »Ich habe öfter erlebt, daß er schreckliche Wutanfälle hatte. Oder besser gesagt, ich habe es gehört. Und ich bin sicher, daß er immer noch sehr böse ist, weil er von Mummy sowenig geerbt hat. O Gott! Ich habe Mummy gesagt, wie für Mumie, aber das war keine Absicht, bestimmt nicht. Zwischen den beiden Brüdern herrschte eine starke Rivalität um Mabels Liebe und Aufmerksamkeit. Mabel mochte frühreife, altkluge Kinder, und Virgil war entsetzlich altklug. Er wickelte Mabel um den Finger, und Mabel fand das wunderbar. Sie war sehr dumm, sehr eitel, sehr schön – und als Mutter und Ehefrau war sie keinen *Sou* wert.«

»Aber Agatha!« protestierte Nydia. »Oscar komponiert, und Anthea schreibt Gedichte. Das ist meiner Meinung nach sehr frühreif. Aber meine Meinung zählt in diesem Zusammenhang nicht viel, stimmt's? War Sir Roland nicht froh, daß Virgil in seine Fußstapfen trat?«

»Bis er gemerkt hat, daß Virgils Füße größer waren als seine und seine Fußabdrücke auslöschten. Dank Mabels Hilfe war Virgil der Raffiniertere. Sir Roland war ein ehrlicher Mann. Er vermachte einen großen Teil seiner Funde den Museen in den Ländern, in denen er arbeitete. Roland hat ausgegraben. Virgil hat ausgebeutet.«

»Sie haben doch gerade gesagt, Mabel sei dumm gewesen, Agatha«, warf Bette verwirrt ein.

»Tut mir leid. Ich hätte mich etwas deutlicher ausdrücken sollen. Ich meinte dumm in Bezug auf ihren Ehemann und ihre Kinder. In Finanzangelegenheiten war sie geradezu genial. Sie hat als Rolands Investorin fungiert, und deshalb beanspruchte sie das meiste von dem, was übrigblieb, und machte viel Geld damit. Wo Roland Geschenke machte, machte sie Geschäfte.«

»Warum bin ich nicht so gescheit?« fragte sich Bette laut. »In Hollywood besitzt jede Frau in meinem Alter ein eigenes Haus. Und ich? Ich zahle Miete. Aber das wird sich ändern, wenn ich meinen Prozeß gewinne.« Sie ließ das Thema wieder fallen. »Sind Sie sicher, daß es niemanden in Virgils Leben gab?«

»Kleopatra«, antwortete Nydia.

»Stimmt das?« Bette wurde wieder munterer.

»Absolut. Sein größter Ehrgeiz war es, ihr Grab zu finden.«

Agatha erklärte die Zusammenhänge etwas ausführlicher. »Das ist seit Ewigkeiten der brennende Wunsch aller Archäologen. Eine Weile war Kleopatra in den Hintergrund getreten, bis vor ein paar Jahren diese Colbert sie auf der Leinwand spielte. Sie hat ihre Sache recht gut gemacht, finde ich.«

Bette unterbrach sie. »Ich hätte die Sterbeszene völlig anders gespielt. Claudette hat eine winzige Viper genommen.« Sie schnaubte hörbar. »Ich hätte mir eine Kobra an den Busen gedrückt.« Sie blickte zur Decke und fragte: »Claudette, wo ist dein Stachel?« Dann änderte sich ihr Tonfall wieder. »Warum ist Virgil nie erwischt worden, wenn er doch diese ganzen Kunstwerke gestohlen hat? Sein ganzer Keller steckt voller Schmuggelware. Wie hat er die Sachen aus Ägypten herausgebracht? Wie hat er sie nach England hereingebracht?«

»Die Fiddle, meine liebe Bette, die Fiddle«, sagte Agatha.

»Wieder so eine britische Redensart, die einer Erklärung bedarf.«

»Bestechung, meine Liebe, Bestechung. Virgil hatte eine Nase für die empfindlichen Stellen gewisser Beamter. Und wir leben in schweren Zeiten. Natürlich sind die Zeiten für Nydia und mich und unseresgleichen nicht so schwer, weil ich genug verdiene und Nydia genug geerbt hat. Aber kleine Beamte verdienen wirklich wenig und sind anfällig für Bestechung.«

Bette blickte sich im Zimmer um und betrachtete die erlesenen Schätze, als es an der Tür klingelte. »Wie merkwürdig, daß die ganze Familie einmal hier gewohnt hat.«

»Sie haben es nicht länger ausgehalten, nachdem sie durch Mabels Testament finanziell mehr oder weniger auf dem trocknen saßen«, erwiderte Agatha. »Mit dem Geld, das ihnen zur Verfügung stand, haben sie sich bescheidene Eigentumswohnungen gekauft, und soviel ich weiß, wohnen sie alle noch dort. Anthea hat das Haus hier immer wieder heimgesucht, und wenn wir Glück haben, wird Virgil das demnächst auch tun.«

»Hoffentlich nur vorübergehend!« stöhnte Bette.

»Endlich sind die anderen da!« sagte Agatha.

»Wir sollten sie im Salon begrüßen«, schlug Bette vor, und ohne eine Antwort abzuwarten verließ sie die Bibliothek. Agatha folgte ihr sofort, während Nydia noch einen Moment zurückblieb und auf den Stuhl hinter dem Schreibtisch starrte.

Inspector Cayman und Detective Nayland waren gekommen. Mamby hatte sie bereits in den Salon geführt und teilte nun Bette mit, der Kaffee sei gleich fertig. Bette fragte die Männer, ob sie vielleicht lieber etwas Stärkeres wollten. Aber alle plädierten für Kaffee, und Mamby eilte in die Küche. Nun stieß auch Nydia wieder zu der Gruppe, und Agatha fragte sie, ob sie noch in der Bibliothek geblieben sei, um zu überprüfen, ob die feindseligen Schwingungen, die sie vorher wahrgenommen hatte, noch immer vorhanden waren. Agatha informierte Cayman und Nayland über Nydias Vorahnung und erzählte, daß sie, Nydia und Bette sich ausführlich über die Wynns und ihre Vergangenheit unterhalten hätten.

»Ich hoffe, Sie berichten mir auch noch Genaueres«, sagte Cayman. Er blickte auf seine Armbanduhr. »Ich dachte, die Wynns wären bereits hier. Es ist schon nach acht.«

»Pünktlichkeit war noch nie ihre Stärke«, erklärte Agatha. »Die Kinder haben das von Mabel geerbt, und bei Sir Roland ist es eine chronische Macke. Ich werde Ihnen solange unsere Überlegungen skizzieren.« Sie hatte die ungeteilte Aufmerksamkeit des Inspectors, als sie wiederholte, was in der Bibliothek erörtert worden war, wobei sie sich immer wieder bei Nydia und Bette rückversicherte, ob sie auch alles korrekt wiedergab. Natürlich stellte sie alles vollkommen richtig dar, und das wußte sie auch, aber sie hielt es für angebracht, den beiden Frauen immer wieder Respekt zu erweisen.

Als Agatha fertig war, sagte Cayman: »Ich danke Ihnen. Da gibt es ja einiges zu verdauen.« Und grinsend fügte er hinzu: »Hoffentlich ist es nicht so schwierig zu verdauen wie das, was Virgil Wynn verabreicht wurde.«

»Ach, du lieber Gott!« rief Bette.

»Ich muß ab und zu solche Bemerkungen machen, Bette. Sonst würde ich durchdrehen. Man muß schon sehr von seiner Aufgabe überzeugt sein, um als Detektiv arbeiten zu können. Ich bin überzeugt – aber das bedeutet auch, ich muß immer wieder lange Durststrecken überstehen: Fakten ausgraben, Hinweisen nachgehen, die meistens falsch sind, mit der Bürokratie kämpfen. Und meistens schlucke ich viel zuviel Aspirin.«

Nellie Mamby erschien mit dem Teewagen, auf dem der Kaffee, die Tassen, eine Zuckerdose und ein Milchkännchen standen. »Ah! Florence Nightingale!« rief der Inspector. Mamby warf ihm einen vernichtenden Blick zu.

»Haben Sie schon die Obduktionsergebnisse?« wollte Agatha von Cayman wissen, während Bette Mamby zu verstehen gab, sie solle bitte den Kaffee servieren, was diese mit ihrer üblichen Geschicklichkeit tat.

»Ja, ich habe die Ergebnisse. Und Ambrose MacDougal hat mir aufgetragen, Sie zu grüßen.«

»Wer ist Ambrose MacDougal?« fragte Agatha.

»Vergänglich ist der Menschen Ruhm«, meinte Cayman. »Ambrose ist der Gerichtsmediziner. Er hat Virgil ins Leichenschauhaus gebracht.«

»Ambrose MacDougal. Sie müssen mir verzeihen. Ich habe ein schrecklich schlechtes Namengedächtnis. Vor allem bei Leuten, die nur eine Nebenrolle spielen.«

»Das werde ich ihm lieber nicht weitererzählen, denn er bewundert Sie sehr. Sie hatten absolut recht mit dem Gift und den Symptomen und der Wirkung, aber etwas ist Ihnen entgangen.«

»Und was war das?« fragte Agatha, wobei ihre Stimme etwas lauter und schriller klang als sonst.

»Eine Stichwunde innen im Hals, hervorgerufen durch eine Waffe, die ihm jemand in den Mund gestoßen hat. Sie hat eine Arterie durchgetrennt. Wenn Sie seinen Mund geöffnet hätten, um die Zähne zu überprüfen, hätte sich Ihnen ein abscheuliches Bild geboten.«

Bette ächzte: »Da bin ich aber froh, daß Agatha sich zurückgehalten hat!«

»Er hat sich also mit jemandem hier getroffen«, konstatierte Nydia. »Deshalb hat er sich beim Abendessen so früh verabschiedet!«

Nellie Mamby stöhnte laut. »Oh, mein Gott! Er ist ermordet worden, während ich geschlafen habe?«

»Sind Sie sicher, daß es passiert ist, solange Sie geschlafen haben?« fragte Cayman.

»Ich habe jedenfalls nichts gehört. Ich gehe meistens früh ins Bett, wenn nicht gerade etwas Besonderes im Rundfunk kommt. Und ich habe Ihnen ja schon gesagt, mein Zimmer befindet sich im hinteren Teil des Hauses. Ich habe keinen Pieps gehört.« Sie schwieg eine Weile und überlegte. »Ich hatte das Radio an! Gracie Fields hat ein Konzert gegeben. Und wenn sie singt, dann übertönt das alles, finden Sie nicht auch?«

»Ich kann Ihnen da leider nicht zustimmen«, antwortete Cayman. »Ich bin kein Fan von Gracie Fields, und ich stelle das Radio nur an, um Nachrichten zu hören. Ah, da ist jemand an der Tür. Die Wynns sind da.«

Nellie Mamby eilte zum Eingang, froh, der Situation entkommen zu können.

Bette sagte zu Cayman: »Sie haben sie eingeschüchtert.«

»Ihre Nellie Mamby weiß mehr über das, was in diesem Haus vor sich gegangen ist, als alle anderen früheren Bewohner«, entgegnete Cayman freundlich. »Ist sie eigentlich die einzige Angestellte?«

»Ja, die allereinzige«, meinte Bette. »Jedenfalls habe ich sonst niemanden geerbt.«

»An den Abenden, an denen Mabel ihren Salon abgehalten hat«, erklärte Agataha, »hat sie immer noch zusätzliche Hilfen eingestellt. Und wenn ich richtig informiert bin, gibt es außerdem noch eine Frau, die einmal in der Woche zum Putzen kommt. Das Haus ist riesig, aber nicht alle Zimmer werden benutzt. Jedenfalls nicht mehr, seit Virgil hier alleine gelebt hat.«

»Der arme Virgil«, seufzte Nydia.

»Der reiche Virgil!« korrigierte Agatha.

»Sein Reichtum nützt ihm jetzt wirklich viel«, meinte Nydia.

»Wir müssen uns entschuldigen«, sagte Sir Roland. »Aber wir haben uns bei Simpson in der Strand den leckeren Rinderbraten gegönnt und dabei ganz vergessen, daß wir in den Theaterverkehr kommen.« An Bette gewandt fügte er hinzu: »In der Strand gibt es sehr viele Theater, meine Liebe. Fast so schlimm wie in der Shaftesbury Avenue.«

»Sogar noch schlimmer«, warf Oscar ein. »Ich sehe, es gibt Kaffee. Wir hatten keine Zeit mehr für ein Täßchen nach dem Essen. Dürften wir Sie bitten, Bette, Nellie zu beauftragen, uns noch eine Kanne zu machen?«

Nellie antwortete selbst: »In der Kanne ist noch viel drin, und ich habe den Kaffee eben erst gebracht. Sehen Sie denn nicht, daß ich eine der großen Kannen genommen habe, die immer bei den großen Einladungen benutzt wurden?«

Betont geduldig sagte Bette: »Mamby, bitte, bedienen Sie doch unsere Gäste.« Und in einem bisher unbekannten Tonfall fügte sie etwas hinzu, was Agatha zeigte, daß hinter der Fassade der Schauspielerin ein kleiner Kobold lauerte, der jederzeit bereit war, sein Unwesen zu treiben, wenn er provoziert wurde. Agatha fand Bette faszinierend und vermutete, daß es Cayman genauso ging. Die neue Bette-Stimme sagte: »Inspector Cayman hat ein paar hochinteressante Neuigkeiten für uns, stimmt's, Inspector?«

»Wollen Sie sagen, Virgil ist doch nicht vergiftet worden?« fragte Anthea. »Ist er vielleicht in Wirklichkeit an einer Krankheit gestorben?«

»Oh, nein, Ihr Bruder ist eindeutig vergiftet worden, und zwar in kleinen Dosen, die schließlich tödlich wirkten. Aber ich glaube, daß er auch an einer Krankheit gestorben ist – und diese Krankheit bezeichnet man allgemein als Habgier.« Er hörte, wie Oscar erschrocken nach Luft schnappte. Sir Roland warf seinem Sohn einen wütenden Blick zu, Antheas Gesichtsausdruck hingegen blieb völlig neutral. Jetzt schockierte Inspector Cayman die Wynns mit den Fakten über die tödliche Stichwunde in Virgils Mund.

»Wie entsetzlich«, murmelte Oscar leise und apathisch.

»Ich bin etwas verwirrt«, sagte Sir Roland. »Wie soll ihm jemand eine solche Wunde zugefügt haben? Virgil wäre doch sicher nicht einverstanden gewesen, wenn ihn jemand gezwungen hätte, den Mund aufzureißen.«

»Das war vermutlich nicht nötig«, erwiderte Cayman. »Nayland, seien Sie doch bitte so nett und setzen Sie sich auf den Stuhl hinter dem Schreibtisch. Nehmen wir also einmal an, daß Virgil eine Auseinandersetzung mit Mr. oder Miss X. hatte. Sein Gegenüber sagt etwas, was Virgil veranlaßt, lachend den Kopf zurückzuwerfen ...«

»Das stimmt!« rief Nydia. »Virgil gehörte zu den Leuten, die immer sehr herzhaft lachen! Wenn man mit ihm im Theater war, konnte das furchtbar peinlich sein. Er warf den Kopf zurück und röhrte los.«

»Genau wie seine Mutter«, meinte Sir Roland nachdenklich.

»Nayland, und nun seien Sie so freundlich und werfen den Kopf zurück und reißen Sie dabei den Mund weit auf. Die Geräusche können Sie weglassen.« Nayland war dafür sehr dankbar. »Nun stößt der Mörder in seiner Wut Virgil die Waffe in den Mund, und *voilà,* schon ist Virgil erledigt.«

»Woher hatte der Mörder denn eine Waffe?« fragte Bette, die Hände in die Hüften gestützt. »Hat er sie mitgebracht?«

»Auf dem Schreibtisch lag ein Dolch«, erklärte Agatha. »Ist das niemandem aufgefallen? Sie müßten sich doch daran erinnern, Roland. Sie haben gesagt, er stammt aus Baramars Grab. Sie haben ihn immer als Brieföffner benutzt. Und Virgil dann später auch.«

»Ach ja, natürlich! Der Baramar-Dolch. Aber wo ist er jetzt?« Sir Roland blickte sich um, als erwartete er, die Waffe müsse neben dem Schreibtisch auf dem Fußboden liegen.

»Er ist jedenfalls nicht hier«, stellte Cayman nüchtern fest. »Haben Sie den Dolch irgendwo gesehen, als Sie die Leiche entdeckt haben?« fragte er Bette und Nydia.

»Wenn wir ihn gesehen hätten, dann hätten wir Ihnen das selbstverständlich mitgeteilt«, antwortete Bette.

»Der Dolch ist sehr wertvoll«, sagte Sir Roland.

»Dann habe ich ihn vermutlich gleich verkloppt«, meinte Bette trocken.

»Verkloppt?« fragte Cayman. Er schien den Ausdruck nicht zu kennen.

»Ins Pfandhaus gebracht. So sagt man bei uns zu Hause«, erklärte Bette.

Cayman erwiderte ganz ernsthaft: »Es würde Ihnen sicher schwerfallen, solch eine Antiquität zu verpfänden.«

»Ich habe mir schon gedacht, daß Sie das denken«, meinte Bette lächelnd. »Sie wissen doch genau, Inspector, daß es nur ein Witz war.«

»Ja, klar. Amerikanischer Humor. Also gut«, fuhr er bedächtig fort, »es wird selbstverständlich eine gerichtliche Untersuchung angesetzt. Damit nicht zuviel an die Öffentlichkeit dringt, würde ich vorschlagen, daß Sie alle gleich morgen früh zum Verhör bei Scotland Yard vorsprechen. Ich möchte gern Sir Roland, Oscar und Anthea Wynn sehen, außerdem Nellie Mamby und natürlich auch Sie, Miss Tilson.«

Nydia kniff die Augen zusammen. »Was soll das heißen, ›natürlich‹ auch mich?«

»Erstens wegen der Gemüsesuppen. Nicht etwa, weil ich mich für das Rezept interessiere. Außerdem hatten Sie doch eine recht enge Beziehung zu Virgil Wynn.«

»Ich kann Ihnen versichern, da gab es keinen Anlaß zum Mord.«

Vielleicht doch, dachte Bette, während sie sich eine Zigarette anzündete. Du hast es Agatha und mir schließlich sogar erzählt. Du warst so wütend, als er gesagt hat, er will dich nicht heiraten, daß du ihn womöglich auf der Stelle umgebracht hast. Agatha blickte sie vielsagend an und legte den Zeigefinger auf die Lippen. Bette antwortete mit einem Zwinkern und gab der Schriftstellerin so zu verstehen, daß sie den Mund halten werde.

Cayman wies Nayland an, die Termine mit den fünf Verdächtigen für den nächsten Tag festzulegen, damit endlich die Séance beginnen konnte. Nellie Mamby geriet in Panik, aber Cayman beruhigte sie. Bette hörte ihn sagen, es werde nicht weh tun und sei im Grunde viel harmloser als ein Zahnarztbesuch. Agatha nutzte die Gelegenheit, Bette zur Kaffeekanne zu ziehen, wo sie sich noch eine Tasse eingoß. Sie flüsterte: »Lassen Sie Nydia das auf ihre Art machen. Sie kann sehr gut für sich selbst sorgen.«

»Glauben Sie, Nydia könnte ihn umgebracht haben?«

»Aber wieso denn? Ich will damit nicht sagen, daß Zurückweisung kein Motiv sein könnte, aber es kommt auf die Disposition der verdächtigen Person an. Ich kenne Nydia schon sehr lange. Sie ist eine gute Freundin, und sie war eine gute Ehefrau. Ich habe ihren Ehemann jedenfalls nie klagen hören.«

»Woher stammte eigentlich sein Geld?«

»Geerbt. Sehr altes Geld.«

»Ich träume von sehr neuem Geld«, sagte Bette. »Aber trotzdem, Agatha – da ist die Gemüsesuppe.«

»Ein uraltes Rezept. Von Generation zu Generation weitergereicht. Schmeckt ausgezeichnet. Muß sehr sorgfältig zubereitet werden. Ich hab's versucht. Ohne Erfolg. Wahrscheinlich braucht man dafür eine ganz besondere Begabung. Ah, Inspector! Ihre große Enthüllung hat Ihnen ja sichtlich Spaß gemacht.«

»Störe ich bei einer privaten Unterhaltung?« fragte der Inspector höflich.

»Vor einer Minute hätten Sie das noch getan«, meinte Bette.

»Sagen Sie, Inspector«, begann Agatha, während sie den Zucker in ihrem Kaffee umrührte, »weshalb werde ich denn nicht verhört?«

Da der Inspector nicht gleich antwortete, fuhr sie fort: »Immerhin habe ich diesen Mann gehaßt. Er war ein Schandfleck für die ehrenhafte Profession meines Mannes, und darüber hinaus hielt ich ihn für geizig und für ungeheuer langweilig.«

»Und das, obwohl Ihr Mann durchaus nette Seiten an Virgil fand?«

»Max findet an jedem etwas Nettes. Sie müssen meinen Mann unbedingt kennenlernen. Er ist ausgesprochen charmant, und er erzählt gern gewagte Witze – Sie doch sicher auch. Stimmt's oder habe ich recht? Sie sind doch Polizist.« Und an Bette gewandt: »Polizisten erzählen sich Witze, um die Monotonie zu durchbrechen. Detektivarbeit ist ein hartes Brot, genau wie die Archäologie. Und sie ist noch härter, wenn man einen Roman daraus machen will, das kann ich Ihnen versichern. Noch etwas, Inspector – ich habe kein Alibi. Ich war allein zu Hause, und ich kann es nicht beweisen.«

»Warum möchten Sie den unbedingt in die Reihe der Verdächtigen aufgenommen werden?«

»Warum wohl, mein Lieber? Um Sie von der Spur abzulenken, versteht sich. Warum sonst?«

»Sie wollen sagen, um mich von einer anderen Spur abzubringen. Sie meinen vermutlich Ihre Freundin Miss Tilson.«

»Junger Mann, Sie sind wirklich sehr klug.«

Kapitel 7

Nayland unterbrach das Gespräch, um Cayman den Zeitplan für die Verhöre am nächsten Tag zu zeigen. »Ich habe jeweils zwei Stunden angesetzt. Wir fangen morgens um neun Uhr mit Nellie Mamby an. Sie steht am frühesten auf. Miss Tilson hat gebeten, als letzte dranzukommen, da Séancen für sie sehr anstrengend sind und sie deshalb am nächsten Morgen ausschlafen muß.«

»Sie schläft immer lange, Séance hin oder her«, warf Agatha ein. Cayman nahm Nayland am Arm und führte ihn beiseite.

Bette fragte Agatha: »Wollen Sie denn tatsächlich verhört werden?«

»Natürlich nicht! Das ist immer langweilig und öde. Eigentlich möchte ich den Inspector verhören. In dieser Sache steckt soviel Material für ein neues Buch! Ein echter Mord ist um einiges interessanter als einer, den man sich ausdenkt.«

»Agatha, Sie haben nicht zufällig heute morgen den Dolch gesehen?«

»Nein, denn er war gar nicht da. Der Mörder hat ihn entfernt.«

»Sie meinen, er …«

»… oder sie …«

»… hat ihn mitgenommen?«

»Das glaube ich nicht.«

»Sie glauben also, der Dolch befindet sich noch hier im Haus?«

»Ja. Gibt es einen besseren Platz, um ihn zu verstekken? Denken Sie nach, meine Liebe, denken Sie nach. Wie mein Hercule Poirot sagen würde: ›Benutzen Sie Ihre kleinen grauen Zellen.‹ Wenn sich ein Zwerg verstecken möchte, dann tut er das am besten in einem Zimmer voller Zwerge, stimmt's?« Sie lächelte. »Und wenn Sie in diesem Haus einen Kunstgegenstand verstecken wollten ...«

»Der Keller!«

»Nicht so laut. Wir wollen doch nicht gleich alles verraten.«

»Ich bin sicher, daß der Inspector längst auch auf diese Idee gekommen ist.«

»Selbstverständlich. Er ist sehr gut. Er flirtet ein bißchen viel, aber er ist trotzdem ein hervorragender Schnüffler.«

»Sie finden, er flirtet mit Ihnen?«

»Stellen Sie sich doch nicht so dumm. Er flirtet mit Ihnen, und Sie haben nichts dagegen.«

»Sie haben es also bemerkt. Und ich habe mir solche Mühe gegeben, diskret zu sein. Ich habe ein schrecklich schlechtes Gewissen.«

»Warum? Sie haben doch Ihren Ehemann weggeschickt. Sie sind ein freier Mensch. Flirten Sie, soviel Sie wollen, und Schwamm drüber.«

»Aber mein Mann ist erst vor ein paar Tagen abgereist. Auf einem gräßlichen Schiff, das nichts als Frachtgut befördert.«

»Alle Schiffe befördern Frachtgut, und er ist wahrscheinlich gerade dabei, mit einer reichen geschiedenen Frau zu flirten, die er im Schiffssalon kennengelernt hat.«

»Meinen Sie?«

»Er ist von seiner Frau getrennt. Er ist ein Mann, er ist einsam, und Seeluft macht Appetit.«

»Dieses Monster! Ich hoffe nur, die Dame behandelt ihn wie Dreck.«

Nydia hatte die Verandatür zum Garten geöffnet und atmete die Nachtluft ein. »Wir haben Glück«, verkündete sie, ohne sich an jemanden bestimmtes zu wenden. »Die Luft ist frisch und kühl. Die Nacht ist sternenklar. Der Mond ist voll.«

Bette fragte sich, ob Nydia wohl gleich anfangen

würde zu singen. Jeder ihrer Sätze klang wie die erste Zeile eines Liedes.

»Vollmond. Das ist sehr gut für eine Séance.«

»Vollmond?« Bette klang besorgt und gestikulierte heftig mit der rechten Hand. »Ist das nicht ein schlechtes Omen? Kommen da nicht immer die Werwölfe?«

»Ja, und vergessen Sie nicht die Hexen auf den Besenstielen und die fauchenden schwarzen Katzen mit den krummen Buckeln«, sagte Agatha. »Heute ist nicht der Abend vor Allerheiligen, Bette, oder Halloween, wie man bei Ihnen sagen würde, es ist ein völlig normaler Abend, und zum Glück haben wir keinen Nebel. Der Nebel könnte nämlich Nydias Kommunikationswege blockieren.«

Nydia kam mit ausgebreiteten Armen auf die im Zimmer Versammelten zu, wie eine Operndiva, die auf Zugabe-Rufe antwortet. »Sollen wir beginnen?« Sie geleitete alle zur Bibliothek, mit energischen Schritten, als hätte sie es oft geübt, hier die Hausherrin zu spielen.

Sir Roland, der neben Cayman ging, sagte: »Billigt Scotland Yard denn häufig solche Séancen?«

»Nicht daß ich wüßte. Für mich ist diese Veranstaltung jedenfalls etwas Ungewöhnliches. Ich habe schon an mehreren Séancen teilgenommen, aber außerberuflich. Manche waren sehr gut, andere absolut schwachsinnig. Ich bin gespannt, wie Miss Tilson die Sache angeht. Sie hat einen außerordentlich guten Ruf.«

»Nydia ist in vieler Hinsicht außerordentlich«, erwiderte Sir Roland etwas kryptisch.

Agatha hatte Anthea den Arm um die Schulter gelegt. »Sie sind so schweigsam, meine Liebe. Mir fehlt Ihr Geplauder.«

»Ich habe Angst.«

»Ehrlich?« Agatha wollte gern noch mehr über Antheas Gefühl erfahren.

»Das ist alles, was ich sagen kann. Ich habe Angst. Ich mag dieses Haus nicht mehr. Hier herrscht ein böser Geist.«

»Darf ich Sie etwas fragen? Hat Ihr Vater schon Vorbereitungen für Virgils Bestattung getroffen?«

»Darüber haben wir beim Abendessen gesprochen. Wir haben eine Familiengruft. Dort liegt Mutter begraben.«

Und demnächst, dachte Agatha, wird ihr Lieblingskind bei ihr ruhen. Sie fragte sich, ob Mabel wohl auch im Jenseits ihren Salon abhielt. Immerhin gab es dort genügend Berühmtheiten, die man einladen konnte! Man stelle sich vor, ein Salon, bei dem Marie Antoinette mit Maria Stuart über ihren Friseur plauderte. Wirklich ein faszinierendes Thema, dachte Agatha, die die beiden historischen Damen nicht besonders mochte.

Bette warf einen Blick auf den Tisch und fragte: »Spielt es eine Rolle, wo wir sitzen?«

»Setzen Sie sich dorthin, wo es Ihnen gefällt und wo Sie sich wohl fühlen.«

Sir Roland sorgte dafür, daß er den Platz neben Bette erwischte. Inspector Cayman saß auf ihrer linken Seite, dann kam Agatha. Bette hoffte, daß es eine jener Séancen war, bei denen man die Finger der Personen, die rechts und links saßen, berühren mußte. Zu gerne wollte sie Caymans Finger anfassen! Bei Sir Roland war sie sich nicht so sicher, aber wenigstens wüßte sie dann, daß er sie nicht plötzlich kneifen konnte. Nydia saß oben am Tisch. Rechts von ihr hatte Anthea Platz genommen, links Oscar. Nayland saß zwischen Anthea und Nellie Mamby und war fest davon überzeugt, daß Nellies Finger eiskalt sein würden. Mamby hatte auf Nydias Anweisung hin die Vorhänge zugezogen, ehe sie Platz nahm. In der Mitte des Tisches stand ein extravaganter Kandelaber mit zwei Kerzen.

In einem Tonfall, bei dem Bette befürchtete, er

könnte zu irgendwelchen mystischen Gesängen führen, begann Nydia: »Als erstes muß ich Sie alle warnen. Manchmal passiert lange Zeit gar nichts. Wir dürfen nicht ungeduldig oder mutlos werden. Die Geister haben ihr eigenes Tempo.«

Wahrscheinlich sind die Geister nicht immer besonders begeistert, dachte Bette. Laut fragte sie: »Können die Geister denn auch gefährlich sein?«

»Gelegentlich sind sie ein bißchen ungezogen. Sie haben ihre neckischen Momente, aber nicht allzuoft. Für gewöhnlich finde ich sie aber sehr umgänglich. Sie legen genausoviel Wert darauf, von uns zu hören, wie wir von ihnen.«

»Ich verstehe«, sagte Bette vergnügt. »Wie Schauspieler, die von ihrem Agenten hören wollen.« Agatha warf ihr einen warnenden Blick zu, und Bette fuhr fort: »Haben Sie einen bestimmten Vermittler, der Sie mit dem Jenseits in Kontakt bringt?«

»Ich habe mehrere Kontaktpersonen, meine Liebe. Man braucht mehr als eine, weil so viele Séancen gleichzeitig abgehalten werden, daß sie sich gegenseitig behindern. Ich bin für heute abend noch zu einer anderen Séance eingeladen worden, in Hampstead, aber der Mann, der sie leitet, stottert schrecklich, und deshalb braucht er doppelt so lange, um seinen Vermittler zu kontaktieren.«

»Woran merken wir überhaupt, ob ein Geist anwesend ist?« wollte Bette wissen.

»Normalerweise klopfen sie.«

»Aber wenn es nun keine Klopfgeister sind?«

»Bitte, Bette, lassen wir das.« Nydia atmete tief durch. »Oh! Oh! Oh! Ich fühle, wie sich die Kräfte sammeln. Sie beginnen durch meine Adern zu strömen. Das ist ein gutes Zeichen, ein sehr, sehr gutes Zeichen.«

Offenbar hat sie eine gesunde Durchblutung, dachte Bette, rief sich aber noch rechtzeitig zur Ordnung und sagte nichts.

Atemlos stieß Nydia hervor: »Mamby ... zünden Sie die Kerzen an ... und löschen Sie dann bitte alle anderen Lichter.«

Bette sagte noch: »Was für ein ungewöhnlicher Kerzenleuchter. Ich wollte schon fragen, woher er stammt. Heute morgen, nach dem Schock ... na ja, Sie wissen schon ...«

»Ja, wir wissen es«, flüsterte Agatha.

»Der Leuchter stammt etwa aus dem Jahr fünfhundert vor Christus. Eins meiner Fundstücke«, raunte ihr Sir Roland ins Ohr.

Das Kerzenlicht schimmerte geheimnisvoll. Der Raum lag im Halbdunkel. Mamby ging an ihren Platz zurück. Mit der Zunge fuhr sie sich über die schmalen, ausgetrockneten Lippen. Wie sehnte sie sich nach einem Schluck Gin!

»Nun spreizen Sie bitte alle Ihre Finger, so daß Sie sich mit den kleinen Fingern berühren«, befahl Nydia.

Streng flüsterte Bette Sir Roland zu: »Wir sollen uns mit den kleinen Fingern berühren, weiter nichts!«

Obwohl es keinerlei Durchzug gab, flackerten die Kerzen. Bette genoß Caymans leichte Berührung. Cayman blickte Bette in die Augen und sah, wie sich die Kerzen darin spiegelten. Bette spürte einen leisen Schauder und wußte, daß sie errötete. Nydia intonierte einen mystischen Singsang, den, so dachte Bette, die Spiritisten vermutlich anstimmten, um die Geistertätigkeit im Jenseits anzuregen. Es war nicht Nydias Stimme, oder jedenfalls nicht die Stimme, die Bette kannte. Agatha hatte die Augen geschlossen, und Bette fragte sich, ob sie eingeschlafen war. Hoffentlich fühlt sich Cayman nicht vernachlässigt, weil ich den Blick von ihm abgewandt habe, dachte sie. Aber wenn sie sich zu lange auf ein Objekt konzentrierte, begann sie zu schielen, und sie wollte nicht, daß der Inspector ihre kleinen Mängel bemerkte. Ihre nervöse Angewohnheit, mit den Händen herumzufuchteln, wenn sie sich aufregte, war schon schlimm genug. Und ihre Art, beim Sprechen die Worte abzuhacken, galt als affektiert. Aber ihre eigenwilligen Gebärden waren faszinierend und gehörten unverwechselbar zu ihr. Sie hatte noch nicht begriffen, daß sie etwas ganz Einmaliges war, wie die Garbo oder die Crawford. Jetzt, in diesem Zimmer, fühlte sie sich überhaupt nicht einmalig. Sie fragte sich vielmehr, warum sie an etwas teilnahm, was dort, wo sie aufgewachsen war, als gehobener Schwachsinn betrachtet wurde. Bei dem Gedanken, jemand könnte in Lowell, Massachusetts, eine Séance abhalten, wäre sie fast herausgeplatzt.

Cayman flüsterte ihr ins Ohr: »Sie sind so zappelig. Fühlen Sie sich nicht wohl?«

»Ich wollte, Nydia würde etwas anderes ausprobieren«, flüsterte Bette zurück. »Es tut sich doch gar nichts! Vielleicht sind die Geister gerade beim Abendessen.«

»Nydia hat doch angekündigt, es könnte eine Weile dauern.«

Nydia, dachte Bette, nicht Miss Tilson. Hat er auch mit Nydia geflirtet? Wenn ja, hat man es nicht gemerkt. Aber er ist ja auch so diskret! Gibt es wohl eine Mrs. Cayman? Und wenn ja, krabbeln dann kleine Caymans auf dem Fußboden herum?

Auf einmal schnappte Nydia nach Luft. Sie sang nicht weiter. Ihr Gesicht glühte. Selbst in der gedämpften Beleuchtung konnte Bette die Veränderung feststellen.

»Bon soir, ma chère. Ca va?«

»Meine Güte!« staunte Bette. »Redet sie etwa französisch?«

»Hervorragende Aussprache«, kommentierte Cayman.

»Vielleicht ist sie es gar nicht selbst. Ihre Stimme klingt ganz anders. Außerdem hätte ich gern Untertitel. Ich verstehe nämlich kein Französisch.« Bette wollte sich schon ärgern, da schaltete Nydia wieder auf Englisch um.

Agatha sagte: »Sie redet mit Jeanne d'Arc.«

»Sind Sie sicher?« wollte Sir Roland wissen.

»Das ist nicht das erste Mal, daß Nydia mit Jeanne d'Arc Kontakt aufgenommen hat. Die Jungfrau von Orléans ist unglaublich geschwätzig. Das letzte Mal konnte man sie überhaupt nicht mehr zum Schweigen bringen. Sie gerät ganz aus dem Häuschen, wenn sie sich erhitzt.«

Nydia unterbrach das Gespräch. »Nein, das ist nicht Jeanne. Es ist eine Schauspielerin, die behauptet, sie hätte einen Vertrag mit MGM gehabt. Sie möchte mit Bette sprechen. Ihr sehnlichster Wunsch ist es, den neuesten Klatsch aus Hollywood zu hören. Im Moment nimmt sie gerade einen Apéritif mit John Gilbert. Sie heißt Renée Adorée.«

»Ach, natürlich!« rief Bette. »Sie ist vor drei Jahren gestorben. An TB. Mit Mr. Gilbert hat sie mehrere Stummfilme gedreht.«

Jetzt sprach Nydia mit einem französischen Akzent. »Hallo, Bette Davis. Ich bin Renée Adorée. Wir sind uns nie begegnet.«

»Ja, leider«, erwiderte Bette aufgeregt. »Wie findet sich denn John Gilbert im Himmel zurecht?«

»Er erobert ihn im Sturm.«

»Sie sprechen doch vom Himmel zu uns?« Bette kam sich ziemlich albern vor. Ihrer Meinung nach spielte Nydia nur Theater. Aber man mußte zugeben, daß sie ihre Sache gut machte. Außer Cayman, der seinen Zynismus nicht verbarg, schien sie alle in ihren Bann zu schlagen.

»John möchte etwas fragen. Wissen Sie, ob Marlene Dietrich noch um ihn trauert? Sie hat doch so ein schlechtes Gedächtnis.«

»Um die verstorbene Priscilla Mullens zu zitieren: ›Warum fragt John denn nicht selbst?‹«

»Er hat eine Stimmbänderentzündung.«

»Ach, du liebe Zeit. Das tut mir sehr leid. Geben Sie ihm viel Tee mit Rum und süßer Butter zu trinken. Das ist ein Rezept von meiner Mutter, und mir hilft es immer. Und was Marlene betrifft – bedauerlicherweise kenne ich sie nicht, deshalb kann ich ihm auch nicht sagen, ob sie noch um ihn trauert. Aber ich würde mich an seiner Stelle auf grüneren Weiden umschauen. Es muß doch auf Wolke Sieben die eine oder andere Schönheit geben.«

»Bette!« rief Agatha tadelnd. Cayman kaschierte sein Lachen mit einem Hustenanfall. Nayland starrte besorgt auf Nellie Mamby, die links von ihm saß: Sie atmete schwer. Er überlegte sich, ob sie vielleicht an einer Erkältung litt. Agatha sah ebenfalls zu Nellie. Sie beugte sich vor und fragte: »Ist alles in Ordnung?«

»Ich habe Angst.«

»Sie brauchen keine Angst zu haben!«

»Doch, ich fürchte schon.«

»Nein, Sie irren sich. Entspannen Sie sich und hören Sie Mrs. Tilson zu.«

»Ich finde sie verrückt.« Aber Nellie Mamby gelang es doch, sich ein bißchen zu entspannen.

Jetzt rief Nydia mit melodischer Stimme: »*Como está usted, Conchita?*«

Agatha lächelte. »Ah, ja! La Conchita! Wir sind ihr schon lang nicht mehr begegnet. Sie war eine berühmte Flamencotänzerin.« Und an Nydia gewandt fragte sie: »Wo hat sie die ganze Zeit gesteckt?«

»Sie war auf Tournee«, antwortete Nydia.

»Vielleicht erinnern Sie sich an La Conchita«, erklärte Agatha den übrigen Anwesenden. »Sie wurde in Covent Garden von einem Lastwagen überfahren, auf dem Weg zur Royal Opera, wo sie in *Carmen* tanzen sollte. Der Lastwagen hat sie zerquetscht, nicht aber ihre Kastagnetten.«

»O Gott! Meine Ohren!« jammerte Nydia. »Hören Sie auf, mit diesen gottverdammten Dingern so direkt neben meinem Ohr zu rasseln.« Nydia schimpfte mit Conchita in feinstem kastilischem Spanisch.

»Ich bin tief beeindruckt«, sagte Bette. »Nydia beherrscht so viele Sprachen. Das gerade kam mir jedenfalls gerade sehr spanisch vor!«

»In ihrem Beruf muß man das können«, erklärte Agatha. »Oft merkt Nydia gar nicht, daß sie eine Fremdsprache spricht. Eigentlich redet sie ja gar nicht selbst. Es sind die Verstorbenen, die sie als Kommunikationsmedium benützen. Deshalb bezeichnet man Spiritisten ja auch als Medium.«

Das Gespräch wurde von Nydias Stimme unterbrochen. »Endlich! Ja! Du bist es, Virgil, habe ich recht? Ja, ja, ich bin's. Deine eiserne Jungfrau.«

»So hat Virgil sie genannt, weil sie so entsetzlich stur sein kann«, erklärte Agatha leise.

»Glauben Sie denn, er wird uns mitteilen, wer ihn erstochen hat?« wollte Bette wissen.

Es war unheimlich, aber es klang tatsächlich, als würde Virgils Stimme aus Nydias Mund kommen. »Zu mehreren ist man sicherer.«

»Virgil!« rief Agatha empört. »Wir haben uns nicht hier versammelt, um uns alberne Platitüden von dir anzuhören! Wer hat dich erstochen?«

»Oh, Sie dürfen nicht mit ihm schimpfen, Agatha!« kreischte Nydia.

»Mein Gott – das ist Mabel!« rief Sir Roland.

»Mutter? Bist du das? Ich bin's. Oscar!«

»Ach, halt den Mund, Oscar. Ständig mußt du mich unterbrechen. Warum kannst du nicht so sein wie dein Bruder?«

»Ich hasse meinen Bruder! Ich habe ihn schon immer gehaßt! Ihr wart beide immer gegen mich.«

Mit schriller Stimme rief Anthea dazwischen: »Sie waren immer gegen uns!«

»Ruhe, Kinder, Ruhe!« versuchte Sir Roland die beiden zu besänftigen. »Denkt doch an den Blutdruck eurer Mutter.«

»Ich pfeife auf ihren Blutdruck!« schrie Anthea. Ihre Stimme klang richtig boshaft: »Wie schön, daß wir von dir hören, Mutter.« Das Wort »Mutter« betonte sie besonders. »Sag uns, Mutter, warum hast du eine Überdosis genommen? Mutter!« Stille. »Verdammt noch mal, Nydia. Sie dürfen sie nicht verlieren!«

Vergnügt sagte Bette zu Cayman: »Also, das Eintrittsgeld hat sich gelohnt!«

»Psst! Ich möchte nichts verpassen«, entgegnete er schroff.

Trotz der Geister war Bette nicht begeistert von der Vorstellung, Cayman könnte das Interesse an ihr verlieren.

Nun sprach Nydia wieder mit Mabels Stimme, sanft und melodisch. »Es hat überhaupt nicht bitter geschmeckt. Ich konnte es einfach so trinken. Ich hatte keine Angst. Dabei habe ich immer gedacht, ich würde mich bestimmt vor dem Tod fürchten. Ich habe den Film *Der Tod macht Urlaub* gesehen, und da hat dieser attraktive Fredric March den Tod gespielt, und ich habe damals gedacht, wenn der Tod so aussieht, dann nichts wie her damit!«

»Du bist ja so vulgär, Mabel!« brüllte Sir Roland.

Das ließ Mabel nicht auf sich sitzen. »Du hast mich nicht wegen meiner guten Manieren oder wegen meines edlen Charakters geheiratet. Du warst hinter meinem Geld her, und ich habe dich genommen, weil sonst niemand da war. Ich habe dich geheiratet, weil ich unbedingt meine Unschuld verlieren wollte.«

Sir Roland lachte laut auf. »Du hast deine Unschuld so oft verloren, daß du ins Buch der Rekorde aufgenommen werden könntest! Du Schlampe!«

Nydia antwortete als Mabel in einem monotonen Singsang: »Ich bin jedenfalls froh, daß ich dir in meinem Testament nicht viel hinterlassen habe. Und das gilt auch für dich, Oscar, du jämmerlicher Waschlappen. Und was dich betrifft, Anthea ...«

Anthea hielt sich die Ohren zu. »Ich will das nicht hören! Ich will das nicht hören! Verschwinde, du widerliches Weibsstück!«

»Wäre es dir lieber, ich würde ein paar deiner unübertrefflichen Blankverse vortragen?« entgegnete Nydia mit Mabels Stimme.

Langsam nahm Anthea die Hände von den Ohren. Sie wirkte erstaunlich ruhig und gefaßt. »Das wäre höchst interessant, Mutter, vor allem, wenn man bedenkt, daß ich nie etwas für dich rezitiert habe und du mich auch nie gebeten hast, dir etwas zu lesen zu geben.«

Nydia stieß ein schauerliches Lachen aus, und Bette hatte das Gefühl, als befände sie sich in einem Alptraum, aus dem sie nicht aufwachen konnte. Sie blickte zu Agatha hinüber, deren Gesichtsausdruck jedoch undurchdringlich schien. Inspector Cayman hingegen fand Agathas Gesicht sehr aufschlußreich. Mrs. Mallowan hörte zu und merkte sich alles und lernte sehr viel aus diesen Gesprächen mit den angeblich höheren Sphären. Bettes Blick wanderte von Agatha zu Nydia und dann zu Cayman, und plötzlich kam sie sich sehr, sehr weise vor.

Virgil meldete sich zurück. »Zu mehreren ist man sicherer.«

»Nicht schon wieder!« stöhnte Bette leise.

Aber er wiederholte den Satz. »Zu mehreren ist man sicherer.«

»Was wollen Sie damit sagen, Virgil?« fragte Agatha. »Ist das ein Hinweis? Ist es der Schlüssel zur Identität Ihres Mörders? Was soll dieses ›Zu mehreren ist man sicherer‹ bedeuten?«

Bette konnte den Mund nicht halten. »Ich glaube, er meint, weil wir alle am Tisch sitzen und uns mit den kleinen Fingern berühren – außer Anthea übrigens, die den Kreis durchbrochen hat – also deswegen kann der Mörder nicht noch einmal zuschlagen, jedenfalls nicht hier, nicht während der Séance.«

»Glauben Sie denn, daß noch jemand umgebracht wird?« fragte Sir Roland.

»Sir Roland«, sagte Bette. »Das weiß ich nicht. Aber ich habe einen erstklassigen Instinkt. Ich folge sehr oft meinen Eingebungen. Und irgend etwas sagt mir, daß der Mörder schon ein neues Opfer im Visier hat.«

Die beiden Personen im Raum, die ihr am wichtigsten waren, nämlich Agatha und der Inspector, warfen ihr bewundernde Blicke zu. Detective Nayland dagegen fand sie dumm. Die Mörderin oder der Mörder konnte das, was sie gerade gesagt hatte, als Bedrohung empfinden. Nayland fragte sich außerdem, warum Cayman wie ein Universitätsprofessor aussah, der sich über eine besonders intelligente Studentin freut. Naylands Blick wanderte von einem zum anderen. Sir Roland wirkte erschöpft. Oscar zwinkerte nervös, Anthea kämpfte mit den Tränen. Nellie Mamby sah aus, als wollte sie gleich in Ohnmacht fallen. Agatha und Cayman tauschten verständnisinnige Blicke aus. Offenbar hatten die beiden und Bette Davis etwas gehört, was ihm, Nayland, entgangen war, und deshalb hatten sie es vermutlich in ihrem Beruf so weit gebracht.

Mit ihrer eigenen Stimme rief Nydia: »Virgil! Geh noch nicht! Du mußt uns erst noch erklären, was du mit deinem ›Zu mehreren ist man sicherer‹ sagen willst!«

»Vielleicht meint er ja eine kleine Wette im Wettbüro«, warf Agatha ein und fächelte sich mit der Hand Luft zu. Es wurde langsam ziemlich stickig in der Bibliothek.

»Virgil! Du kannst uns doch nicht so hängen lassen!«

Eine unglückliche Wortwahl, dachte Cayman, da vermutlich irgend jemand hier im Raum demnächst wegen Mordes hängen wird.

»Ach, er soll ruhig gehen«, meinte Agatha. »Schließlich hat er eine anstrengende Reise hinter sich, nehme ich an.«

Nydia stöhnte und schien kaum Luft zu kriegen. Dann fiel ihr Kopf mit einem tiefen Seufzer nach vorn.

»Mamby, machen Sie bitte Licht!« befahl Agatha.

Bette machte sich Sorgen um Nydia. »Ist alles in Ordnung?«

»Ja, ja, natürlich«, beruhigte sie Agatha. »Sie verbraucht so viel Energie, daß sie völlig ausgelaugt ist – bis sie ein Glas Scotch zu sich genommen hat.«

Der Raum war jetzt hell erleuchtet. Agatha befeuchtete die Spitzen von Zeigefinger und Daumen und löschte die Kerzen. Langsam öffnete Nydia die Augen. Dann richtete sie sich mühsam auf.

Bette meinte zu Mamby: »Ich glaube, alle Anwesenden würden sich über einen Drink freuen, Mamby. Sollen wir uns wieder in den Salon begeben?« Agatha nahm sie am Arm, und die beiden Frauen verließen als erste die Bibliothek.

»Ich weiß, was Sie denken, Bette. Aber egal, ob Sie Nydias Vorstellung für einen gelungenen Betrug oder für eine ausgezeichnete schauspielerische Leistung halten – ich habe doch sicher recht in der Annahme, daß Sie in vielem, was gesagt wurde, Hinweise auf den Mord vermuten.«

»Nydia weiß offenbar einiges über die Familie Wynn und über die Morde in dieser Familie«, entgegnete Bette, »und irgend etwas sagt mir, daß sie ein bißchen zu weit gegangen ist. Möglicherweise hat sie sich in Gefahr gebracht.«

»Kann schon sein. Vielleicht befinden Sie sich ja auch in Gefahr«, meinte Agatha. »Von heute abend an sind Sie allein hier im Haus. Da brauchen Sie vermutlich Schutz. Sie könnten doch den Inspector bitten, die Nacht hier zu verbringen.«

»Aber, aber, Mrs. Mallowan!« protestierte Bette. »Wie können Sie nur denken, daß ich zu den Frauen gehöre, die bei der ersten besten Gelegenheit mit jemandem ins Bett springen.«

»Ich halte Sie ganz und gar nicht für den Typ von Frau. Aber Sie haben gerade etwas gesagt, was mich stutzig gemacht hat.«

»Ich sage oft Dinge, die andere Leute stutzig machen. Ich weiß zwar oft nicht so recht, weshalb, aber irgendwie passiert mir das immer wieder. Was habe ich gesagt? Was hat Sie gestört?«

»Es hat mit Nydia zu tun. Sie haben gesagt, offenbar weiß Nydia einiges über die Familie Wynn und über die Morde in dieser Familie.«

»Ja, genau das habe ich gesagt.«

»Aber ich weiß bisher nur, daß Virgil ermordet wurde. Glauben Sie denn, daß auch Mabel umgebracht worden ist?«

»Ja, das glaube ich. Es hat überhaupt nicht bitter geschmeckt. Man konnte das Zeug einfach so trinken. Ich hatte überhaupt keine Angst. Zitiere ich richtig? Ich kann Texte immer sehr schnell auswendig.«

»Hervorragend, Bette – Sie haben Mabel wortwörtlich zitiert!«

»Sie meinen wohl: Bette, Sie haben Nydia wortwörtlich zitiert.« Bette grinste, und Agatha überlegte, ob sie ihr anerkennend den Kopf tätscheln sollte.

Kapitel 8

»Was hecken Sie denn beide da aus?« fragte Cayman, in der Hand ein Glas, in dem sich nach Bettes Vermutung Gin befand.

»Wir unterhalten uns über Mord«, antwortete Bette gutgelaunt. »Agathas Lieblingsthema.«

»Meines auch«, sagte Cayman. Nellie Mamby kam mit einem Tablett und zwei Gläsern Scotch.

»Ich habe mir gedacht, Sie hätten gern einen Scotch«, sagte sie.

»Geht es Ihnen besser, Mamby?« erkundigte sich Cayman.

»Wieso besser?« fragte sie harmlos zurück.

»Mr. Nayland hat mir berichtet, Sie hätten während der Séance Probleme gehabt.«

»Ich hatte einen Anfall von Atemnot. Das kommt bei mir öfter vor, wenn ich nervös werde.«

»Gab es denn Anlaß zu Nervosität?«

»Es war alles so unheimlich!«

Bette fragte sich, wann Mamby beschlossen hatte, die Rolle der Komikerin zu übernehmen. Sie war nicht sehr komisch, oder besser gesagt, sie war überhaupt nicht komisch, und wenn Bette ehrlich war, mußte sie zugeben, daß sie Nellie Mamby nicht besonders mochte. Aber sie konnte ihre Haushälterin nicht ohne weiteres loswerden und mußte deshalb versuchen, aus dieser schwierigen Situation das Beste zu machen.

»Wollen Sie damit sagen, daß Sie Angst hatten, es könnten bei der Séance tatsächlich Geister erscheinen?«

Aufgebracht rief Nellie Mamby: »Sie haben doch selbst gehört, was aus Miss Tilsons Mund gekommen ist, oder? Diesen Hokuspokus hat sie früher schon hier aufgeführt. Nur war sie damals hinter ägyptischen Prinzen und Prinzessinnen her und hat in Hieroglyphen geredet.« Bette war verblüfft, daß Nellie dieses Wort kannte und sogar richtig aussprach.

»Waren Sie bei diesen Séancen auch dabei?« wollte Cayman wissen.

»Mr. Wynn hat darauf bestanden. Er mochte es nicht, wenn ich währenddessen im Haus herumging. Er dachte, das würde die Geister stören.«

Oder die Schätze unten im Kellergeschoß, dachte Bette. Ihr wäre es am liebsten gewesen, wenn Cayman Nellie Mamby weggeschickt hätte. Sie wollte mit Cayman und Agatha in aller Ruhe Nydias Show besprechen und analysieren. Denn man mußte in der Tat von einer Show sprechen – und zwar von einer höchst gelungenen. Nydia war eine erstklassige Schauspielerin. Ihre Virgil-Nummer hatte ins Schwarze getroffen, ihre Renée Adorée hätte allerdings irgendeine beliebige Frau mit französischem Akzent sein können, zum Beispiel Fifi D'Orsay. Nur lebte Fifi natürlich noch. Wer am Tisch hätte aber Renées Stimme wirklich erkennen können? Renée war seit mindestens drei Jahren tot, und die paar Sprechfilme, die sie gemacht hatte, waren in einer Zeit entstanden, als die Sprachaufnahmetechnik noch sehr primitiv gewesen war, was für viele Stummfilmstars das Todesurteil im Filmgeschäft bedeutet hatte. Ob Nydia Mabel Wynns Stimme gut getroffen hatte, konnte Bette nicht beurteilen. In ihren Ohren hatte sie wie eine Mischung aus Mary Boland und Billie Burke geklungen, den beiden besten Charakterdarstellerinnen in Hollywood.

In Gedanken versunken entfernte sich Bette ein bißchen von den anderen. Die drei Wynns und Nydia hatten sich am Kaffeetisch niedergelassen und unterhielten sich angeregt, das heißt, die Wynns waren angeregt, und Nydia machte den Eindruck, als wäre sie lieber woanders.

Nydia.

Bette fand, daß sie eigentlich sehr wenig über ihre Freundin wußte. Sie behauptete, sehr wohlhabend zu sein. Sie lebte, als wäre sie sehr wohlhabend. Bette war sehr beeindruckt gewesen von ihrer zweistöckigen Wohnung am Cadogan Square. Viel zuviel Platz für eine alleinstehende Frau, hatte Bette gedacht, aber gesagt hatte sie nichts.

Nydia.

Ein angesehenes Medium. Eine der angesehensten Kapazitäten auf diesem Gebiet. Was Bettes Meinung nach auf ihrer schauspielerischen Erfahrung beruhte. Um ein gutes Medium zu sein, mußte man versuchen, möglichst viel über die Klienten und deren Freunde herauszufinden. Sie hält bestimmt auch private Sitzungen ab, dachte Bette. Und sie muß Zugang zu sehr vielen Informationen haben. Plötzlich hatte Bette einen Geistesblitz. Nydia beschränkt ihre Klientel bestimmt auf berühmte Personen. Über diese kann man mühelos Erkundigungen einziehen. Zeitungen. Zeitschriften. Klatschspalten. Kleine Anekdoten, die man hier und dort aufschnappt, bei Dinnerpartys, Cocktailpartys, Hochzeiten, Begräbnissen oder Bar Mitzvahs.

Nydia.

Sie weiß einiges über mich. Ich habe ihr auf dem Schiff mein Herz ausgeschüttet – und danach immer wieder. Du lieber Gott! Angenommen, ich werde ermordet. Angenommen, sie hält eine Séance ab. Verdammt noch mal, ich bin für alle Imitatoren ein gefundenes Fressen. Die Zigarette in der wirbelnden Hand, die übergroßen Augen, mein unverwechselbarer Gang. Seit *Der Menschen Hörigkeit* werde ich in den Nachtclubs von Hinz und Kunz imitiert. Na ja, jedenfalls beinahe. Einmal war sie im Finocchio's Club in San Francisco gewesen, dem berühmtesten Homosexuellen-Nachtclub der Vereinigten Staaten, und dort hatten zwölf Männer gleichzeitig eine Bette-Davis-Nummer vorgeführt. Es war ein unheimliches Gefühl: als hätte man zwölf außerkörperliche Erfahrungen gleichzeitig. Bette erinnerte sich, daß Mae West einmal zu ihr gesagt hatte, es mache ihr Spaß, sich ihre zahlreichen Imitatoren anzusehen, weil sie von ihnen soviel über sich selbst lerne.

Bette hatte von Nydia sehr viel gelernt. Die Séance war die reinste Offenbarung gewesen. Bestimmt waren außer ihr auch Agatha und Cayman zu der Überzeugung gekommen, daß Mabel Wynn ermordet worden war. Aber von wem?

»Zu mehreren fühlt man sich sicherer.«

»Was zum Teufel soll das heißen?«

Agatha trat neben sie. »Sie führen Selbstgespräche, meine Liebe.«

»Ich habe mir viel zu sagen.«

»Wir müssen uns auch noch unterhalten, meine Liebe, aber später. Sie, der Inspector und ich. Aber jetzt sollten wir uns den anderen anschließen. Es wird zwar nur geplaudert, aber auch Plaudereien können sehr aufschlußreich sein.« Sie nahm Bette an der Hand und führte sie zu den anderen.

Bette setzte sich aufs Sofa, neben Nydia. »Ich bin sehr beeindruckt, Nydia. Ich habe gar nicht gewußt, daß Medien soviel Energie brauchen. Wann haben Sie eigentlich gemerkt, daß Sie eine Begabung für so etwas haben?«

»Das ist schon fast zehn Jahre her. Mein Mann war zu einer Séance eingeladen, die ein indischer Freund abhielt. Er nahm mich mit, weil ich sehr neugierig war. Einer der Inder war ein professioneller Magier, und er wollte mit Harry Houdini Kontakt aufnehmen, weil er den großen Meister dazu bringen wollte, ihm ein paar seiner Berufsgeheimnisse zu verraten.«

»Houdini würde das nie tun!« rief Agatha. »Ich habe ihn persönlich kennengelernt, als er hier eine längere Tournee machte, in dem Jahr vor seinem traurigen Tod. Ich wollte eine Romanfigur nach ihm gestalten, und um dies wirklichkeitsgetreu tun zu können, vereinbarte ich ein Treffen mit ihm, und da habe ich ihn gebeten, mir ein paar seiner Geheimnisse anzuvertrauen. Es interessierte mich nicht im geringsten, wie er eine Frau zersägt, weil offensichtlich unten in der Kiste ein doppelter Boden war, wo sich ihr Rumpf befand, während er sägte. Mr. Houdini war äußerst charmant, genau wie seine schrecklich eifersüchtige Ehefrau. Er versprühte fast eine halbe Stunde lang seinen Charme, und am Ende wußte ich nicht mehr als vorher, ich hatte nur von seiner Frau ein Rezept für russische Rübensuppe bekommen. Seine Geheimnisse hat Houdini mit ins Grab genommen.«

»Unser indischer Freund Rama Singh jedenfalls – so hieß er, wenn ich mich recht entsinne – war fest entschlossen, mit Houdini in Kontakt zu treten. Wir waren zu sechst bei dieser Séance, und sie verlief ganz ähnlich wie die Sitzung heute abend. Abada Shapoor war das Medium. Er ist inzwischen gestorben. Berühmt geworden ist er durch eine Séance im Buckingham Palace.«

Nydia machte einen kleinen Exkurs. »Queen Mary hatte nämlich ein heimliches Faible für den Okkultismus. Jedenfalls leitete Abada Shapoor diese Séance, und es gelang ihm, Queen Victoria zu rufen, die mit Prince Albert schimpfte. Außerdem war noch Benjamin Disraeli da und verteidigte den armen Albert. Ich muß zugeben, daß ich sehr skeptisch war, als ich mich mit den anderen an den runden Tisch setzte. Es brannten Räucherstäbchen, und der Geruch war so betörend, daß einem fast übel wurde. Außer Abada, Rama, meinem Mann und mir war ein Journalist der *London Times* anwesend, ein gewisser Morton Digby, und eine Freundin, an deren Namen ich mich nicht mehr erinnern kann. Das Personal bestand aus zwei männlichen Bediensteten, die sich um die Lichter und alles übrige kümmerte. Als nun einer der Bediensteten die Kerzen im Kandelaber auf der Mitte des Tischs anzündete, sagte Abada plötzlich: ›Es gibt eine Störung im Raum‹ – oder so etwas ähnliches. Ich dachte, vielleicht sei meine Skepsis zu stark, aber es war etwas anderes. Er fühlte die Gegenwart einer Kraft, die so groß war wie seine eigene, wenn nicht größer, was er bestimmt nicht gern zugab, denn er hatte ein gewaltiges Ego. Rama Singh überredete ihn fortzufahren, ohne Rücksicht auf die Störung, ob sie nun real war oder er sie sich nur einbildete. Wir berührten uns mit den Fingern. Ich bin nicht sicher, was dann passiert ist, aber anscheinend bin ich plötzlich eingeschlafen. Und was sich danach ereignete, kann ich nur aus zweiter Hand erzählen, weil mein Mann es mir später berichtet hat, als wir wieder nach Hause gingen.«

Während Bette Nydias Geschichte lauschte und die anderen Anwesenden im Raum betrachtete, dachte sie an Alices Nachmittagstee beim verrückten Hutmacher. Eigentlich hatte sie erwartet, Nydia würde ihre Frage mit einem Schulterzucken abtun oder höchstens mit ein paar knappen Sätzen beantworten. So genau hatte sie es gar nicht wissen wollen. Aber als sie sah, daß Agatha und Cayman Nydia höchst konzentriert lauschten, beschloß sie, es ihnen gleichzutun. Oscar zupfte einen nicht vorhandenen Fussel von seiner Hose, während Sir Roland ein Gähnen unterdrückte. Anthea sah aus, als wäre sie in ein Koma verfallen.

»Anscheinend habe ich mit einem starken holländischen Akzent gesprochen.«

»War es eine Frauenstimme?« wollte Cayman wissen.

»Ja. Sie sagte: ›Ich möchte nicht, daß man mir die Augen mit einem Tuch verbindet. Ich möchte meine Mörder sehen, wenn sie abdrücken.‹ Es war Mata Hari.«

»Die Spionin?« fragte Sir Roland. »War sie nicht eine Art Hure?«

Nydia ignorierte die Frage und fuhr fort: »Und dann – ich habe wirklich gedacht, Ogden nimmt mich auf den Arm ...«

So hieß er also, dachte Bette. Sie hatte den Namen noch nicht gehört.

»Er sagte, ich hätte eine Teil einer Arie aus *Das Mädchen aus Böhmen* gesungen. Sie sind doch so bewandert in der Opernwelt, Agatha, Sie kennen bestimmt die Arie ›Ich träumt', ich wohn' in Radclyffe Hall‹.«

»Der Text heißt ›Ich träumt', ich wohn' in Marble Halls‹, meine Liebe.«

»Ja, natürlich, stimmt. Das wollte ich auch sagen. Es war Jenny Lind, die das gesungen hat!« Nydia trank einen Schluck. »Und, meine Lieben, ich kann überhaupt nicht singen! Ich bin absolut unmusikalisch. Selbst wenn ich nur summe, klingt es, als würde jemand gurgeln.«

»Woran ist Ihr Mann eigentlich gestorben?« Alle schauten Bette an.

»Ogden?«

»Ja, so hießt er doch, oder?«

»Was für eine merkwürdige Frage. Warum wollen Sie das wissen?«

»Ich bin nur neugierig. Sie haben vorhin zum ersten Mal seinen Namen genannt.«

»Ich habe vorher noch nie erwähnt, daß mein Mann Ogden hieß?«

»Mir gegenüber jedenfalls nicht.«

»Mein armer Liebster hatte einen Herzinfarkt. Ganz überraschend. Beim Abendessen. Ohne jede Vorwarnung. Er stöhnte plötzlich laut auf, griff sich an die Brust, und dann fiel er mit dem Gesicht in den Aspik.«

»Das ist die beste Art, sich zu verabschieden«, sagte Cayman, als hätte er bereits Vorbereitungen für einen solchen Abgang getroffen.

»Na ja, ich bin jedenfalls überzeugt, daß es angenehmer ist, als langsam vergiftet zu werden.« Bette hielt das Feuerzeug an die Zigarette, die bereits zwischen ihren Lippen steckte. Agatha hatte die Hände im Schoß gefaltet und dachte über Bettes scharfsinnigen Verstand nach.

Es entstand eine peinliche Stille, die dadurch unterbrochen wurde, daß Nellie Mamby an Bette die Frage stellte: »Brauchen Sie noch etwas?«

»Was? Oh! Sie gehen schon ins Bett.«

»Ich habe gedacht, mit dem Aufräumen warte ich bis morgen früh. Ich bin sehr erschöpft.«

»Sie Ärmste. Séancen sind offensichtlich nicht das Richtige für Sie. Ich würde am liebsten gleich noch eine abhalten, aber Nydia ist sicher zu ausgelaugt.«

»Ich glaube auch nicht, daß wir viel mehr erfahren würden als das, was wir bis jetzt gehört haben«, erklärte Nydia.

»Gute Nacht, Mamby«, sagte Bette. »Würden Sie bitte noch einmal überprüfen, ob alle Türen und Balkons verschlossen sind, ehe Sie sich hinlegen?«

»Jawohl, Miss Bette.« Mambys Blick galt jemand anderem, aber Bette kam nicht dahinter, wem. Dann drehte sich die Haushälterin rasch um und eilte aus dem Zimmer.

»Irgend etwas bedrückt sie«, sagte Bette.

»Es gibt immer irgend etwas, was Mamby bedrückt«, erklärte Anthea. »Sie ist nur zufrieden, wenn sie sich Sorgen machen kann. Sie ist schon sehr lang bei unserer Familie. Mutter hat sie eingestellt, als Virgil noch ganz klein war. Nellie und Mutter haben ihn furchtbar verwöhnt.«

»Na ja«, wandte Sir Roland ein. »Du vergißt, daß Virgil ein kränkliches Kind war. Er brauchte besondere Pflege.« Und dann erklärte er den anderen, während Oscar sein und Antheas Glas nachfüllte: »Während der letzten Schwangerschaftsmonate hatte Mabel seltsame Beschwerden. Sie behauptete, ich hätte eine merkwürdige Krankheit von meiner äthiopischen Expedition eingeschleppt. Das wäre natürlich durchaus möglich gewesen, aber ich selbst war nicht infiziert. Oder falls ich doch etwas hatte, so war davon nichts zu merken. Jedenfalls konnte Virgil keine Nahrung bei sich behalten und schrie jämmerlich, Tag und Nacht. Wir haben ein Vermögen für Spezialisten ausgegeben, aber eines Tages war – wie durch ein Wunder – der ganze Spuk plötzlich vorbei. Und damit war diese schreckliche Episode abgeschlossen.«

»Sir Roland – haben Sie Virgil geliebt?« fragte Bette.

Und er antwortete mit aufrichtiger Miene: »Ich liebe alle meine Kinder.«

»Auch als Virgil Sie in den Schatten gestellt hat?«

»Das wäre sowieso früher oder später geschehen. Und wenn nicht Virgil, dann irgendein anderer Archäologe. Ich habe immer gedacht, Agathas Max würde mich entthronen.«

»Aber doch nicht Max. Nicht mein Max. Er macht Ausgrabungen, um neue Kenntnisse zu gewinnen. Und weil es ihm Spaß macht, unerforschtes Terrain zu betreten. Er will nicht im Rampenlicht stehen. Aber er hat sich natürlich trotzdem einen Namen gemacht.«

»Und zwar keinen schlechten!« sagte Sir Roland ohne jeden Neid. Mit einem heuchlerischen Grinsen fügte er hinzu: »Er muß natürlich auch nicht darauf achten, daß er große Profite macht. Er hat eine kluge Frau, die ein eigenes Vermögen besitzt.«

»Ich gebe meinem Mann keine Geld«, erklärte Agatha würdevoll. »Das würde er nie zulassen. Egal, wie berühmt ich als Schriftstellerin sein mag – der Haushaltsvorstand ist Max Mallowan. Wenn er zu Hause ist.«

Woraufhin Cayman ganz unvermittelt sagte: »Bette, Sie faszinieren mich.«

»Ach, tatsächlich? Was veranlaßt Sie denn zu dieser Bemerkung?«

»Die Art, wie Sie sich vorbeugen und derart konzentriert zuhören. Sie nehmen die Gespräche anderer wie ein Schwamm in sich auf.«

»Nun, Inspector – als Vertreter des Gesetzes erfahren auch Sie vermutlich mehr durch Zuhören als durch Reden.«

»Ich tue mein Bestes, aber manchmal finde ich es ausgesprochen schwierig, dem Unsinn, den ich mir anhören muß, etwas abzugewinnen.«

»Das, was Sie vorhin gesagt haben, schmeichelt mir sehr«, gestand Bette. »Angeblich ist ja das Zuhören eine große Kunst. Vor allem bei Schauspielern.« Mit einer Geste deutete sie an, daß sie gern noch etwas zu trinken hätte, und Nayland nahm ihr Glas. »Eine der großartigsten Zuhörerinnen in der Welt des Theaters ist Ethel Barrymore. Ich weiß nicht, ob Sie ihren Namen kennen.«

»Meine liebe Bette, diese herablassende Art paßt gar nicht zu Ihnen. Ethel Barrymore hatte große Erfolge in London, als sie noch ganz jung war. Ich habe mich damals unsterblich in sie verliebt, wie hundert andere auch. Fast hätte ich mich ihretwegen mit Winston Churchill geprügelt«, enthüllte Sir Roland.

»Ich bin eine verdammt gute Zuhörerin«, sagte Bette. Agatha freute sich, daß sie Sir Roland aus dem Konzept gebracht hatte. »Ich habe sehr viel gelernt, indem ich Miss Barrymore studiert habe. Sie hört ihren Mitspielern aufmerksam zu, selbst wenn sie den Text schon oft gehört hat, vor allem wenn ein Stück sehr lange läuft. Sie konzentriert sich auf das, was die anderen sagen, und wartet nicht nur auf ihr Stichwort. Dadurch wird ihre Darstellung so gut. Agatha, Sie können auch hervorragend zuhören, und das gleiche gilt für Sie, Inspector, aber bei Ihnen gehört das Zuhören ja zum Beruf.« Nayland kam mit ihrem frisch gefüllten Glas zurück. »Oh, ich danke Ihnen, Mr. Nayland. Sie sind ein Schatz.« Nun wurden Naylands Dienste von Cayman und Agatha beansprucht. Die Wynns hingegen schienen sich an ihren ersten Drinks festzuhalten, als hätten sie das vorher vereinbart und geprobt.

»Ich bin eine gute Zuhörerin«, meinte Agatha, »weil ich auch zwischen den Zeilen hören kann. Ich merke sofort, wenn eine Frau, die von ihrem wunderbaren Ehemann schwärmt, im Grunde nur wünscht, er würde endlich die Affäre mit ihrer besten Freundin beenden. Und wenn mein Lektor mein Manuskript mit Lobreden überschüttet, dann weiß ich sofort, er will, daß ich die ersten fünf Kapitel umschreibe. Ja, Zuhören ist eine Kunst, aber manchmal kann es ganz schön gefährlich sein. Man kann zuviel hören – oder man glaubt, man hätte zuviel gehört. Würden Sie mir da zustimmen, Inspector?«

»Ich achte vor allem auf die Ausrutscher«, erwiderte Cayman. »Nayland wundert sich gelegentlich, daß ich bei einem Verhör nicht losbrülle: ›Halten Sie doch endlich die Klappe!‹, wenn jemand ständig weiterquasselt – anscheinend sagt er nichts Interessantes, aber ohne es zu merken, gibt er doch etwas preis.«

»Was haben Sie denn hier bisher aufgeschnappt, was für Sie wichtig ist, uns aber unwichtig erscheint?« wollte Sir Roland wissen.

»Ich höre zu«, erwiderte Cayman. »Aber ich sage nie, was ich gehört habe.«

»Ah! Wie die Sphinx.«

In diesem Moment rief Bette: »Mamby! Brauchen Sie noch etwas? Ich weiß, Sie stehen hinter der Tür.« Den anderen erklärte sie: »Mamby atmet so schrecklich laut. Ist Ihnen das in all den Jahren, die sie hier als Bedienstete gearbeitet hat, gar nicht aufgefallen?«

Mamby erschien im Türrahmen. »Ich wollte nicht stören. Ich wollte nur noch einmal nach den Fenstern im vorderen Salon schauen.«

»Ich möchte Sie nicht aufhalten. Sie müssen ja inzwischen fix und fertig sein vor Erschöpfung.«

Cayman lachte und sagte: »Ich hatte verdammt recht. Sie sind wirklich eine gute Zuhörerin.«

»Und was haben Sie heute abend gehört, Bette?« schaltete sich nun Agatha ein.

»Dasselbe wie Sie.« Bette zündete sich eine Zigarette an und blinzelte kurz, weil ihr der Rauch in die Augen stieg.

»Aber jeder von uns interpretiert das Gehörte ein bißchen anders«, beharrte Agatha.

»Okay«, meinte Bette. »Ich fange an. ›Zu mehreren ist man sicherer.‹«

»Stammt das aus meinem Mund?« fragte Nydia.

»Ach, Nydia, Sie Ärmste!« rief Bette. »Wir haben Ihnen noch gar nicht erzählt, was Sie gesagt haben! Wie gedankenlos von uns. Sie konnten sich selbst ja nicht hören, weil Sie in Trance waren. Das stimmt doch, oder?«

»Ja, ich war in Trance.«

»Warum haben Sie uns dann noch nicht gefragt, was Virgil gesagt hat?«

»Weil ich dachte, er hätte sich gar nicht gemeldet. Keiner von Ihnen hat bisher erwähnt, daß Virgil gekommen ist. Als ich aus der Trance aufwachte, habe ich angenommen, Sie hätten sich alle nur munter unterhalten.«

»Sie müssen uns verzeihen, meine Liebe«, sagte Agatha. »Ich hätte gleich etwas sagen sollen. Schließlich weiß ich ja, wie das läuft mit Ihren Séancen. Und ich weiß auch, daß Sie unbedingt erfahren wollen, ob Sie Erfolg hatten oder nicht. Ich glaube, wir sind einfach alle viel zu sehr mit Virgils Ermordung beschäftigt.«

Nydia machte ein zufriedenes Gesicht. »Wir haben also Kontakt mit Virgil aufgenommen. Sehr schön! Und wer hat ihn umgebracht?«

»Das hat er nicht gesagt«, antwortete Agatha.

»Warum nicht?« Nydia war enttäuscht – oder zumindest tat sie so.

Mit einem Hauch von Ironie meinte Cayman: »Vielleicht wäre es unhöflich gewesen, diese Frage zu stellen.«

»Es war alles Mabels Schuld!« meinte Agatha.

»Was hat denn Mabel damit zu tun?« wollte Nydia wissen.

»Sie hat Virgil unterbrochen, wie das so ihre Art war«, erklärte Agatha.

Bette blickte auf ihre Armbanduhr. »Wenn Sie nicht alle völlig erledigt sind, würde ich vorschlagen, wir setzen uns wieder an den Tisch und versuchen's noch mal!«

»Ich kann nicht mehr«, erklärte Nydia. »Ich bin völlig ausgepumpt.« Plötzlich wurden ihre Augen groß. »Ist Jeanne d'Arc wieder aufgetaucht?«

»Lästig wie immer«, antwortete Agatha.

»Und Renée Adorée«, fügte Bette begeistert hinzu.

Nydia war verblüfft. »Wer ist denn das?«

»Ein Stummfilmstar. Schon eine ganze Weile tot, versteht sich. Sie hat für John Gilbert gesprochen.«

»Das klingt nach einem ziemlichen Durcheinander«, murmelte Nydia.

»Ich konnte sehr gut folgen«, entgegnete Bette. »Virgil wiederholte ein paarmal: ›Zu mehreren ist man sicherer.‹ Ich denke, er wollte damit sagen, weil wir alle zusammen am Tisch saßen und uns mit den kleinen Fingern berührten,« – sie schenkte Cayman ein Lächeln, das dieser mit einem Zwinkern erwiderte – »konnte der Mörder unmöglich erneut zuschlagen.«

Empört warf Anthea ein: »Wollen Sie damit andeuten, daß einer von uns der Mörder ist?«

Agatha beschloß, für Bette zu antworten: »Meine liebe Anthea, das ist mehr als wahrscheinlich.«

»Wie können Sie es wagen, so etwas zu behaupten!« Anthea machte ein Gesicht, als hätte sie jemand bedroht. »Inspector, verdächtigen Sie meinen Vater, meinen Bruder oder mich des Mordes an Virgil?«

»›Zu mehreren fühlt man sich sicherer‹.«

»Anthea«, schaltete sich Nydia ein, »der Inspector hat nicht nur die Familie Wynn, sondern auch Mamby und mich zum Verhör gebeten. Seien Sie nicht so schwer von Begriff – und hören Sie auf, an Ihren Perlen herumzufummeln. Offenbar ist Virgil langsam vergiftet worden, und wir hatten alle Gelegenheit dazu, ihn umzubringen. Gab es nicht in Schottland eine Madeleine oder so ähnlich, die ihren Bruder genau auf diese Art beseitigt hat? Ich finde es gar nicht so übel, des Mordes verdächtigt zu werden. Das ist eine völlig neue Erfahrung für mich.«

Vor allem, wenn es wirklich ein Herzinfarkt war, der deinen Ehemann ins Jenseits befördert hat, dachte Bette. Und plötzlich fühlte sie sich veranlaßt, den Inspector zu fragen: »Lieber Inspector, kann man Mörder eigentlich an ihrem Aussehen erkennen? Sehen alle irgendwie gleich aus?«

»Sie meinen, zum Beispiel mit eng stehenden, tief liegenden Augen? Oder daß sie keine Ohrläppchen haben und ihnen ein paar Finger fehlen?« Er blickte kurz zur Zimmerdecke. »Ich denke da an Diana Fotheringill ...«

»O ja, an die kann ich mich gut erinnern«, unterbrach Nayland. »Tolle Frau, wenn ich das mal so sagen darf. Sie hat ihren Mann und seine drei Geliebten ermordet. Saubere Arbeit. Ebenfalls Gift«, erzählte er den anderen.

»Sie hatte O-Beine«, sagte Cayman.

»Inspector, Sie veräppeln uns«, sagte Bette. »Wenn alle Leute mit krummen Beinen Mörder wären, würden sämtliche Gefängnisse auf der Welt aus allen Nähten platzen. Ich habe in *Stadt an der Grenze* eine Mörderin gespielt. Eine sehr böse Frau. Ich habe meinen betrunkenen Ehemann in die Garage gesperrt, wo er hinter dem Steuer unseres Wagens saß, während der Motor lief. Dann bin ich übergeschnappt und habe alles gestanden. Eine großartige Szene.«

»Kohlenmonoxydvergiftung«, sagte Agatha genüßlich. »Was für eine hübsche Todesart. Das muß ich gleich für eine spätere Verwendung in meinen kleinen grauen Zellen speichern.«

»Es ist vor allem eine schmerzlose Todesart«, meinte Bette. »Hat mir jedenfalls der Studio-Arzt versichert.«

Da tauchte Oscar aus seinem abgrundtiefen Schweigen auf. »Es klang überhaupt nicht wie Mabel.«

»Was klang nicht wie Mabel?«

»Das, was aus Nydias Mund kam. Viel zuviel Gezeter.«

»Hast du das denn vergessen?« fragte Sir Roland. »Deine Mutter hat sehr oft gezetert.«

»Ich fand es immer eher schrill als gezetert.«

»Ich habe die Stimme jedenfalls als die deiner Mutter erkannt. Sie hat mich ganz schön heruntergeputzt. Es ist nicht gerade erfreulich, wenn einem eine Frau sagt, sie habe den Heiratsantrag nur angenommen, weil es sonst keine geeigneten Anwärter gab und weil sie ihre Unschuld verlieren wollte.« Und sehr ernst fügte er hinzu: »Mabel hat ihre Unschuld leider sehr oft verloren. Ich glaube manchmal, daß ich der Ehemann mit den meisten Hörnern der Welt war.«

»Sie können sich jetzt doch damit trösten, daß die Geschichte der Vergangenheit angehört«, meinte Bette verständnisvoll.

»Nicht, wenn mich so eine alberne Séance wieder an alles erinnert! Wessen Idee war es überhaupt, diese Séance abzuhalten?«

»Meine«, sagte Nydia. »Niemand hat Sie gezwungen, daran teilzunehmen.«

»Um ganz ehrlich zu sein – ich wollte gar nicht teilnehmen. Aber, dachte ich, wenn ich mich heraushalte, kommt das einem Schuldeingeständnis gleich.«

»Mit dieser Aussage, Roland, bestätigen Sie den Verdacht, daß sich unter uns ein Mörder befindet«, sagte Agatha.

»Wenn dem so wäre, müßte das erst bewiesen werden – richtig, Inspector?«

»Deswegen bin ich hier«, antwortete Cayman. »Und ich höre sehr genau zu.«

Sir Roland stöhnte verärgert. »Ich finde es entsetzlich entwürdigend, unter Mordverdacht zu stehen.«

»Warum betrachten Sie es nicht als etwas Besonderes«, schlug Bette vor, »so wie Fasan unter Glas?«

»Ich muß schon sagen, Bette, Sie greifen gelegentlich zu recht seltsamen Analogien«, entgegnete Sir Roland.

Bette fand ihn amüsant. Als Charakterdarsteller könnte er in Hollywood ein Vermögen machen, dachte sie. Er wäre jedenfalls eine große Konkurrenz für C. Aubrey Smith. Niemand besaß soviel Contenance wie Sir Roland.

»Woran denken Sie, Bette?« wollte Nydia wissen.

»Was?« Bettes Hand flatterte wie ein Fähnchen im Wind.

»Sie starren mich so an.«

»Oh, meine Liebe, das war völlig unabsichtlich, glauben Sie mir. Ich habe diese schreckliche Angewohnheit, auf irgend etwas zu starren, ohne es wirklich wahrzunehmen. In Gedanken war ich ganz woanders, das versichere ich Ihnen.«

Aber Nydia ließ sich nicht besänftigen. »Sie sind wohl sehr skeptisch gegenüber dem, was bei der Séance vorgefallen ist.«

»Ich stelle alles in Frage, Nydia. Das bringt meine amerikanische Erziehung so mit sich. Ich bin dafür bekannt, daß ich Drehbuchautoren zum Wahnsinn treibe. Nydia, Sie sollten sich ernsthaft überlegen, ob Sie nicht Ihre Zeit zwischen England und Hollywood aufteilen wollen. Sie wären in Hollywood bestimmt außerordentlich erfolgreich. Ich bin sicher, Marion Davies und Mr. Hearst waren sehr zufrieden mit Ihrer Vorstellung.« Bei dem Wort »Vorstellung« merkte Bette aus dem Augenwinkel, daß Agatha ihr einen merkwürdigen Blick zuwarf.

»Ich bin keine Wahrsagerin«, sagte Nydia, »aber irgendwie glaube ich auch, daß ich mit Hollywood noch nicht abgeschlossen habe.« Dann blickte sie auf ihre Armbanduhr und sagte: »Sie müssen mich entschuldigen, aber ich bin schrecklich erschöpft. Ich muß zurück zum Cadogan Square, und es ist um diese nächtliche Stunde gar nicht so einfach, hier in der Gegend ein Taxi zu erwischen.«

Agatha erhob sich ebenfalls. »Ich werde Ihnen ein Taxi rufen. Die Nummer des Taxistandes steht in Nellie Mambys Buch in der Küche. Und da Nellie bereits im Bett ist, traue ich mich sogar dorthin. Sind Sie einverstanden, Bette?«

»Ich habe diese schwierige Angelegenheit bereits mit Mamby geregelt«, antwortete Bette mit einem triumphierenden Lächeln auf den Lippen. »Die Küche ist kein verbotenes Terrain mehr.«

Nun griff Cayman ein. »Sie brauchen kein Taxi zu rufen, Mrs. Mallowan. Nayland, wären Sie so freundlich, Mrs. Tilson nach Hause zu fahren? Anschließend kommen Sie wieder hierher und holen mich ab.«

»Sie könnten aber ein Taxi für Oscar, Anthea und mich bestellen, wenn es recht ist«, sagte Sir Roland.

Mit verbindlichem Charme erbot sich Nayland, auch die Familie Wynn zu ihren jeweiligen Zielen zu chauffieren. Er versicherte glaubhaft, daß der Wagen geräumig genug sei, um allen bequem Platz zu bieten. Sowohl Bette als auch Agatha war klar, daß Cayman noch nicht so bald vorhatte, zu gehen. Agatha wollte gerade sagen, daß auch sie sich jetzt verabschieden müsse, doch Bette kam ihr zuvor und bat sie, noch auf einen Schlummertrunk zu bleiben.

»Ach, wirklich?« Agatha war erstaunt. »Sind Sie sicher, daß Ihnen das nicht zuviel wird?«

»Nein, ich bin noch ganz munter«, antwortete Bette. »Inspector, seien Sie doch so nett und übernehmen Sie die Rolle des Gastgebers, während ich die anderen zur Tür begleite.«

Während sich Bette von den Wynns und von Nydia verabschiedete, ging Cayman zur Bar. Agatha sagte: »Bette sollte hier eine Obstschale aufstellen.«

»Hätten Sie jetzt gern einen Apfel?«

»Eigentlich nicht. Ich habe heute abend viele Denkanstöße bekommen – wie Sie sicher auch. Gießen Sie mir doch noch einen Schluck ein, wenn das mein Glas ist. Ich bin noch nicht so versessen darauf, mich in Morpheus' Arme zu begeben.«

»Sagen Sie nur nicht, die Séance hätte Sie angeregt«, sagte der Inspector, als er ihr das Glas reichte.

»Doch, doch – aber nicht so, wie Sie denken. Ist das Glas für Bette? Stellen Sie es doch auf das Couchtischchen. Ich glaube, sie sitzt gern auf dem Sofa. Schauspielerinnen breiten sich immer gern auf Sofas aus. Ich habe das bei den Damen gesehen, die in meinen Stücken aufgetreten sind.« Bette kam zurück. »Ihr Drink steht auf dem Couchtisch, meine Liebe.« Agatha sah zu, wie Cayman sich selbst ein Glas füllte, während Bette sich ihre unvermeidliche Zigarette anzündete. »Ich finde das alles sehr seltsam, Inspector, und Ihnen geht es da bestimmt nicht anders.«

»Was meinen Sie?« Cayman setzte sich neben Bette.

»Es ist seltsam, daß die Leute, die mit einem Mordfall zu tun haben, sich nicht vorstellen können, daß einer von ihnen der Täter ist.«

»Die einzige, die sich wirklich aufgeregt hat, war Anthea Wynn«, gab der Inspector zu bedenken.

Woraufhin Bette Shakespeares Hamlet zitierte: »Die Dame, wie mich dünkt, wehrt sich zuviel.«

»Manchmal mache ich die Erfahrung, daß selbst Mörder davon überzeugt sind, kein Verbrechen begangen zu haben«, sagte Cayman. »Mord hat viele Gesichter.«

»Genau wie die Mörder«, ergänzte Agatha.

Bette beugte sich aufgeregt vor. »Jetzt hören Sie mir mal beide zu. Ich habe größten Respekt vor Ihnen, und ich möchte, daß Sie mir gegenüber ehrlich sind. Glauben Sie tatsächlich, daß diese Geisterwelt existiert?«

»Ich bin schon einige Male durch Dinge, die ich für okkulte Phänomene gehalten habe, in Erstaunen versetzt worden.« Agatha klang angemessen mysteriös.

»Sie haben Erscheinungen gesehen? Spiritistische Materialisationen?« Bette platzte fast vor Neugier.

»Ich denke, wir alle haben das schon irgendwann einmal erlebt, ohne es richtig zu merken. Während des Krieges gab es in stark zerbombten Gegenden Europas zahlreiche Berichte über Geistererscheinungen. In Zeitungen und in Magazinen wurde darüber viel geschrieben. Nydia hat Houdini erwähnt. Er war ein fanatischer Anhänger des Okkultismus und versuchte immer, mit seiner Mutter Kontakt aufzunehmen. Sie war der wichtigste Mensch in seinem Leben. Und dann natürlich der Schöpfer von Sherlock Holmes, Conan Doyle. Er hat genaue Anweisungen hinterlassen, wie man mit ihm in Verbindung treten soll.«

»Sie haben gesagt, er war nicht besonders mitteilsam«, wandte Bette ein.

»Das galt für diese Welt. Vielleicht hat er befürchtet, er könne im Jenseits einsam sein.«

Bette kicherte. »Wäre es nicht lustig, wenn wir ihn kontaktieren könnten – und dann erfahren würden, daß er eine ganze Serie neuer Sherlock-Holmes-Geschichten geschrieben hat?«

»Hoffentlich hat er einen guten Agenten«, bemerkte Agatha trocken. »Inspector, stehen Sie dem allem nicht mit zuviel Skepsis gegenüber?«

»Ich bin der geborene Skeptiker. Aber ich habe heute abend einiges dazugelernt. Mrs. Tilson war sehr, sehr gut.«

»Sie ist hochbegabt«, stimmte Agatha zu.

Bette stand an der Balkontür und blickte hinaus in den Nebel, der sich langsam wie ein Leichentuch über den Garten legte. Durch den dichten Schleier sahen manche Büsche aus wie Gespenster. Nydia hat in der

Tat eine Begabung, dachte Bette, und ich glaube, diese Begabung kann ihr gefährlich werden.

»Was sehen Sie da draußen, Bette?« fragte Cayman.

»Erscheinungen. Gespenster.« Bette lachte. »Es wird ziemlich neblig. Sieht aus wie eine Waschküche. Sagt man nicht so?«

»Wissen Sie, manchmal denke ich, Nebel ist eine Art Materialisation. Wir haben zu oft Nebel hier in London. Das ist schlecht für die Gesundheit.«

»Der Nebel bietet Kriminellen zuviel Schutz«, meinte Cayman. »Vor allem Wegelagerern.«

»Wegelagerern!« rief Agatha, nicht ohne Spott. »Wie antiquiert!«

»Was verstehen Sie denn unter Wegelagerern?« wollte Bette wissen.

»Eigentlich benutzen wir den Ausdruck auch nicht mehr. Früher meinte man damit Diebe, die nachts im Schutz des Nebels agierten.«

Bette ging vom Fenster weg und stellte ihr Glas auf den Couchtisch. »Versuchen sie auch, über Mauern zu klettern?«

»Da sehen Sie, was Sie angerichtet haben, Inspector!« schalt Agatha. »Sie haben Bette Angst eingejagt.«

»Nein, überhaupt nicht. Mir jagt man nicht so schnell Angst ein. Ich glaube nicht, daß sich in dunklen Räumen Gespenster verstecken, und ich schaue auch nicht unter mein Bett, um zu überprüfen, ob sich vielleicht ein Eindringling dort verkrochen hat. Obwohl ich zugeben muß, daß es schon Nächte gegeben hat, in denen ich nichts dagegen gehabt hätte. Und nun füllen Sie schon wieder mein Glas auf, junger Mann!«

»Spirituosen und Spiritisten passen gut zusammen.«

Agatha hielt ihr leeres Glas hoch. »Wie Greta Garbo in *Anna Christie* sagte« – sie ahmte die berühmte Stimme der Schwedin perfekt nach – »›Geben Sie mir Whisky mit Ginger Ale, und nicht zu knapp, Baby!‹«

Bette war begeistert. »Agatha, das war exzellent! Sie haben ein gutes Ohr für Akzente. Sie haben die Garbo genau getroffen.«

Agatha gab sich bescheiden. »Nein, keineswegs. Ich habe nur eine ganz passable Illusion entstehen lassen.«

»Ja, das stimmt. Sie haben eine passable Illusion entstehen lassen. Und ich denke, es war heute abend nicht die einzige.«

Kapitel 9

»Damit wären wir wieder bei Nydia«, sagte Agatha.

»Wir hatten doch nie ein anderes Thema«, entgegnete Bette. »Warum wollte ich wohl, daß Sie beide noch hierbleiben, nachdem die anderen sich verabschiedet hatten?«

»Sie haben Nydia gehen lassen.«

»Es ist ja nicht so, daß wir sie zum letzten Mal gesehen haben. Mir wäre das jedenfalls sehr unrecht. Ich mag Nydia gern. Sie ist eine gute Freundin geworden. Aber auch bei Freunden kann man doch gewisse Verhaltensweisen in Frage stellen, oder?«

»Aber sicher!« stimmte Agatha zu. »Ich kritisiere bei meinen Bekannten immer wieder irgendwelche kleinen Ausrutscher, aber hinterher denke ich oft, ich hätte es nicht tun sollen. Sie haben heute abend genauso aufmerksam zugehört wie der Inspector und ich, aber wir haben jeder etwas anderes gehört. Das heißt, wir interpretieren das, was wir gehört haben, unterschiedlich.«

Bette setzte sich auf eine Ottomane zu Agatha. »Ich möchte Ihnen beiden etwas erzählen. Wir haben in Hollywood ein Medium, einen Mann, der so viel Geld verdient, daß er sich eine phantastische Villa im Laurel Canyon leisten kann, übrigens nicht allzuweit von dem ehemaligen Houdini-Grundstück. Dieser Mann ist meiner Ansicht nach ein absoluter Scharlatan, aber er tut etwas, was sonst wahrscheinlich nur Seelsorger tun, vor allem für die geistig Schwachen: Er spendet Trost. Seine Klientel besteht großenteils aus Witwen aller Arten. Ich habe an mehreren seiner Séancen teilgenommen, weil man bei Warner Brothers wollte, daß ich einen Film mit Warren William mache. Er als Medium, ich als seine Assistentin. Miserables Drehbuch. Der Film ist nie gedreht worden. Trotzdem – er wußte, daß ich ziemlich skeptisch war, und es machte ihm das größte Vergnügen, die Herausforderung anzunehmen. Glauben Sie mir, er setzte nichts von dem ganzen Brimborium ein, das man von einem Medium erwarten würde. Kein Bummbumm und Trara, keinerlei Hokuspokus. Aber jedesmal, wenn ich da war, sagte er zu jemandem am Tisch etwas, das sich als genau richtig herausstellte. Ich muß zugeben, es war ganz schön unheimlich. Mir überbrachte er eine Botschaft von einer meiner verstorbenen Tanten – aber über mich kann man ja auch alles in meiner Studio-Biographie nachlesen.« Bette rauchte beim Reden eine Zigarette nach der anderen, und sie kam jetzt erst richtig in Fahrt. »Aber dann ereignete sich die Sache mit dieser Frau, die vor Trauer fast starb. Ich meine das ganz wörtlich. Sie war untröstlich, weil sie ihren einzigen Sohn durch einen Autounfall verloren hatte. Ich war bei zwei Sitzungen, an denen sie teilnahm, und beide Male sprach sie mit jemandem, den sie für ihren Sohn hielt. Und sie hat nichts von dem, was er gesagt hat, je bestritten.« Bette blickte von Agatha zu Cayman, als würde sie einen zweifelnden Einwand erwarten. »Also? Was sagen Sie dazu?«

Agatha sah aus wie eine weise alte Eule. »Ich habe dazu folgendes anzumerken: Sie sagten, die Frau hätte mit jemandem gesprochen, denn sie für ihren Sohn hielt. Genau das ist passiert. Sie hat jemanden für ihren Sohn gehalten. Sie wollte unbedingt mit ihm reden, und ihrer Überzeugung nach tat sie das auch. Der Sohn hat natürlich geisterhaft gewispert oder sonst irgendwie mit einer Geisterstimme gesprochen.«

»Ja, stimmt – Sie haben recht!«

»Selbstverständlich habe ich recht«, meinte Agatha, wobei sie sich bemühte, nicht allzu hochmütig zu klingen. »Sagen Sie, Bette – hängen in dem Raum, in dem dieser Mann seine Séancen abhält, überall Vorhänge, die die Wände bedecken?«

»Sie kennen den Raum?«

»Nein, keineswegs. Bei allen Séancen, an denen ich je teilgenommen habe, waren die Räume so ausgestattet – außer bei Nydia.«

»Stimmt!« rief Bette. »Keine Vorhänge.«

Endlich griff Cayman in das Gespräch ein: »Ich glaube nicht, daß Mrs. Tilson eine Illusion schaffen muß, zumal dann nicht, wenn sie sicher ist, daß sie genau Bescheid weiß. Und ich bin davon überzeugt, daß sie sich in der Familie Wynn bestens auskennt.«

»Ja. Da haben Sie recht. Aber sagen Sie, Agatha – warum die Vorhänge?«

»Um eine okkulte Illusion entstehen zu lassen. Die Vorhänge waren bestimmt sehr dunkel und aus Samt.«

»Stimmt beides.«

»Sehen Sie, Bette, Vorhänge können auch dazu verwendet werden, um den einen oder anderen Komplizen zu verbergen, der die Stimmen nachahmt, die das Medium selbst nicht so perfekt beherrscht. In Brighton gibt es ein stummes Medium, aber bei seinen Séancen artikuliert sich der Mann durchaus verständlich.«

»Das Rätsel kann ich lösen«, meinte Bette. »Bauchredner.«

»Bravo!« sagte Agatha. »Sie haben einen sehr deduktiven Verstand und können ausgezeichnet Schlüsse ziehen.«

Nachdenklich meinte Bette: »Mit anderen Worten – die Leute hören, was sie hören wollen, obwohl alles nur auf Suggestion beruht.«

»Beim Obikult ist es genauso.«

»Was ist das denn?«

»Voodoo. Schwarze Magie. Medizinmänner.«

»Sie meinen, daß Leute verhext werden oder daß man die abgeschnittenen Fingernägel oder Haare des Opfers verbrennt?«

»Das ist sehr wirkungsvoll, meine Liebe. Es versetzt viele analphabetische und ahnungslose Stammesmitglieder westindischer Völker in Furcht und Schrekken. Sie verursachen ihren eigenen Tod. Und all das hat nur mit der Kraft der Suggestion zu tun. Die Angst vor dem Unbekannten. Als Sie beim Theater angefangen haben und für Rollen vorsprechen mußten, hatten Sie da kein Herzrasen? Hatten Sie kein Angst, abgelehnt zu werden? Hatten Sie nicht weiche Knie und –«

»Aber nie einen weichen Kopf! Tut mir leid, Agatha, aber ich war als Anfängerin unbeirrbar. Was mir in puncto Aussehen und Eleganz gefehlt hat, habe ich durch Beharrlichkeit und Entschlossenheit wettgemacht. Agatha – ich war ein Killer.«

Und das bist du sicher heute noch, dachte Cayman, aber ich werde das nicht laut sagen, solange ich die Hoffnung habe, daß sich aus diesem kleinen Flirt etwas Konkretes entwickeln könnte.

Agatha wechselte das Thema. »Wissen Sie, ich kenne Nydia seit vielen Jahren. Max war schon an der Universität mit Ogden befreundet. Und ich glaube, daß Ogden Max bei seinen ersten Ausflügen ins Reich der Archäologie finanziell gefördert hat, obwohl Max das niemals zugeben würde. Ich denke auch, daß Nydia fest von dem überzeugt ist, was sie als Medium vorführt. Oh, sie manipuliert sicher hier und da ein bißchen, setzt Akzente und Höhepunkte. Wie hieß gleich diese Schauspielerin, die heute abend aufgetreten ist?«

»Renée Adorée.« Bette hätte für ihr Leben gern noch einen Drink genommen, aber sie wollte nicht, daß ihre Gäste dachten, sie hätte ein Alkoholproblem. Was sie nicht hatte. Cayman – der Gute! dachte Bette – bot sich an, die Gläser wieder zu füllen.

»Genau. Renée Adorée. Wo hat sie diese Dame denn Ihrer Meinung nach aufgetrieben?«

»Ich habe in Nydias Wohnung viele Filmzeitschriften gesehen. Und sie ist ja gerade erst aus Hollywood zurückgekommen, wo sie unter anderem auch eine

Séance für Marion Davies abgehalten hat. Bestimmt hat sie die Kombination John Gilbert – Renée Adorée dort auch vorgeführt. Ich nehme an, daß Nydia vor der Sitzung sehr viel über Hollywood gelesen hat.«

»Ja, Nydia ist außerordentlich wißbegierig. Kurz nachdem wir uns kennengelernt haben, wurde sie ein bißchen dreist und begann mir Fragen zu Archibald, meinem ersten Mann, zu stellen. Er war bei der Royal Air Force und deshalb ein Luftikus. Na ja, man könnte schon sagen, er war ein kleiner Ganove, aber das spielt jetzt keine Rolle, obwohl, weiß Gott ...« Agatha unterbrach sich. »Und das, was Gott weiß, soll zwischen mir und ihm bleiben. Also, jedenfalls habe ich ihr nicht besonders viel erzählt, und sie ließ mich schließlich mit diesem Thema in Ruhe. Aber das hinderte sie nicht daran, andere auszuquetschen. Und als dann dieser Inder bei der Houdini-Sitzung von Nydia so beeindruckt schien, war sie nicht mehr zu bremsen. Sie legte sich ins Zeug wie eine Wilde und begann gleich mit den reichen Bonzen in Mayfair. Und wenig später wurde sie dann von Queen Mary in den Buckingham Palast eingeladen. Sie drosselte allerdings ihr Tempo ein bißchen, als Ogden so plötzlich und unerwartet starb.«

»Mit dem Gesicht im Aspik«, murmelte Bette.

»Er haßte Aspik. Vielleicht hat ihn der Anblick umgebracht. Als Nydia begriff, wieviel Ogden ihr hinterlassen hatte, blühte sie richtig auf. Sie war jetzt ein sehr wohlhabendes Medium, was es ja nur selten gibt.« Bette und Cayman tauschten innige Blicke, als er ihr das frisch gefüllte Glas reichte. Dann gab er Agatha ihr Glas. Sie fuhr fort: »Nydia wurde immer besser. Sie ging Risiken ein. Einmal hat sie beispielsweise den Geist von Dschinghis Khan beschworen, und mich damit völlig durcheinandergebracht – ihr Chinesisch war ausgezeichnet! Es stellte sich heraus, daß sie in einer eher unglücklichen Phase ihrer Jugend, als sie in Varieté-Theatern auftrat, mit einem chinesischen Jongleur zusammen gewesen war, und als der junge Mann sich wieder nach China absetzte, hinterließ er ihr nichts weiter als ein paar Brocken Mandarin.«

»Ich hab's gewußt!« rief Bette. »Sie ist im Varieté aufgetreten! Das haben Sie doch gerade gesagt, oder nicht?«

»Ja, das habe ich gesagt. Sie hat es mir vor langer Zeit einmal erzählt.«

»Ich habe mir gleich gedacht, daß sich da eine Schauspielerin versteckt. Und sie kann Leute ziemlich gut imitieren, richtig?«

»Bei Virgil war sie phänomenal, aber die Mabel-Nummer hat sie meiner Meinung nach ein bißchen übertrieben. Und diese Renée Adorée hätte natürlich irgendeine Französin sein können, die in einem Café am Montparnasse hinter der Kasse sitzt. Sie müssen zugeben, Bette, Nydia macht ihre Sache ganz phantastisch, und es gelingt ihr auch, immer wieder eine bezaubernd humorvolle Note einfließen zu lassen. Finden Sie nicht auch?«

»Oh, ja! Aber was wollte sie uns denn mit Mabels Ausbruch und mit Vrigils ominösem ›Zu mehreren fühlt man sich sicherer‹ miteilen? Kommen Sie, Inspector, beeindrucken Sie uns mit einer Theorie. Es ist doch wohl offensichtlich, daß Nydia den Verdacht hat, Virgil sei von mehreren Personen ermordet worden.«

»Sie meinen, es gab eine Verschwörung«, sagte Cayman, und Bette nickte. »So etwas ist immer sehr schwer zu beweisen.«

»Warum?« fragte Bette, die Arme vor der Brust verschränkt.

»Vor allem deswegen, weil man sich leicht in ein Netz aus Lügen verstricken läßt. Bevor man die Fäden entwirren kann und zum Zentrum vordringt – das heißt, zur Wahrheit – kriegt man nur wenig Handfestes zu fassen, womit man eine Anklage begründen könnte. Nein, ich glaube, hinter Virgils Tod steckt ein Einzeltäter.«

»Und bei Mabel?« Bette war in ihrem Element, und Agatha machte es einen Riesenspaß, sie zu beobachten. Was für eine clevere Person!

»Was ist mit Mabel?« fragte der Inspector.

»Wer hat Mabel ermordet?«

»Sie hat eine Überdosis Schlafmittel genommen.«

»Litt Mabel eigentlich an Schlafstörungen?« wollte Bette von Agatha wissen.

»Ich habe schon erwartet, daß Sie diese Frage stellen würden.«

»Sie hat also das Schlafmittel geschluckt, um sich zu betäuben.« Bettes Stimme stieg eine Oktave. »Also war es ganz einfach! Nur daß sie, im Gegensatz zu Virgil, ihre tödliche Dosis gleich auf einmal bekam.«

»Mabel hatte Krebs. Inoperabel.« Agatha wartete gespannt, was Bette mit dieser Enthüllung anfangen würde.

»Agatha Christie«, sagte Bette mit zusammengekniffenen Augen. »Versuchen Sie nicht, mir ein Bein zu stellen. Man hat Mabel das Zeug eingeflößt, und ich habe den Verdacht, daß sie genau Bescheid wußte. Nydia denkt das auch. Dieses ganze Gerede, daß es ja gar nicht so bitter schmeckt, wie sie gedacht hätte, und daß sie keine Angst vor dem Tod hat, vor allem, wenn er so aussieht wie Freddie March! Na ja, fragen Sie mal Freddies Ehefrau, Florence Eldridge, nach welcher Art von Tod ihr Mann aussieht, wenn er heimkommt, nachdem er die Nacht mit einer der vielen jungen Schauspielerinnnen, die er ständig verführt, verbracht hat! Mabel ist ermordet worden, und ob sie nun daran beteiligt war oder nicht, ich würde trotzdem von Mord sprechen. Was meinen Sie, Inspector?«

»Klingt ziemlich einleuchtend.« Bette nahm das als Ermutigung, und ihr Lächeln überzeugte ihn davon, daß er Fortschritte bei ihr machte. »Man sollte weiter darüber nachdenken.«

»Aber natürlich!« Bettes Begeisterung war anstekkend. »Oh, verdammt! Warum haben wir Nydia gehen lassen! Sie argwöhnt sicher noch viel mehr, als sie heute abend hat durchblicken lassen. Agatha – wie sah eigentlich die Beziehung zwischen Nydia und Virgil wirklich aus? Waren die beiden richtig ineinander verliebt, oder war es nur Getue? Entschuldigen Sie, aber ich hatte bisher wenig Anlaß, die Briten mit allzu leidenschaftlichen Gefühlen in Verbindung zu bringen.«

»Hatten Sie denn noch nie eine Affäre mit einem Engländer?« fragte Agatha. Sie hätte genausogut fragen können, ob Bette je Aal in Aspik versucht habe.

»Nein, das kann ich nicht behaupten. Der gute alte George Arliss zeigte ein moderates Interesse an mir, aber von Leidenschaft würde ich da nicht sprechen.«

»Meine Liebe«, sagte Agatha, mit einem Seitenblick auf Cayman. »Sie sollten es gelegentlich versuchen.«

Bette lachte. »Ja, ich probiere alles mindestens einmal aus. Aber, was soll's – bleiben wir beim Thema. Agatha, Sie und Nydia sind doch seit Jahren eng befreundet.«

»Eng befreundet ist eine Übertreibung. Wir unterhalten uns viel und gehen öfter zusammen ins Kino oder ins Theater. Aber ich glaube, die meisten unserer Herzensgeheimnisse bleiben da, wo sie sind, nämlich in unserem Herzen. Wenn Sie wissen wollen, ob sie mir je anvertraut hat, was sie für Virgil empfindet, dann muß ich sagen, ich habe allen Grund zu glauben, daß Nydia bei ihm stets einen kühlen Kopf bewahrt hat. Sie dürfen nicht vergessen, Mabel hat noch gelebt und war ständig mit ihrem Salon beschäftigt. Virgil war bei diesen Einladungen das Zugpferd. Sein plötzlicher Ruhm gab Mabel den Anstoß, sich in die Kreise der oberen Zehntausend vorzuwagen. Sie hatte nicht das internationale Flair von Syrie Maugham oder Ihrer Elsa Maxwell, aber sie besaß denselben Ehrgeiz, dieselbe Entschlossenheit. Als Mabel ihren Kreuzzug begann, waren Ogden und Nydia ein überall gern gesehenes Ehepaar. Ogden stand aufgrund seines Reichtums immer im Licht der Öffentlichkeit. Er war ein ausgesprochen großzügiger Mensch und spendete für verschiedene Wohltätigkeitsorganisationen. Vor allem kümmerte er sich um junge Mädchen, die vom rechten Weg abgekommen waren.«

»Das glaube ich gern«, murmelte Bette und blies einen wunderhübschen Rauchkringel in die Luft.

Agatha seufzte. »Ich will mich dazu nicht äußern. Ogden war sehr bescheiden und spielte sich nie in den Vordergrund. Die Schau überließ er Nydia. Als er sie kennenlernte, war sie gerade als Cecily in Oscar Wildes Stück *Bunbury oder Ernst muß man sein* recht erfolgreich gewesen. In der Theaterwelt hatte man ihre Leistung wohlwollend zur Kenntnis genommen und beschlossen, sie im Auge zu behalten. Die Männer stellten ihr hemmungslos nach, und sie ermutigte sie mindestens ebenso hemmungslos. Aber sie war klug und konzentrierte sich hauptsächlich auf Ogden. Er war extrem wohlhabend und auf seine Art auch recht attraktiv. Max kannte Ogden, wie ich schon erwähnt habe, und schlug vor, das Paar sonntags zum Dinner einzuladen. Nydia und ich fanden einander sofort sympathisch. Sie hatte gehört, daß ich mich fürs Amateurtheater interessiere, und sie wußte auch, daß ich mit meinen Stücken einigen Erfolg hatte. Ich bin fest davon überzeugt, daß ihr der Gedanke durch den Kopf ging, ich könnte noch andere Stücke schreiben, vielleicht sogar eines mit einer passenden Rolle für sie. Sie lud uns zu einer Aufführung von *Bunbury* ein, und sie machte ihre Sache wirklich gut.« An Cayman gewandt fuhr sie fort: »Meistens scheue ich mich davor, Freunde in einem Stück zu sehen, denn wenn sie nicht gut sind, was sagt man dann anschließend hinter der Bühne zu ihnen? Die gute Estelle Winwood sah Gladys Cooper in einem schrecklich schlechten

Stück, und sie zermarterte sich das Gehirn, weil ihr einfach kein Kompliment einfiel. Als sie in die Garderobe kam, trompetete Gladys natürlich sofort los: ›Na? Wie fandest du's?‹ Estelle sah sie nur an und sagte schließlich: ›Meine Liebe, während des ganzen Stücks habe ich mir sehnlichst gewünscht, du würdest neben mir sitzen.‹ In Nydias Fall konnte ich ihr bedenkenlos versichern, daß sie eine talentierte junge Schauspielerin sei. Als Ogden ihr einen Heiratsantrag machte, kam Nydia zu mir und bat mich um meinen Rat. Er wollte, daß sie das Theater aufgab. Das war eine bittere Entscheidung für eine vielversprechende Begabung. Nydia war wirklich hin und hergerissen. Entweder Schauspielerin oder Ogdens Millionen.«

»Nicht Ogden, der Mann?« fragte Bette.

»Ich weiß, was Sie meinen, Bette, und ich will auch hoffen, daß Nydia zuerst den Menschen betrachtete und dann seine Millionen.«

»Sie haben ihr doch sicher nahegelegt, Ogden zu heiraten.«

»In gewisser Weise schon. Ich habe sie daran erinnert, daß sie nicht ewig jung bleiben wird. Und daß Geld nicht altert.«

»Wunderbar. Und dann haben die beiden geheiratet.« Bette lächelte Cayman an. Ihr Glas war wieder leer und mußte aufgefüllt werden, genau wie ihr Herz. Sie wußte, er konnte ihr Glas füllen, aber in puncto Herz lagen seine Fähigkeiten nicht so eindeutig auf der Hand.

»Ja, sie haben geheiratet, und sie lebten allem Anschein nach glücklich und zufrieden.« Und zu Bette sagte Agatha: »Glauben Sie an Happy-Ends?«

Bette erwiderte bissig: »Wenn ich ein Happy-End will, gehe ich zu einem Begräbnis.«

Agatha lachte leise. »Ogden ist viel zu früh gestorben. Er war noch jung. Inzwischen hatte Nydia den Spiritismus entdeckt, und er füllte auch die Lücke, die sie meiner Meinung nach empfand, weil sie ihre berufliche Laufbahn aufgegeben hatte. Da waren zum Beispiels Mabels wöchentliche Einladungen.«

Cayman füllte mit einem unterdrückten Gähnen die Gläser nach, und Bette fragte: »Und dort hat sie dann Virgil kennengelernt?«

»Genau.«

»Und die beiden fühlten sich zueinander hingezogen?«

»Ich würde eher sagen, Virgil fühlte sich zu Nydia hingezogen. Nydia war eine treue Ehefrau, Bette. Sie mochte Ogden wirklich, und Ogden war natürlich völlig vernarrt in sie.« Agatha schwieg, als überlege sie, ob sie noch mehr preisgeben sollte.

»Diese plötzliche Stille ist ohrenbetäubend«, bemerkte Cayman.

»Während ich mir beim Reden zugehört habe, sind meine Gedanken in eine andere Richtung gewandert.«

»Oh, bitte, Agatha, enthalten Sie uns nichts vor. Vielleicht helfen Ihre Informationen dem Inspector, ein paar Antworten zu finden. Es ist schon spät, und er hat bestimmt morgen viel zu tun.«

»Virgil stand plötzlich auf Nydias Türschwelle und wollte wissen, ob sie Hilfe brauche. Bei den Vorbereitungen für die Trauerfeier und so weiter. Nydia hat keine Familie. Sie ist ganz allein. Und jetzt, da Ogden in der Leichenhalle aufgebahrt lag, war sie in der Wohnung am Cadogan Square noch einsamer. Max und ich standen ihr natürlich auch bei. Nydia hat sich an meiner Schulter ausgeweint – sie wollte gar nicht mehr aufhören. Max reagiert völlig hilflos, wenn eine Frau weint. Also nahm Virgil alles in die Hand, und ich muß sagen, er machte seine Sache gar nicht schlecht. Ehe man es sich versah, hatte er den Ehemann der Familiengruft zugewiesen. Er informierte Ogdens Anwalt, und Nydia erfuhr, daß sie Ogdens Alleinerbin war und jetzt ein Vermögen besaß, von dem sie nicht einmal zu träumen gewagt hätte. Ogdens Reichtum war wirklich phänomenal. Ich möchte noch hinzufügen, daß sie das Geld dank der Hilfe meines Vermögensberaters sehr klug angelegt hat.«

»Und jetzt beginnt also die Romanze zwischen Nydia und Virgil«, sagte Cayman.

Und Bette ergänzte: »Ich habe das Gefühl, wir könnten zur Untermalung ein paar Geigenklänge brauchen.«

»Der Anfang war gar nicht so einfach für die beiden«, sagte Agatha ernst. »Erstens muß eine frisch verwitwete Frau ihre Beziehungen zum anderen Geschlecht sehr diskret handhaben, oder sie gerät schnell in Verruf. Nydia ist nicht dumm – sie war noch nie dumm! Sie war höflich, aber meistens hielt sie Virgil auf Distanz. Wenn sich die beiden in der Öffentlichkeit zeigten oder essen gingen, habe ich sie begleitet. Oder jemand anderes. Was sich in Nydias Wohnung zugetragen hat, kann ich natürlich nicht sagen.«

»Und es war Ihnen auch ziemlich egal«, meinte Bette.

»Ach, von wegen! Ich hätte für mein Leben gern gewußt, was sich dort abspielte. Meine Liebe, Sie dürfen nicht vergessen, ich finde Klatsch und Tratsch wunderbar, ich bin schließlich auch nur ein Mensch. Ich verdiene allerdings ein großes Lob, weil ich Nydia nicht bedrängt habe, obwohl es mir sehr, sehr schwerfiel. Aber ich spürte die zunehmende Vertrautheit, und das ging den Frauen in der Familie Wynn auch nicht anders. Anthea benahm sich absolut kindisch. Wutanfälle. Drohungen. Sie war schrecklich! Ich erfuhr das alles aus zweiter Hand von Sir Roland, der – entgegen seiner heutigen Bemerkung, daß er alle seine Kinder liebt – seine Nachkommen unglaublich öde fand. Virgil noch am wenigsten. Mit Virgil konnte er immerhin bei einem Glas Portwein im Club über die eine oder andere Mumie reden.«

»Und wie hat Mabel sich benommen?« Bettes Stimme klang schon ganz heiser. Der Scotch und die Zigaretten machten sich langsam bemerkbar.

»Mabel reagierte ein bißchen subtiler als Anthea, was nicht besonders viel heißt, denn Anthea ist meiner Erfahrung nach sowieso nie subtil. Was Mabel tat, war grausam. Sie strich Nydia von ihrer Gästeliste. Als Entschuldigung brachte sie vor, es seien schon zu viele alleinstehende Frauen dabei. Nydia schien das nicht weiter zu stören. Ihre Sonntage verbrachte sie jetzt meistens mit uns. Ich selbst habe Mabels Einladungen nie angenommen, wofür mir Max sehr dankbar war. Er konnte Mabel nämlich nicht ausstehen.«

»Was haben Sie gedacht, als Mabel gestorben ist?« fragte Bette.

»›Adieu, Schätzchen! Gute Reise!‹« Alle drei lachten. »Ach, bin ich nicht gräßlich! Ich hatte nichts gegen Mabel. Ich fand sie nur albern – eine wohlhabende Frau, die ständig mit irgendwelchen berühmten Namen um sich wirft. Aber angeblich war das Essen bei ihr immer sehr gut.«

»Haben Sie damals gewußt, daß Mabel todkrank war?« wollte Cayman wissen.

»Gesagt hat es mir niemand. Aber die Einladungen, die anfangs jede Woche stattgefunden hatten, wurden irgendwann nur noch alle zwei Wochen abgehalten und dann einmal im Monat, bis sie schließlich ganz aufhörten. Bis ich dann ihren Nachruf in der Times las, mit der Erklärung ›Tod durch Mißgeschick‹. Ist das nicht eine göttliche Ausdrucksweise, Bette? ›Tod durch Mißgeschick‹!«

»O Gott, das muß der Whisky sein!« stöhnte Bette. »Ich habe zuerst gedacht, das ist der Name einer Frau! ›Miss G. Schick‹!« Wieder lachten alle drei.

»Wie sagt man da in Amerika?« wollte Agatha wissen.

»Das wird ganz direkt beim Namen genannt. Selbstmord durch eine Überdosis oder selbstzugefügte Schußwunden oder Sprung vom Dach. Wir reden bei solchen Sachen nicht um den heißen Brei herum. Gehe ich übrigens recht in der Annahme, daß es keine

Autopsie gab, weil niemand ein Verbrechen vermutete?«

»Nicht daß ich wüßte«, erwiderte Agatha. »Der Inspector könnte das natürlich für uns herausfinden, falls er so freundlich wäre.«

»Ich glaube nicht, daß eine Obduktion vorgenommen wurde. Und ich habe nicht vor, Mabels Leiche ausgraben zu lassen, bis ich nachweisen kann, daß ein Verbrechen vorliegt. Und das könnte nach so langer Zeit sehr, sehr schwierig werden.«

»Liebe Freunde«, sagte Bette mit verträumtem Blick, »ich würde gern herausbekommen, ob Nellie Mamby wußte, was vor sich ging.« Sie schnippte mit den Fingern. »Ich wette, sie hat viel mehr mitgekriegt und weiß viel mehr, als sie zugibt.«

»Und als sie je zugeben wird«, warf Agatha ein.

»Bei der Séance hat sie sich nicht besonders wohl gefühlt«, meinte Bette. »Daß sie dauernd so schwer geatmet hat, kam ja wohl kaum von ungefähr. Agatha, würden Sie sagen, Nellie Mamby mochte Mabel?«

»Ja, durchaus. Sie hat sehr lange für Mabel gearbeitet. Und danach ist sie geblieben, sozusagen als Teil des Haushalts. Durch Mabels Salon war Mamby praktisch ebenfalls zu einer Berühmtheit geworden. Sie wurde von manchen der Zelebritäten gehätschelt und getätschelt ohne Ende. Noel Coward lud sie zu einer Matineevorstellung von *Cavalcade* ein und Sir Thomas Beecham, soviel ich weiß, zu mindestens zwei Veranstaltungen in der Albert Hall.«

»Gab's da vielleicht irgendwelche Techtelmechtel?« wollte Bette wissen.

»Mit Noel? Ich bin sicher, falls sie etwas von ihm wollte, hat er es nicht gemerkt. Und was Thomas betrifft ... Also wirklich, Bette. Sie haben Mamby doch gesehen. Wie können Sie Mamby und Techtelmechtel überhaupt in einem Atemzug nennen?«

Bette war aufgestanden und ging im Zimmer auf und ab, wobei ihre überaktive Hand mit der rauchenden Zigarette irgendwelche Signale in die Luft fuchtelte. »Agatha, für eine Frau von Welt finde ich Ihre Naivität erstaunlich.«

»Ich bin keine Frau von Welt«, entgegnete Agatha mit Nachdruck, »und ich habe das auch nie behauptet. Ich gebe gern zu, daß ich in vielen Dingen naiv bin, aber wenn ich mir Mamby als Objekt leidenschaftlicher Begierde vorstellen soll, dann kommt es mir vor, als sollte ich behaupten, der Mond bestehe aus grünem Käse.«

»Meine Damen! Bitte, dämpfen Sie Ihre Lautstärke!« warf Cayman ein. »Sonst hört Nellie Mamby Sie womöglich und kommt gleich angelaufen, um sich zu verteidigen.«

»Seien Sie doch nicht albern«, sagte Bette und unterstrich ihre Bemerkung mit einer abfälligen Handbewegung. »Sie ist im hinteren Teil des Hauses und schläft tief und fest, wobei sie womöglich unappetitliche kleine Schnarchgeräusche von sich gibt. Agatha, Sie würden nicht glauben, wie die Ehemänner beziehungsweise Ehefrauen mancher unserer Stars aussehen. Ich meine, sehen Sie sich doch nur Jean Harlow an!«

»Oh, Jean Harlow sehe ich sehr gern!« verkündete Cayman begeistert.

»Ihr zweiter Ehemann Paul Bern, der angeblich Selbstmord begangen hat, war alles andere als ein Adonis. Er sah aus wie ein Kleiderständer. Paul Munis Frau ist eine süße kleine Nervensäge, aber sie würde niemals den Verkehr zum Erliegen bringen, es sei denn, sie wäre in einen Unfall verwickelt. Der Mann, den ich gerade aus meinem Leben entlassen habe, war zwar einigermaßen attraktiv, aber nicht in Unterhosen. Agatha, man kann nie sagen, was die Leute am anderen Geschlecht anzieht.«

»Bette«, sagte Cayman.

»Ja?«

»Es hat geklingelt.«

»Richtig! Vielleicht hat Nydia ihre Erschöpfung schneller überwunden, als wir gedacht haben und will mit uns reden.«

»Ich glaube eher, es ist Nayland, der mich abholen kommt.«

»O ja, natürlich. Nayland habe ich ganz vergessen.« Sie eilte hinaus.

»Nayland ist ein netter junger Mann. Er ist nicht besonders beeindruckend, aber doch auch nicht dermaßen unscheinbar, daß man ihn gleich vergißt. Er macht seine Arbeit ausgesprochen gut, aber ich sage es ihm nie, damit er nicht eingebildet wird.«

»Sie ist ganz schön schlau, stimmt's?«

»Sie meinen Bette?«

»Ich meine jedenfalls nicht Marie von Rumänien.«

»Sie hat Köpfchen. Ich bewundere ihre inneren Werte genauso wie ihre äußeren.«

»Wie schön für Sie. Da haben Sie beides auf einmal.«

»Ich habe noch keins von beidem«, meinte der Inspector trocken.

»Vermutlich fragen Sie sich auch, worauf sie hinaus will, wenn sie Nellie Mamby verdächtigt.«

»Ach? Sie sehen das schon als Verdacht? Na ja, vielleicht könnte man das. Aber ich bin im Augenblick einfach zu schlapp dafür. Ich werde morgen darüber nachdenken.«

»Es ist schon fast morgen«, sagte Bette, die gerade wieder ins Zimmer kam, gefolgt von Nayland.

»Sie Ärmster!« sagte Cayman zu Nayland. »Sind Sie so erledigt, wie Sie aussehen?«

»Na ja, das war aber auch eine ganz schön anstrengende Fahrt!«

»Er könnte sicher einen Whisky vertragen«, meinte Bette.

»Meine Liebe«, wandte Agatha ein, »ich glaube, wir hatten heute abend alle schon mehr als genug zu trinken.«

»Ach, sehen Sie sich doch unseren armen Mr. Nayland an. Man merkt doch, daß er sich vernachlässigt fühlt.«

Cayman begab sich müde zum Schnapsschrank und goß vier Drinks ein. Dann warf er einen Blick auf seine Armbanduhr. Es war gleich Mitternacht. Sein erstes Verhör fand um neun Uhr statt. Nellie Mamby. Und anschließend die anderen Verdächtigen, immer in zweistündigem Abstand. Und dann war da der Dolch, den jemand Virgil in den Mund gestoßen hatte. Der mußte gefunden werden, obwohl Cayman davon ausging, daß keine Fingerabdrücke darauf sein würden. Er mußte Sir Roland um eine Beschreibung der Waffe bitten.

»Inspector!« Bette schreckte ihn aus seinen Grübeleien auf. »Das müssen Sie sich unbedingt anhören!«

»Sofort«, erwiderte er, stellte die vier Gläser auf ein Tablett und ging zu den anderen zurück – langsam, als wäre es ein Balanceakt. »Hat es im Wagen irgendwelche Szenen gegeben? Das habe ich nämlich gehofft, und deswegen wollte ich nicht, daß Mrs. Mallowan ein Taxi ruft.«

»Das habe ich mir beinahe gedacht. Glauben Sie nur nicht, daß Sie mir etwas vormachen können«, sagte Bette.

»Ihnen wollte ich nichts vormachen, Bette. Ich wollte den anderen etwas vormachen.« Cayman verteilte die Drinks. »Es war eine vage Hoffnung. Allerdings fürchtete ich, daß sie alle vorsichtig wären, da ein Kriminalbeamter am Steuer sitzt. Aber ich hatte das Gefühl, wenn Nydia mit den Wynns zusammengesperrt wird, gibt es bestimmt Krach wegen der Séance.«

»So war es auch«, sagte Nayland, nahm einen kräftigen Schluck und begann richtig zu strahlen, als der Alkohol durch seine Adern floß.

»Na los!« drängelte Cayman. »Wir wollen alles hören.«

»Anthea Wynn machte den Anfang. Sie heulte und jammerte wegen Virgil und wer ihn vergiftet haben könnte, und dann redete Oscar ständig davon, wer Virgil erstochen haben könnte, und schließlich mischte sich auch Sir Roland ein. Er bezeichnete Nydia als böse Hexe. Wie sie es wagen könnte anzudeuten, daß die Familie gemeinsam gehandelt habe, indem sie immer wieder mit ihrem ›Zu mehreren fühlt man sich sicherer‹ angekommen sei. Und Nydia selbst meckerte an Virgil herum – so etwas in der Richtung, er hätte ihr bei irgendwelchen Investitionen schlechte Ratschläge gegeben.«

»Das ist doch Unsinn«, wandte Agatha ein. »Ich habe Ihnen erzählt, daß Nydia von meinem Vermögensberater betreut wird, und er ist ein Experte. Und warum sollte Virgil jemandem Tips für die Börse gegeben haben? Er verstand überhaupt nichts von Aktien. Mabel kannte sich bei Investitionen aus und hatte auch ständig Tips parat, die sie irgend jemandem aus der Nase gezogen hatte. Und außerdem, falls es stimmen sollte, daß Nydia an der Börse Geld verloren hat, wäre sie immer noch reich genug – es sei denn, es handelt sich um Millionbeträge. Und mit ›reich genug‹ meine ich wirklich: reich genug. Ich weiß, sie hat ein Bankschließfach, das man als ein Eldorado des teuren Schmucks bezeichnen könnte.«

»Entschuldigen Sie, Mrs. Mallowan, aber ich wiederhole nur, was ich im Wagen gehört habe«, entgegnete Nayland. Er fragte sich, ob er wohl Oliver Twist spielen und um ein bißchen mehr Whisky betteln sollte.

»Ja, da haben Sie natürlich recht. Und Sie machen das sehr gut. Inspector, Sie haben recht – dieser Mann leistet hervorragende Arbeit. Bitte, fahren Sie fort, Mr. Nayland.« Agatha strahlte.

»Dann ging Mrs. Tilson auf die Wynns los. Sie beschimpfte alle drei als undankbare Versager und behauptete, sie, Nydia, hätte sich doch ständig bei

Virgil für sie eingesetzt, damit er ihre monatliche Zuwendung erhöhte. Und dann sagte sie noch«, – Nayland zögerte, aber Cayman bat ihn, weiterzusprechen – »da ja Virgil tot ist und sie jetzt das ganze Geld bekommen, dürfe Anthea nicht vergessen, Mrs. Tilson ihre Schulden zurückzuzahlen.«

»Wie nett von Nydia!« sagte Agatha erfreut. »Ich wußte gar nicht, daß sie Anthea finanziell unterstützt hat.«

»Sie hat allen dreien mit Geld ausgeholfen«, erklärte Nayland. »Die anderen beiden hat sie nämlich auch darauf angesprochen, aber dann waren wir bei ihrem Haus, und sie stieg aus, bedankte sich sehr herzlich bei mir, knallte die Tür zu und marschierte ziemlich wütend davon, denke ich.«

»Und was haben die anderen gesagt, als sie unter sich waren?« drängte Cayman.

Nayland stöhnte. »Sie sind über Mrs. Tilson hergezogen.«

»Haben sie nicht über Virgils Ermordung geredet?« fragte Cayman.

»Anthea Wynn hat ihren Vater gefragt, wann das Testament verlesen wird. Und er hat geantwortet: ›So bald, wie es der Anstand erlaubt.‹ Und dann habe ich ihn abgesetzt. Ich muß sagen, er klang ein bißchen schroff, als er gute Nacht sagte, aber er war recht höflich zu mir. Er griff sogar in die Tasche, vermutlich um Kleingeld zu suchen, aber ich habe ihm versichert, Scotland Yard sei sehr großzügig.«

Cayman ächzte. »Nayland, Sie sind ein dummer Lügner. Und was ist passiert, nachdem Sie den Vater zu Hause abgesetzt hatten?«

»Das war ziemlich interessant. Anthea begann über die Haushälterin zu reden ...«

»Über Mamby«, sagte Bette.

»Aber ich konnte im Rückspiegel sehen, daß ihr Bruder mit dem Finger auf mich deutete, um ihr zu signalisieren, sie solle den Mund halten. Da fing sie wieder an zu weinen, wahrscheinlich weil ihr nichts besseres einfiel. Es geht mich ja nichts an, aber ich fand sie ziemlich unangenehm.«

»Na gut«, meinte Cayman, »ich werde versuchen, bei den Verhören heute ein bißchen mehr herauszubekommen. Und jetzt bestehe ich darauf, daß wir uns verabschieden und Bette schlafen geht. Mrs. Mallowan, darf ich Sie nach Hause begleiten?«

»Vielen Dank, aber das ist wirklich nicht notwendig. Im Garten hinterm Haus befindet sich ein Tor im Zaun, und ich bin zu Hause, ehe Sie noch bis drei gezählt haben.« Sie versprach Bette, gegen zehn Uhr anzurufen, und verließ das Haus durch die Balkontür. Bette begleitete die Polizeibeamten zur Haustür und beteuerte Cayman, sie werde jetzt ins Bett gehen. Sie wußte genau, daß sie den Schlaf brauchte. Ein paar Minuten später ging sie, nachdem sie die Lichter im Salon gelöscht hatte, tief in Gedanken versunken die Treppe hinauf.

Im Garten bemerkte Agatha einen Lichtstrahl unter dem Vorhang von Nellie Mambys Zimmerfenster. Vielleicht war Nellie eingeschlafen, ohne die Lampe auszumachen. Agatha ging weiter. Der Nebel wurde immer dichter, und sie hatte sehr vieles, worüber sie nachdenken mußte.

Ein paar Minuten später saß Agatha in der Küche, wärmte ihre Füße an dem elektrischen Heizofen und verspeiste einen Apfel. Sie dachte vor allem über Nydia nach. Stille Wasser waren angeblich tief, aber auf Nydia traf das ja nicht zu, denn sie war selten still. Sie konnte ziemlich anstrengend sein, und es gab Zeiten, in denen sie ganz gezielt das bescheidene Veilchen spielte. Agatha hatte gesehen, wie ausgezeichnet Nydia als Schauspielerin untertreiben konnte. Sie erinnerte sich, daß Nydia ihr einmal erzählt hatte, Edith Evans habe ihr den Rat gegeben »Weniger ist mehr«. Aber als Medium war Nydia manchmal in Gefahr zu übertreiben, und Agatha glaubte, daß das heute abend passiert war, als sie immer wieder den Satz »Zu mehreren fühlt man sich sicherer« wiederholt hatte.

Hatten die Wynns Virgil so gehaßt, daß sie beschlossen hatten, ihn gemeinsam umzubringen? Wer von den dreien hatte sich über die Wirkung von Giften informiert? Na ja, dachte Agatha, alle drei haben sich immer wieder in meiner Bibliothek herumgetrieben. Und ich habe mit Sicherheit die besten Bücher über Gift.

Sie legte den Apfel beiseite. Macht mich das zu einer Helfershelferin? Inspector Cayman mag mich. Sollte die Angelegenheit je zur Sprache kommen, dann ist er bestimmt so nett und drückt ein Auge zu.

Das Thema Nellie Mamby drängte die Gedanken an die Wynns rasch in den Hintergrund. Agatha hatte die Haushälterin noch nie gemocht, und sie war eine grauenhafte Köchin. Immer gab es gekochtes Hammelfleisch und verkochtes Gemüse, ganz zu schweigen von ihren absolut ungenießbaren Obsttörtchen. Nellie war zu verschiedenen Zeiten die Vertraute aller Familienmitglieder gewesen. Mabel hatte ihr mit Sicherheit das Herz ausgeschüttet, und Anthea bestimmt auch. Anthea mußte immer etwas loswerden, auch wenn es um Dinge ging, die gar nicht so wichtig waren. Wenn ihr Verstand nur so scharf wäre wie ihre Gesichtszüge. Blankverse. Hatte das Schicksal sich gegen Mabel und Roland verschworen und ihnen diese drei unglückseligen Kinder aufgebürdet? Für Virgil war »unglückselig« vielleicht nicht das richtige Adjektiv. Er hatte es immerhin zu Ruhm und Wohlstand gebracht, obwohl ihm das jetzt bedauerlicherweise nichts mehr nützte.

Wer bekommt das Geld? Das Haus und das Grundstück? Die Kunstgegenstände? Und hat er auch Nydia bedacht, um der Vergangenheit willen? Oder hatte er womöglich auch Schulden bei ihr gehabt? Agatha verstrickte sich immer tiefer in ihre Gedanken und merkte, daß es ihr allmählich zuviel wurde. Besaß Nydia etwa einen Teil der geschmuggelten Wertgegenstände? Agatha wußte von dem Bankschließfach, weil sie Nydia einmal begleitet hatte, als diese eine bestimmte Halskette brauchte. Aber Nydia konnte ja auch noch andere Schließfächer gemietet haben. Der zuständige Bankbeamte hatte sich fast überschlagen vor Höflichkeit, als er Nydia sah.

Müde erhob sich Agatha von ihrem Stuhl und streckte sich. Sie stellte das elektrische Heizöfchen ab und machte sich auf den Weg in ihr Schlafzimmer im oberen Stockwerk. Von ihrem Schlafzimmerfenster sah man auf die Räume, die jetzt Bette bewohnte. Merkwürdig. Bette hatte noch Licht brennen. Wahrscheinlich war sie zu aufgeputscht von den Ereignissen des Abends, und das Adrenalin hielt sie wach.

Bette spürte in der Tat einen Adrenalinstoß. Als sie sich gerade ausziehen wollte, hörte sie unten eine Tür schlagen. Sie rannte in den Flur und rief: »Wer ist da? Mamby, sind Sie das?« Als sie keine Antwort bekam, ging sie wieder in ihr Zimmer und holte den Schürhaken vom Kamin. Sie umklammerte ihn wie eine Waffe, ging zurück auf den Flur und tastete nach dem Lichtschalter. Jetzt war alles hell erleuchtet. Langsam ging sie die Treppe hinunter. Bei der Küchentür sah sie einen Lichtschein. Aber er kam aus dem Keller. Die Kellertür war angelehnt, und unten brannte Licht. Bette zog die Tür ein Stück weiter auf.

»Wer ist da unten?«

Bette überlegte, ob sie nach oben gehen und Nellie Mamby wecken sollte. Schließlich galt auch hier: »Zu mehreren ist man sicherer.« Sie schrie laut: »Hallo, da unten – ich habe eine Pistole! Kommen Sie sofort mit erhobenen Händen heraus! Ich zähle bis drei. Eins! Zwei! Drei!« Niemand kam. Ach, verdammt noch mal, dachte Bette. Wir Hauptdarstellerinnen bei Warner Brothers sind Schlimmeres gewöhnt. Vorsichtig ging sie Stufe für Stufe nach unten. Zu dieser nächtlichen Stunde sahen manche der Statuen sehr bedrohlich aus. Aber Bette kniff nicht, sondern ging tapfer weiter. Bis sie direkt vor einer Mumie stand. Reglos blieb sie stehen und lauschte. Nichts. Sie ging ein Stück weiter, den Schürhaken hoch erhoben, um bei Bedarf gleich zuschlagen zu können.

Anscheinend ist niemand mehr hier im Keller, dachte sie, aber es muß jemand dagewesen sein. Einige der Gegenstände, die vorher ordentlich an ihrem Platz gestanden hatten, waren verrückt worden. Schritt für Schritt ging sie weiter, bis sie vor dem flachen Grab stand.

Eine Hand ragte aus dem Grab heraus. Eine menschliche Hand. Eine Frauenhand. Bettes Herz raste. Ein Königreich für eine Zigarette! Wie eine Traumwandlerin trat sie noch einen Schritt nach vorne und starrte in das Grab. Im Herzen der Leiche steckte ein Dolch. Ein antikes Wertstück.

Den entsetzten Ausdruck auf Nellie Mambys Gesicht würde Bette ihr ganzes Leben lang nicht vergessen. Aber im Moment tat sie erst einmal das einzig Vernünftige: Sie schrie.

Kapitel 10

Agatha reagierte auf Bettes Hilferufe wie ein Jagdhund, den man loschickt, um ein Rebhuhn aufzuspüren. Sie hatte sich noch nicht ausgezogen, deshalb war sie sofort beim Nachbarhaus. Den Schürhaken noch in der Hand, zog Bette ihre Freundin durch die Tür. »Sie ist im Keller. Jemand hat ihr einen Dolch in die Brust gestoßen. Mamby ist ermordet worden!« Agatha antwortete nicht, sondern lief sofort in den Keller. Bette folgte ihr auf den Fersen. Als sie vor dem Grab standen, starrte Agatha in Mambys Gesicht und dann auf die Waffe, die in ihrer Brust steckte.

»Sieht genau aus wie das Ding, mit dem Virgil ermordet wurde. Es lag auf seinem Schreibtisch. Erinnern Sie sich? Er hat es als Brieföffner benutzt. Tja, offenbar hatte der Mörder die Waffe tatsächlich hier unten versteckt. Als erstes sollten wir jetzt wieder hinaufgehen und den Inspector anrufen. Bestimmt ist Nayland zu Scotland Yard zurückgefahren.«

Agatha hatte recht. Cayman trommelte den Gerichtsmediziner und vier Detectives von der Nachtschicht zusammen, und sie machten sich eilig auf den Weg. »Die arme Miss Davis«, meinte Nayland, während er mit quietschenden Reifen um die Ecken fegte. »Das ist ja ein schöner Empfang für sie.«

»Bestimmt genießt sie jede Sekunde dieses Dramas«, erwiderte Cayman. Abermals quietschten die Reifen. »Gut gemacht, Nayland. Aber eigentlich ist es nicht unbedingt notwendig, daß Sie so auf die Tube drücken. Nellie Mamby wird uns schon nicht davonlaufen.« Dann wandte er sich an Angus MacDougal, den Gerichtsmediziner, der mit zwei Detectives auf der Rückbank saß. »Ein Glück, daß Sie heute Spätdienst hatten.«

Mit zusammengebissenen Zähnen erwiderte MacDougal: »Von wegen Glück. Demnächst müssen wir die Leichen stapeln. Das ist ja die reinste Mord-Epidemie, und ich habe sowieso nicht genügend Leute. Es wäre nett, wenn Sie beim Chef gelegentlich ein gutes Wort für mich einlegen und ihm sagen würden, daß ich ein bißchen Hilfe brauchen könnte. Schließlich hat sogar der Chefkoch bei Fouquet's einen *Sous-chef* und einen *Salade-chef.*«

»Wozu in aller Welt brauchen Sie denn Köche?« fragte Cayman.

»O Howard, stellen Sie doch nicht so alberne Fragen!« fauchte MacDougal.

Lloyd Nayland lenkte ab. »Hoffentlich hat Miss Davis genügend Whisky im Haus. Ich hab das ungute Gefühl, es wird eine lange Nacht.«

Cayman seufzte und meinte: »Ich kann vielleicht später noch ein Nickerchen einlegen. Mein erster Verhörtermin ist ja gerade abgesagt worden.«

»Ich frage mich allmählich, ob ich Gefahr laufe, Alkoholikerin zu werden«, sagte Bette, die auf dem Sofa im Salon saß, während Agatha großzügig die Gläser nachfüllte. Agatha wußte genau, daß sie keinen Hang zum Alkoholismus hatte. Sie hatte einen viel zu gesunden Appetit, und Alkoholiker essen bekanntlich sehr wenig. Das erklärte sie jetzt auch Bette, die sich ihrer Meinung nur zu gern anschloß.

»Ich esse dauernd«, sagte Bette. »Die Nerven.«

»Meine Liebe, Sie haben doch Nerven wie Drahtseile.« Agatha gab Bette ein Glas und hielt ihr eigenes fest in der Hand. »Und Sie sind so tapfer! Ganz allein in den Keller zu gehen und nachzusehen! Der Mörder hätte noch da unten sein können!«

»Ich war doch mit dem Schürhaken bewaffnet! O Gott! Dieser Ausdruck auf Mambys Gesicht ...«

»Nicht besonders erfreulich, vor allem angesichts der Tatsache, daß sie ohnehin keine Schönheit war.«

»Man muß ihre Schwester benachrichtigen. Mamby hat sie doch immer besucht.«

»Eins nach dem anderen. Sie Ärmste. Und das alles, wo Sie heute erst eingezogen sind! Zwei Leichen!«

»Ja, das ist ein bißchen zuviel des Guten«, meinte Bette trocken. »Und ich habe auch noch meine Haushälterin verloren!«

»Es ist kein Problem, eine neue zu finden«, tröstete sie Agatha. »Ich rufe gleich morgen früh bei der Agentur an, dann stehen die Anwärterinnen eine Stunde später Schlange und warten auf ihr Einstellungsgespräch. Sie wissen doch, die Depression.«

»Das stimmt. Meinen Sie, es wird bald wieder besser?«

»Was wir brauchen, wäre eine Art internationaler Flächenbrand. Kriege machen immer Schluß mit einer Depression. Obwohl sie ihrerseits natürlich auch deprimierend sind.«

»Glauben Sie, es gibt Krieg?«

»Ich fürchte, ja. Auf dem Kontinent wird schon heftig mit dem Säbel gerasselt.« Sie hob abrupt den Kopf. »Ah! Hören Sie? Meine Lieblingsmusik. Eine Polizeisirene.«

»Ob die Wynns jetzt auch von allen Seiten anrücken, nachdem wir sie alarmiert haben?« Bette hatte wenig Lust auf eine weitere Begegnung mit der Familie, denn die bisherigen Erlebnisse hatte einen unangenehmen Nachgeschmack hinterlassen. Agatha erwähnte nicht, daß sie einen der Wynns gar nicht erreicht hatte – vielleicht weil der Betreffende um diese Zeit nicht ans Telefon ging. Jedenfalls hatte Agatha es lang genug klingeln lassen.

»Ich glaube schon, daß sie kommen, und sei es nur, um ihre Betroffenheit über Mambys Tod zu demonstrieren. Schließlich gehörte Mamby quasi zur Familie. Sie war genauso habgierig.«

»Ach, Agatha«, lachte Bette. »Seit wann ist Habgier denn ansteckend?«

»Nach meiner Erfahrung ist sie sogar hochansteckend. Sehen Sie sich doch nur einmal die Vereinigten Staaten an. Wie die sich auf der ganzen Welt irgendwelche Länder einverleiben. Oder merkwürdige kleine Inseln. Wozu brauchen die Amerikaner beispielsweise die Bermudas?« Die Sirene kam näher. »Und was ist mit den ganzen skrupellosen Kapitalisten überall in Amerika? Und mit den Rüstungsfabrikanten in Europa? Habgier ist eine furchtbare Seuche.«

»Sie selbst sind aber nicht habgierig.«

»Ich habe es nicht nötig. Ich bin erfolgreich. Ich verdiene eine Menge, deshalb kann ich es mir leisten, weder neidisch noch gierig zu sein.«

»Na ja, ich bin auch nicht gierig. Ich will nur das, was mir zusteht, vor allem, wenn es etwas Gutes ist. Wissen Sie, ich finde, das alles würde einen phantastischen Film abgeben.«

»Was alles?«

»Die Morde. Hier im Haus.«

»Und welche Rolle würden Sie spielen wollen?«

»Nydia natürlich. Sie ist am vielschichtigsten. Aus ihr läßt sich am meisten rausholen«, antwortete Bette.

»Ja, stimmt.«

Bette hörte nicht mehr zu. Sie war schon unterwegs zur Tür. Agatha starrte in ihr Glas, das sich allerdings nicht als Ersatz für eine Kristallkugel eignete. Virgil tot. Mamby tot. Wer würde noch dran glauben müssen? Vielleicht niemand mehr. Aber sie war sich nicht sicher, und das machte ihr Sorgen. Trotzdem riß sie sich zusammen und lächelte, als Bette mit Cayman und Nayland im Schlepptau zurückkam.

»Ich habe Mr. MacDougal in den Keller geschickt«, verkündete Bette heiter. »Schließlich sollten wir nicht rumtrödeln und kostbare Zeit verschwenden. Stimmt's, Inspector?«

»Junge Frau«, erwiderte Cayman streng, »das ist zwar Ihr Haus –«

»Nur vorübergehend«, unterbrach Bette.

»– aber die Ermittlungen führe ich. Nayland, sehen Sie sich im Keller um. Da unten gibt es jede Menge Staub. Möglicherweise finden Sie Fingerabdrücke. Und bestimmt Fußspuren.«

Murrend machte sich Nayland auf den Weg, denn wegen Caymans Hektik entging ihm jetzt ein guter Whisky. Unterdessen wandte sich Bette an Cayman: »Sie dürfen mir das nicht übelnehmen. Immerhin könnte ich auch eines der Opfer sein.«

Cayman ließ sich diese Feststellung durch den Kopf gehen und mußte Bette recht geben. »Andererseits bin ich überzeugt, daß man Sie nicht so einfach beseitigen kann.«

»Mein lieber Inspector«, entgegnete Bette, während sie ihm einen Drink einschenkte, ohne auf seinen Protest zu achten, er dürfe im Dienst nichts trinken, »gewöhnlich bin ich diejenige, die andere beseitigt. Und Ihre altmodischen Regeln sollten Sie lieber vergessen. Sie müssen etwas trinken, um Ihre Nerven zu beruhigen.«

»Meine Nerven brauchen keine Beruhigung. Sie brauchen Schlaf.« Trotzdem nahm er das Glas dankbar entgegen. »Also, dann erzählen Sie mal, was passiert ist.« Er wartete, während sich Bette eine Zigarette ansteckte.

Sie berichtete präzise und klar, in ihren üblichen abgehackten Sätzen, wobei sie lebhaft gestikulierte, im Zimmer auf und ab schritt und keine Möglichkeit ausließ, die Spannung zu steigern – angefangen damit, wie sie die Tür zuschlagen hörte.

»Welche Tür?« fragte Cayman.

»Woher soll ich das wissen?« erwiderte Bette mit einem ärgerlichen Achselzucken. Sie konnte es nicht leiden, wenn sie unterbrochen wurde. »Ich war oben, der Lärm kam von unten, und ich bin keine Hellseherin! Allerdings möchte ich annehmen, daß es die Haustür war, durch die sich der Mörder davonmachte. Vielleicht hat er aber auch eine Tür zugeschlagen, um mich abzulenken. Soll ich fortfahren, oder möchten Sie lieber weiter über zugeknallte Türen diskutieren?«

»Es tut mir leid, wenn ich Sie gelegentlich unterbrechen muß, aber das gehört zu meinem Job.«

»Ist schon in Ordnung. Ich bin ein Filmstar, und für Filmstars sind kurze Szenen das täglich Brot. Aber wenn Sie mich das nächstemal unterbrechen, könnten Sie vielleicht ›Schnitt!‹ rufen. Das bin ich gewohnt, deshalb geht es mir weniger auf die Nerven. Wo war ich stehengeblieben?«

»Bei der zugeschlagenen Tür«, antwortete Agatha ein wenig gelangweilt.

»Ich hab geschrien: ›Wer ist da?‹, bekam aber keine Antwort. Dann rief ich Mambys Namen, ebenfalls erfolglos. Inzwischen wissen wir ja, warum. Übrigens stand ich zu diesem Zeitpunkt im Flur. Danach lief ich wieder in mein Zimmer und holte den Schürhaken vom Kamin.«

»Sehr klug«, meinte Cayman.

»Sie haben nicht ›Schnitt‹ gesagt«, wies ihn Bette mit strenger Stimme zurecht.

»Oh. Entschuldigung.« Der Inspector zwinkerte Agatha zu.

»Vorsichtig ging ich die Treppe hinunter. Ich dachte, aus der Küche käme Licht. Vielleicht macht sich Mamby warme Milch, weil sie nicht schlafen kann, habe ich gedacht. Tja, da hab' ich mich gründlich geirrt. Das Licht kam aus dem Keller, die Tür stand nämlich ein Stück offen.« Sie hatte sich von ihren Zuhörern abgewandt. Jetzt hielt sie inne, drehte sich mit einer schnellen Bewegung um und sagte trotzig, die Hände in die Hüften gestemmt: »Ich hatte keine Angst, das können Sie mir ruhig glauben. Statt dessen rief ich mit der entschlossensten Stimme, die mir zu Gebote steht, in den Keller hinunter, wer immer da unten sei, solle mit erhobenen Händen rauskommen, ich hätte einen Revolver.«

»Schnitt. Gut gemacht.«

»Oh, dankeschön, Inspector. Ich freue mich, daß es Ihnen bisher gefallen hat.«

Cayman erkannte, daß er das Gespräch auf diese Weise nur in eine Sackgasse manövrierte, und beschloß, den Mund zu halten, bis Bette nichts mehr zu sagen hatte. Er verschränkte die Arme vor der Brust, schlug die Beine übereinander und lehnte sich zurück, wobei er sich fest vornahm, keinesfalls einzunicken.

»Also dachte ich, verdammt, ich gehe runter und sehe mich um. Das tat ich auch, und ich gebe zu, obwohl das Licht brannte, war die Szenerie sehr, sehr unheimlich. Mir fiel gleich auf, daß sich ein paar Sachen nicht mehr an demselben Platz wie bei unserer Besichtigung befanden.«

»Schnitt. Als wäre jemand dagewesen und hätte sie weggenommen?«

»Ganz richtig. Agatha, was ist los? Sie sind so still.«

»Jetzt stehen Sie im Scheinwerferlicht, meine Liebe. Ich bin ganz damit beschäftigt, Ihnen zuzuhören.«

»Wie dem auch sei, ich sah das flache Grab, und ich sah, daß eine Hand herausragte, eine Frauenhand. Wahrscheinlich hätte ich auf der Stelle kehrtmachen und davonlaufen sollen, aber ich war wie hypnotisiert. Ich hatte ja keine Ahnung, wer da lag.«

»Schnitt. Das hätte beispielsweise ich sein können«, schlug Agatha vor.

»Oh, das ist mir nie in den Sinn gekommen. Ich war überzeugt, Sie sitzen gemütlich in Ihrer Küche und verspeisen den letzten Apfel des Tages.«

»Da haben Sie ganz recht. Er war furchtbar sauer. Bitte fahren Sie fort.«

»Viel mehr gibt es nicht zu berichten. Ich trat näher, ohne auch nur einen Augenblick daran zu denken, daß der Mörder noch im Keller sein könnte.«

»Schnitt. Das war sehr mutig von Ihnen.« Cayman entknotete die Arme und griff nach dem Glas, das auf einem Beistelltischchen neben ihm stand. Jetzt konnte er wirklich einen Drink vertragen.

»Nett, daß Sie das sagen. Ich blickte also in das Grab, und da lag Nellie Mamby mit einem Dolch in der Brust, irgendeinem antiken Ding. Sie sah entsetzlich aus.«

»Schnitt. In ihrem Zustand war das wohl nicht anders zu erwarten.« Der Inspector trank einen großen Schluck.

»Jetzt brauchen Sie nicht mehr ›Schnitt‹ zu sagen, ich bin fertig. Gehen Sie gleich runter und sehen sich Mamby an?«

»Warum? Ich weiß noch genau, wie sie aussieht. MacDougal und Nayland kümmern sich um sie, und die beiden sind durchaus kompetent. Draußen warten noch ein paar Detectives, falls wir sie brauchen. Ich glaube, der Leichenwagen ist auch schon da und natürlich die Presse. Die Routine bei einem Mordfall ist ausgesprochen langweilig, das können Sie mir glauben.«

»Wäre es angenehmer, wenn jemand ein Lied anstimmen und einen kleinen Steptanz aufs Parkett legen würde?« fragte Bette.

Cayman lachte. Dann wandte er sich an Agatha: »Sie machen einen ziemlich nervösen Eindruck, so wie Sie Ihr Kinn malträtieren.«

»Ich reibe mir immer zwanghaft das Kinn, wenn ich frustriert darüber bin, daß mir irgend etwas einfach nicht in den Kopf will.«

»Beispielsweise?«

Agatha musterte den Inspector mit zusammengekniffenen Augen und stand auf. »Ich glaube, da ist noch etwas, das Sie wissen sollten. Als die Wynns auszogen, haben sie ihre Schlüssel mitgenommen. Virgil hat sie ihnen praktisch aufgedrängt. Er wollte ihnen damit zeigen, daß er dieses Haus immer noch als ihr Heim betrachtete.«

»Wie nett von ihm«, bemerkte der Inspector.

Bette explodierte. »Himmel! Wollen Sie damit vielleicht andeuten, die Wynns können hier jederzeit hereinmarschieren, wenn sie gerade Lust dazu haben? Warum hat Virgil mir das nicht gesagt? Dann hätte ich dafür gesorgt, daß alle ihre Schlüssel sofort wieder herausrücken. Sobald sie hier auftauchen, werde ich das nachholen.«

»Sie haben den Wynns Bescheid gegeben? Höchst umsichtig.«

»Ich hab auch Nydia angerufen«, sagte Agatha. »Sie besitzt übrigens auch einen Schlüssel.«

»Wie interessant«, meinte Cayman. »Da haben wir also einen an der Oberfläche freundlichen, großzügigen Mann, dessen dunkle Seite aber jemanden dazu veranlaßt hat, ihn kaltblütig zu ermorden.«

»Da ist jemand an der Tür«, sagte Bette.

»Das sind bestimmt die Leute vom Leichenschauhaus. Ich führe sie ins Empfangszimmer, wenn es Ihnen recht ist, Bette. Ich möchte mich unten umsehen, ehe sie Mamby wegtragen.«

»Sie hat eine Schwester«, erinnerte ihn Agatha.

»Aber die ist nicht im Keller, oder?«

Nachsichtig erwiderte Agatha: »Inspector, Sie sind wirklich sehr müde.«

»Eigentlich bin ich inzwischen wieder ganz munter. Wenn Sie sich einen Moment gedulden würden – ich bin gleich zurück.«

Bette füllte die Gläser nach. »Der Inspector hat wirklich einen seltsamen Humor. Sollen wir hier auf ihn warten, oder wollen wir schon mal unter vier Augen überlegen, wer Mamby umgebracht hat?«

»Ach, ich glaube, wir sollten lieber auf ihn warten.«

»Ich frage mich, ob von der Familie Wynn tatsächlich jemand auftaucht«, meinte Bette.

»Wir brauchen sie nicht. Aber ich habe Nydia gebeten, noch einmal vorbeizukommen.«

»Sie haben mir vorhin gar nicht gesagt, daß Sie auch Nydia angerufen haben!«

»Ich fand, sie sollte Bescheid wissen. Schließlich geht es sie direkt an.«

»Hat die Nachricht sie sehr mitgenommen?«

»Nein.« Agatha griff nach dem Glas, das Bette ihr reichte, und nippte daran.

»Das überrascht Sie offensichtlich gar nicht.«

»Nydia mochte Mamby nicht besonders. Sie gehört zu den Leuten, die finden, daß Dienstboten wissen sollten, was sich gehört. Für Nydias Geschmack entsprach Mamby viel zu sehr dem Klischee einer machtgierigen Haushälterin.«

»Na ja, damit hat sie nicht ganz unrecht, oder?«

»Oberflächlich betrachtet. Mabel gegenüber hat sich Mamby unterwürfig benommen. Bei Roland war sie dreist und unverfroren. Anthea und Oscar hat sie kaum beachtet. Am intensivsten hat sie sich mit Virgil abgegeben. Wenn sie im Testament nicht bedacht wird, ist es nur gut, daß sie schon tot ist. Das hätte sie nicht überlebt.«

Im Keller starrte Cayman mit unverhohlenem Ekel auf Mambys Leiche. »Sie haben die Tatwaffe entfernt«, sagte er zu MacDougal.

»Das war ein Volltreffer«, antwortete dieser fröhlich. »Direkt in die Aorta.«

Cayman wandte sich an Nayland, der trotz der Deckenbeleuchtung seine Taschenlampe herumschwenkte, um besser in die dunklen Nischen sehen zu können. »Gibt es irgendwelche Anzeichen für einen Kampf?«

»Nichts dergleichen. Aber die Schaufel und die Hacke sind an einen Stapel Kartons gelehnt. Anscheinend wollte Mambys Geist noch ein bißchen weitergraben.«

»Vielleicht ist Mamby runtergekommen, um ihn zu stellen«, meinte Nayland.

»Jedenfalls denke ich, wir haben es mit einem Mann zu tun. Meiner Meinung nach könnte keine Frau mit dieser Hacke umgehen.«

»Ich wette, Mrs. Mallowan wäre stark genug. Sie hat ihrem Mann oft auf seinen Expeditionen begleitet.«

Cayman lächelte. Er mochte Agatha. »Ja, vielleicht würde sie es schaffen. Aber sie ist eine Beobachterin, keine Täterin. Sie mordet nur auf dem Papier. Mambys Geist. Ich vermute, daß Mamby ihn erfunden hat.« MacDougal hielt die Tatwaffe noch in einem Taschentuch in der Hand. »Ambrose, was für ein Metzgermesser ist es denn?«

MacDougal zeigte ihm die Waffe. »Ein wunderschöner Dolch. Gehört in ein Museum, nicht ins Herz eines Menschen. Der Griff ist handgeschnitzt. Wirklich sehr gute Arbeit. Früher gab es einfach viel bessere Kunsthandwerker als heutzutage, das muß man mal sagen.«

»Aber es gab kein fließend warmes und kaltes Wasser«, warf Nayland ein.

»Nayland, was um Himmels willen hat das mit dieser Waffe zu tun?« fragte Cayman mit erzwungener Ruhe.

»Entschuldigung. Ist mir nur so rausgerutscht. Ich lese viel über die alten Zivilisationen. Sie sind sehr interessant. Und waren sehr unhygienisch. Damals ist kaum einer älter als vierzig geworden.«

»Danke, Lloyd«, sage Cayman. »Sie haben es geschafft, die Monotonie unserer Ermittlungen für einen Moment zu durchbrechen. Ambrose, lassen Sie das Messer ins Labor bringen, man weiß ja nie. Ich bezweifle zwar, daß man etwas daran feststellt, aber dann haben wir wenigstens unsere Pflicht getan. Haben Sie etwas Interessantes gefunden, Lloyd? Fußspuren? Fingerabdrücke?«

»Keine frischen. Aber wir haben viel verwischt, als wir vorhin mit den Damen hier unten waren. Ich möchte einen Vorschlag machen.«

»Nur zu. Ich freue mich über jeden konstruktiven Beitrag.«

»Was ist mit der Hacke und der Schaufel? Sollte das Labor sich die nicht auch mal ansehen?«

»Hervorragende Idee. Nehmen Sie sie mit nach oben, einer von den Jungs soll das Zeug mitnehmen. Ambrose, sind Sie fertig mit Nellie?«

»Hier unten schon.« Er rieb sich die Hände. »Jetzt muß ich sie nur noch sezieren.«

»Sagen Sie mir eins, Ambrose.« Er legte den Arm um die Schulter des Gerichtsmediziners. »Werden Ihnen die Autopsien nie langweilig?«

»Guter Gott, nein! Jedes Opfer ist für mich wie ein neues Abenteuer. Keine Leiche gleicht der anderen.«

»Wirklich? Nicht mal Zwillinge?«

»Zwillinge hatte ich noch nie.« Mit verträumtem Blick fügte er hinzu: »Vielleicht irgendwann mal.«

Nayland war mit Hacke und Schaufel schon halb die Treppe hinauf, als Cayman ihn zurückpfiff. »Moment mal, Lloyd. Schicken Sie doch die Knaben mit der Bahre auch gleich runter. Wir können hier sowieso nichts mehr tun.« Er betrachtete Mamby noch einmal nachdenklich. »Eine merkwürdige Frau, ehrlich.«

»Eher unglücklich als merkwürdig«, meinte der Gerichtsmediziner.

»Ich denke, wir werden rausfinden, daß die Lady an ihrem Unglück größtenteils selbst schuld war, mein lieber Ambrose.«

Auf dem Weg nach oben fragte der Gerichtsmediziner: »Glauben Sie, Mamby gehörte zu den Leuten, die ihre Nase in Dinge stecken, die sie nichts angehen?«

»Unter anderem. Das war sicher nicht ihr einziges Laster.«

Nydia Tilsons Absätze klickten, als sie im Laufschritt zur Sloane Street eilte, wo sie endlich ein Taxi zu ergattern hoffte. Seit sie von Agatha erfahren hatte, was geschehen war, hatte sie schon mehrmals erfolglos telefonisch einen Wagen zu bestellen versucht, und schließlich beschlossen, ihr Glück auf der Straße zu probieren. Als sie ihr Haus verließ, hätte sie schwören können, daß sich ein Schatten blitzschnell ins Dunkel der Seitenstraße duckte. Sie erschrak und überlegte schon, ob sie lieber wieder ins Haus gehen sollte. Aber sie mußte unbedingt zur Villa Wynn! Nellie war tot. Ermordet. Als sie Stimmen hörte, bog sie um die Ecke.

»Zu mehreren ist man sicherer.«

Sie hatte Glück. Der beliebte Jacaranda Club war noch offen. Am Straßenrand warteten mehrere Taxis auf Kundschaft aus dem Club. Rufend und winkend lief Nydia auf die Wagenschlange zu. Sofort fuhr eins der Taxis los. Sie stieg ein, nannte dem Fahrer die Adresse und ließ sich mit einem Seufzer der Erleichterung in die Polster sinken. Miss Bette Davis wird wirklich höchst dramatisch in die Angelegenheiten der Familie Wynn eingeführt. Ihr Scheidungsprozeß wird bestimmt nicht halb so interessant werden. Eine kluge Frau. Ist mir schnell auf die Schliche gekommen, dachte Nydia. Und ihr Vorschlag, ich könnte in Hollywood Karriere machen, ist wirklich verlockend. Es gibt dort eine große britische Kolonie, da könnte ich bestimmt einen Einstieg finden. Aus meiner Zeit als Schauspielerin kenne ich sogar noch ein paar Leute. George Sanders. Er fängt zwar gerade erst an, aber er wird es zu was bringen. Brian Aherne. Heather Angel. Benita Hume. Eine ganze Menge! Sie könnten alle sehr nützlich sein.

Der Fahrer betrachtete Nydia nachdenklich im Rückspiegel. Hoffentlich krieg ich mit der keinen Ärger. Führt Selbstgespräche und haut dabei mit der Faust auf den Sitz. Die kann ich gar nicht schnell genug in der Blenheim Terrace abliefern! Auf der Abbey Road kam ihnen der Krankenwagen entgegen, der Nellie Mamby ins Leichenschauhaus brachte. Hätte Nydia gewußt, daß Mamby an ihr vorbeifuhr, hätte sie vielleicht salutiert oder, weniger auffallend, ihr ein letztes Lebewohl zugewinkt. Vielleicht hätte sie aber auch ihre Abneigung gegen diese Frau die Oberhand gewinnen lassen und ihr eine lange Nase gemacht.

Im Salon der Villa Wynn erkundigte sich Bette gerade bei Cayman: »Sie wollen sagen, der Gerichtsmediziner ist ohne einen einzigen Drink gegangen? Also wirklich, Inspector, das grenzt ja an Grausamkeit. Er ist schon den ganzen Tag auf den Beinen, der Ärmste! Hat denn keiner ein bißchen Mitleid?«

Augenzwinkernd erklärte Cayman: »Ach, Bette, der arme Ambrose wird im Leichenschauhaus von einem ganzen Bataillon Toter sehnsüchtig erwartet.«

»O nein!«

»Es sind so viele, daß die Kühlfächer nicht mehr ausreichen und man sie bis zur Decke stapeln muß. Ambrose hat zuwenig Mitarbeiter, und er würde gern freiwillige Helfer anheuern. Hätten Sie eventuell Interesse?«

»Machen Sie keine Witze, – aber das meine ich bloß als Redensart, denn in Wirklichkeit ist es überhaupt nicht witzig. Agatha, was beschäftigt Sie denn so?«

»Mambys Leiche im Keller.«

»Sie ist weg.« Bette drückte ihre Zigarette in einem Aschenbecher aus, der dringend geleert werden mußte. Auf ihre Anregung hin hatte Nayland im Kamin ein kleines Feuer gegen die Kälte entfacht.

»Die Leiche ist zwar weg, aber Mamby ist trotzdem noch sehr präsent. Heute morgen hat sie erzählt, daß sie das Gefühl hatte, es spuke im Haus. Sie hat gehört, wie jemand im Keller gräbt, und gesagt, keine zehn Pferde würden sie da runterkriegen. Warum ist sie ausgerechnet heute nacht doch unten gewesen?«

»Weil Mamby wie alle Mitglieder unseres Ensembles eine schamlose Lügnerin war.« Cayman verschränkte die Hände hinter dem Rücken. Der Whisky, den Bette eingeschenkt hatte, als er und Nayland mit dem Gerichtsmediziner aus dem Keller gekommen waren, stand unberührt auf dem Beistelltischchen. Nayland hatte sich mit seinem Glas direkt vor dem Kamin gestellt und genoß die Wärme. Bette und Agatha saßen nebeneinander auf dem Sofa, hingen aber getrennten Gedanken nach. Agatha dachte an Mamby. Bette überlegte, ob Nydia als Mörderin in Frage kam. Aber wie hätte sie Mamby umbringen und rechtzeitig wieder in ihrer Wohnung am anderen Ende Londons sein können, um Agathas Anruf entgegenzunehmen? Dann hörte sie Cayman sagen: »Glauben Sie nicht, daß sie alle schamlose Lügner sind, Bette? Mrs. Mallowan ist bestimmt meiner Meinung.«

Agatha rieb sich das Kinn. »In all den Jahren, die ich inzwischen mit der Familie Wynn befreundet bin, habe ich das, was Sie als Lüge bezeichnen, immer als einen etwas laxen Umgang mit der Wahrheit angesehen. Mabel war eine Meisterin im Auslassen von Fakten, und Rolands endlose Heldensagen waren weiß Gott reichlich mit Schönfärbereien verziert. Und was Mamby anbelangt – sie hat eine Geschichte nie zweimal in derselben Version erzählt. Ich glaube, Inspector, uns geht ungefähr das gleiche im Kopf herum.«

»Ich sage Ihnen, was ich denke«, lächelte der Inspector, »dann können Sie unterwegs das wegstreichen oder hinzufügen, was Sie für notwendig halten.« Bette zündete eine neue Zigarette an, und Cayman fragte sich, ob ihr Vorrat je aufgebraucht sein würde. »Ich bin ziemlich sicher, daß Mamby genau wußte, wer der Geist war. Auch Virgil wußte es, aber in seinem mitgenommenen Zustand war es ihm ziemlich egal. Mamby hat den Geist für uns erfunden. Sie wollte nicht zugeben, daß jemand mitten in der Nacht im Keller nach vergrabenen Schätzen suchte – jedenfalls vermute ich, daß es sich um vergrabene Schätze handelt.«

»Ach du lieber Himmel!« rief Bette. »Sie meinen doch nicht etwa, daß dort unten noch eine Leiche liegt?«

»Wenn dem so wäre, hätte bestimmt niemand Interesse daran, sie auszugraben. Nein, ich halte es für wahrscheinlicher, daß es sich um Wertsachen handelt, die Virgil sicherheitshalber verbuddelt hat. Das Zeug, das Mamby und seine Familienangehörigen stibitzt haben, war ihm egal. Es waren sicher hübsche Dinge, aber nichts Außergewöhnliches. Stimmt's, Mrs. Mallowan?«

»Natürlich. Warum sonst hätte die Regierung Virgil erlaubt, die Sachen in seinem Haus aufzubewahren? Sie haben auch ihren Preis, aber es ist alles nichts im Vergleich zu dem, was im Museum ausgestellt wird. In Ägypten und Mesopotamien und all den anderen Archäologenparadiesen werden Kunstgegenstände in Souvenirläden an Touristen und Amateursammler verkauft. Ich wage kaum daran zu denken, wie viele Zepter von Tutanchamun jedes Jahr verhökert werden, zu unterschiedlichen Preisen, je nach dem, wie raffiniert der jeweilige Käufer beim Feilschen ist. Es ist ein Jammer, aber auf diesem Gebiet gibt es eben viel Betrug.«

Cayman kam wieder auf Nellie Mamby zurück. »Ich glaube, heute nacht hat sich Mamby mit dem Mut einer Löwin in den Keller begeben, um die Person, die sie uns gegenüber als Geist bezeichnete, zu stellen.«

»Erpressung«, sagte Agatha.

»Allerdings. Mamby hatte ihre Aufgabe erledigt, und zwar gut. Da Virgil tot war und sie wußte, daß die Familie erben würde, wollte Mamby mehr Geld, als man ihr zuvor versprochen hatte.«

Bette riß die Augen auf. »Dann hat sie Virgil also tatsächlich vergiftet!«

»Jeden Tag dieselbe Dosis, in seinem Schlaftrunk. Genau abgemessen. Nicht zuwenig.«

»Ja«, bestätigte Agatha. »Stimmt. Hätte sie ihm zuwenig verabreicht, hätte er allmählich eine Resistenz gegen das Gift aufgebaut und überlebt. Der korrekte Ausdruck dafür ist ›Mithridatismus‹, Bette – Giftfestigkeit durch Gewöhnung.«

»O Gott! Woher wissen Sie das alles nur?« Bette war zutiefst beeindruckt.

»Recherchen, meine Liebe, Recherchen.«

»Sie müssen ja eine Unmenge Bücher gelesen haben!«

»Natürlich«, sagte Agatha, »man macht sich ja des Plagiats schuldig, wenn man sein Wissen nur aus einem einzigen Buch bezieht.«

»Aber wenn man es aus zwei Büchern übernimmt, nennt man das Recherche«, ergänzte Cayman. »Ein alter Hut.«

»Aber trotzdem wahr«, sagte Agatha sehr zufrieden.

»Ich dachte, Mamby war Virgil treu ergeben«, sagte Bette.

»Inspector, können wir vielleicht einen Moment vom Thema abschweifen?« begann Agatha. »Ich muß Bette etwas erklären, eigentlich sogar Ihnen allen dreien. Danke. Ich glaube, ich stehe dazu lieber auf. Also, Mamby wußte alles oder jedenfalls fast alles, was in diesem Haus vor sich ging. Sie stand auf vertrautem Fuß mit der Familie, mit Mabels Freunden aus dem Salon, und natürlich auch mit Ärzten, Rechtsanwälten, Geschäftsleuten und mit dem Briefträger. Haushälterinnen sind anscheinend immer besonders erpicht auf den Briefträger. Ich wage zu behaupten, daß Mamby eine Expertin darin war, Briefe mit Hilfe von Wasserdampf zu öffnen – vor allem offizielle Dokumente – und ordentlich wieder zuzukleben. Ich habe den Verdacht, sie war darin fast so gut wie ich früher.« Agatha räusperte sich. »Das führte zu Problemen mit meinem ersten Ehemann, die hier aber nebensächlich sind. Jedenfalls kannte Mamby den Inhalt von Virgils Testament. Sie war zweifellos höchst unzufrieden mit dem, was ihr zugeprochen wurde. Also heckte sie einen Plan aus, wie sie mehr bekommen könnte. Die Lösung war einfach. Die anderen waren bekanntlich ziemlich verarmt und brauchten selbst dringend Geld. Der zukünftige Wohlstand war zwar schwarz auf weiß verbrieft, aber bis zu Virgils Tod bekamen sie ihn nicht in die Finger. Also machte sich Mamby ans Werk. Sie ließ den anderen gegenüber Andeutungen fallen, daß Virgil ihr im Vertrauen mitgeteilt hatte, wer wieviel bekommen sollte.«

Agatha hielt inne, ehe sie fortfuhr: »Ich glaube, sie begann mit Anthea, denn die war mit ihren Spielschulden in der prekärsten Lage. Dann zog sie Oscar ins Netz, denn Oscar hat bekanntlich nicht viel Grips im Kopf. Schließlich weckte sie bei Sir Roland die Hoffnung, er könnte seinen alten Ruhm zurückerlangen, wenn er nur die Mittel hätte, eine Suchexpedition zum Grab Kleopatras zu finanzieren. So wurde Mamby zur Rädelsführerin einer Verschwörung.«

»Ich kann mir gar nicht vorstellen, daß Mamby fähig war, sich diesen Vergiftungsplan auszudenken«, warf Bette ein.

»Da bin ich ganz Ihrer Meinung«, stimmte Agatha zu. »Inspector, haben Sie diesbezüglich irgendwelche Vermutungen?«

»Drei sogar, nämlich die hinterbliebenen Mitglieder der Familie Wynn. Aber wie soll man das beweisen?«

Jetzt brach Nayland sein Schweigen. »Sollte man nicht auch Mrs. Tilson in Betracht ziehen?«

»Ich weiß nicht, wie es den anderen geht, aber ich habe sie die ganze Zeit über im Hinterkopf behalten. Andererseits kann sie Mamby nicht umgebracht haben, sonst wäre sie nicht zu Hause gewesen, als Agatha angerufen hat.«

»Nydia hat Mamby nicht ermordet«, sagte Agatha. »Es war jemand aus der Familie. Einer, der Zugang zu

Arsen hatte oder jemanden kannte, der an das Zeug heranka m.«

Bette stöhnte. »Ich hasse den Gedanken, Nydia könnte eine Mörderin sein. Sie war so nett zu mir.«

»Sie war an keinem der beiden Morde direkt beteiligt«, erklärte Agatha schlicht. »Aber sie hat eindeutig etwas von der Verschwörung geahnt. ›Zu mehreren ist man sicherer.‹ Offen gesagt, meine Freunde – ich habe geglaubt, Nydia wäre das nächste Opfer.«

»Da klingelt es auch schon. Nayland, würden Sie als Gastgeber fungieren?« Cayman sagte zu Agatha und Bette: »Interessant, daß die Familie noch nicht eingetroffen ist, weder einzeln noch *en masse.*«

»Vielleicht veranstalten sie noch schnell ein konspiratives Treffen«, meinte Bette. »Denken sich eine Strategie aus und so. ›Zu mehreren ist man sicherer.‹«

»Ich habe nur Anthea und Oscar erreicht. Sir Roland war nicht zu Hause, aber ich möchte daran noch keine Mutmaßungen knüpfen.«

Kapitel 11

»Nayland hat ihn zu seiner Wohnung gefahren. Erinnern Sie sich – er war schlecht gelaunt, hat die Wagentür zugeschlagen und ist ins Haus marschiert.« Cayman räusperte sich. »Natürlich dauerte es nur ungefähr eine Minute, bis Nayland außer Sicht war und Sir Roland sich ein Taxi hergewinkt haben könnte. Vielleicht hat er beschlossen, im Explorer's Club noch einen Schlummertrunk zu nehmen.«

Nydia Tilson kam hereingestürmt, gefolgt von Nayland. »Es war furchtbar schwierig, ein Taxi zu bekommen. Die Taxistände in meiner Gegend sind nach Mitternacht hoffnungslos verlassen.« Sie warf ihren Mantel auf einen Stuhl. »Ich mußte hinunter auf die Straße, um eins zu kriegen, und da habe ich mich wahnsinnig erschrocken. Ich hätte schwören können, daß jemand in der dunklen Seitenstraße neben meinem Haus lauert.«

»Sind Sie sicher, daß es keine Einbildung war?« fragte Agatha. »Schatten können einem bei Nacht die seltsamsten Dinge vorgaukeln.«

»Egal, was es war, ich bin davongerannt, so schnell mich meine Füße trugen. Glücklicherweise hab ich vor dem Jacaranda Club ein Taxi erwischt.« Sie blickte um sich. »Wo ist denn die Familie? Warum sind sie nicht da? Hat ihnen niemand Bescheid gegeben?«

»Anthea und Oscar sind informiert. Roland ist nicht ans Telefon gegangen« erklärte Agatha. »Sie müßten eigentlich hier sein, stimmt's? Immerhin wurde Virgil heute morgen ermordet und jetzt Mamby.«

»Vielleicht haben sie beschlossen zu schwänzen, weil sie Mamby jetzt keine Abfindung mehr zahlen müssen – oder wie man so was hier nennt«, steuerte Bette freundlich bei.

»Das nennen wir hier überhaupt nicht, weil es etwas Derartiges gar nicht gibt«, erwiderte Cayman. »Hätten Sie gern etwas zu trinken, Mrs. Tilson? Bette sorgt dafür, daß unsere Gläser nie leer werden.«

Bette hatte das Gefühl, sich verteidigen zu müssen. »In Amerika wird man dazu erzogen, nicht nur das Essen in absurd riesigen Portionen zu servieren, sondern auch Getränke großzügig auszuschenken. Wir erholen uns immer noch von der Prohibition. Whisky, Nydia?«

»Mir ist alles recht. Whisky wäre wunderbar. Gott sei Dank hat der Nebel sich verzogen, sonst wäre ich da draußen vollkommen verzweifelt.« Sie steckte sich eine Zigarette an. »Ich vermute, der Mord an Mamby wirft Ihren ganzen Terminplan durcheinander, ist es nicht so, Inspector?«

Er ignorierte ihre Bemerkung, jedenfalls ging er nicht darauf ein. »Bette, waren Sie schon in Mambys Zimmer?«

»In Mambys Zimmern. Plural – sie hatte mehrere. Ja, Virgil hat mir das Haus gezeigt, als Nydia mich zum erstenmal hierherbrachte. Sie hat uns begleitet. Mich hat es ziemlich überrascht, daß Mamby ein derart geräumiges Quartier bewohnt. Es ist eher wie eine Hotelsuite: Wohnzimmer, Schlafzimmer und Bad.«

»Vollgestopft mit Kunstgegenständen«, fügte Nydia hinzu. »Eine ziemlich imposante Sammlung. Ich weiß noch, daß ich einmal eine Bemerkung darüber gemacht habe, aber Mamby hat nicht mit der Wimper gezuckt. Sie waren auch ein wenig erstaunt, stimmt's, Bette?«

»Na ja, offen gestanden erschien mir das Dekor ganz angemessen. Das Zeug, das überall herumstand, meine ich. Ich habe ja keinen blassen Schimmer, wieviel so etwas wert ist.«

»Man muß die Sachen unbedingt katalogisieren«, mischte sich Agatha ein. »Samt und sonders. Soweit ich mich erinnere, habe ich Sie gestern abend gebeten, heute früh damit anzufangen, meine Damen.«

»Aber leider haben uns gewisse Ereignisse gezwungen, unser Vorhaben zu verschieben«, erwiderte Bette.

»Mrs. Tilson, da Sie nun schon mal hier sind, wären Sie so gut, mir ein paar Fragen zu beantworten? Dann brauchen Sie vielleicht heute früh nicht bei Scotland Yard zu erscheinen«, sagte Cayman.

Etwas widerwillig erkundigte sich Agatha: »Sollen Bette und ich den Raum verlassen?«

»Im Gegenteil, ich möchte unbedingt, daß Sie bleiben. Sie sind beide ein wunderbarer Resonanzboden.«

»Resonanzboden, das ist ja etwas ganz Neues«, hörte man Bette vor sich hin murmeln. »Man hat mir ja schon alle möglichen Namen angehängt, aber als Resonanzboden hat mich noch nie jemand bezeichnet.«

»Seien Sie nicht so begriffsstutzig, meine Liebe«, seufzte Agatha. »Er meint damit einfach, er weiß es zu schätzen, daß wir zu allem unseren Senf dazugeben. Die meisten Ermittler mögen das nicht. Die Herren vom Polizeirevier sind normalerweise sehr empfindlich. Jeder ist ein Sherlock Homes, wissen Sie.«

»Nydia, haben Sie etwas dagegen einzuwenden, daß wir bleiben?« fragte Bette höflich, wobei sie sich schwor, Nydia zu erwürgen, falls sie ihre Anwesenheit nicht akzeptierte.

»Selbstverständlich nicht. Ich fühle mich sogar wesentlich wohler, wenn Sie da sind und mich moralisch unterstützen.«

»›Zu mehreren ist man sicherer‹«, murmelte Cayman und fand sich sehr geistreich.

»Vermutlich wird man mir das mein Leben lang unter die Nase reiben«, meinte Nydia.

»War das eigentlich improvisiert, oder gehörte es zu Ihrem Textbuch?« fragte Cayman.

Nydia setzte sich auf. »Alle Séancen sind improvisiert. Wir Medien bekommen unsere Stichwörter von den Toten, mit denen wir Kontakt aufnehmen.«

»Mrs. Tilson, bitte! Sie wußten doch genau, worauf Sie mit Ihrer letzten Séance hinauswollten.«

»Und ich habe es auch geschafft. Ich habe mit Virgil gesprochen.«

Betont geduldig entgegnete Cayman: »Ich bin Virgil Wynn nie begegnet, deshalb kann ich nicht beurteilen, ob es wirklich seine Stimme war. Aber Mrs. Mallowan hat Ihnen das Kompliment gemacht, es sei eine ziemlich gute Imitation gewesen.«

»Virgil hat geflüstert, Nydia«, erklärte Agatha.

»Vielleicht hatte er Halsschmerzen«, verteidigte sich Nydia.

»Also wirklich, Nydia«, warf Bette ein.

»Mrs. Tilson«, fuhr Cayman fort und blickte streng auf sie hinab, »Sie haben die Séance bewußt eingesetzt, damit man die drei überlebenden Mitglieder der Familie Wynn und Nellie Mamby des versuchten Mordes an Virgil verdächtigt.«

Falls Nydia aus der Fassung geriet, ließ sie es sich nicht anmerken. Bewundernd beobachtete Bette, wie trotzig sich Nydia gegen die Anschuldigungen des Inspectors zur Wehr setzte.

»Wie soll ich diese Bemerkung verstehen?« fragte sie.

»Sie vermuteten, die drei Wynns und Mamby hätten sich verschworen, um Virgil systematisch zu vergiften. Ich denke, Sie hegten diesen Verdacht schon eine ganze Weile. Als Virgil erstochen wurde, beschlossen Sie, die Sache zum Überkochen zu bringen. Statt zu Scotland Yard zu gehen und dort Ihren Verdacht zu melden, haben Sie sich eine Methode ausgesucht, mit der Sie sich besser auskannten, nämlich eine Séance.«

»Inspector, hätte jemand bei Scotland Yard mir meine Geschichte geglaubt? Hätten Sie mir geglaubt?«

»Möglicherweise.«

»Blödsinn!« fauchte Nydia. »Aber Sie haben ganz recht. Schon seit Monaten hatte ich den Verdacht, daß Virgil umgebracht werden soll. Ich habe mit seinem Arzt, Solomon Hubbard, darüber gesprochen, aber dieser senile Tattergreis meinte bloß, ich hätte eine überreizte Phantasie. Für ihn war ganz klar, daß Virgil sich in Nordafrika irgendeine exotische Krankheit eingefangen hat. Eine Weile habe ich tatsächlich auch daran geglaubt. Virgil übrigens ebenso. Sein Befinden schwankte, es gab gute und schlechte Tage. Aber dann wurden die schlechten immer häufiger und die guten immer seltener, und ich bekam den Verdacht, daß wirklich etwas nicht stimmte. Ich habe mich über Gift informiert. Erinnern Sie sich, Agatha? Sie haben mir netterweise Zutritt zu Ihrer Privatbibliothek gewährt.«

»In dieser Hinsicht bin ich sehr großzügig«, bestätigte Agatha. »Obwohl viele Leute Eselsohren in meinen Büchern hinterlassen.«

Cayman hakte nach: »Warum haben Sie mit niemandem von der Familie über Ihren Verdacht gesprochen?«

»Man hätte mich doch endgültig für verrückt erklärt. Ich hatte ja keinerlei Beweise. Ich habe immer noch keine!« Allmählich kam sie in Fahrt. »Warum wurde Virgil erstochen, wenn der Mörder gewußt hat, daß er sowieso bald stirbt? Warum mußte Mamby sterben?«

»Virgil Wynn wurde im Affekt getötet, in einem unkontrollierbaren Wutanfall«, antwortete Cayman betont kontrolliert. »Gestern abend ist Virgil zu einem vereinbarten Treffen mit seinem Mörder hierher zurückgekommen. Vermutlich hatte es etwas mit den Unterlagen zu tun, die Virgil vergessen hatte. Falls diese Unterlagen existieren, bestätigten sie wahrscheinlich seinen Verdacht, daß er ermordet werden sollte und wie und von wem. Bei dem Treffen hat

Virgil etwas gesagt, das seinen Mörder in Rage brachte, und als Virgil hohnlachend den Kopf zurückwarf, packte der Mörder die Waffe auf Virgils Schreibtisch und stach zu.«

Er legte eine Pause ein, um seine Worte wirken zu lassen. Als er weitersprach, klang seine Stimme gedämpft. »Virgil wußte, wenn er tatsächlich vergiftet wurde, dann war Nellie Mamby das Werkzeug. Sie hatte ungehinderten Zugang zu seinen Medikamenten. Sie konnte sie beliebig mischen und panschen. Sie bereitete sein Essen zu, und obwohl Sie, Nydia, und die anderen gelegentlich eine Mahlzeit beisteuerten, die Sie hätten vergiften können, war nur Nellie Mamby in der Lage, regelmäßig die exakte Dosis Arsen zu verabreichen. Zuviel hätte ihn gleich umgebracht, was nicht erwünscht war, weil man Verdacht geschöpft und Nachforschungen angestellt hätte. Bei zuwenig Gift wäre Virgil allmählich immun geworden.« Wieder hielt er inne, um seine Gedanken zu ordnen. »Was Nellie Mamby angeht, so hat uns Agatha ja bereits erklärt, daß sie Virgils Post geöffnet hat und sich deshalb in seinen privaten Papieren genauestens auskannte. Es gefiel ihr nicht, wie sie in seinem Testament bedacht wurde. Sie wollte mehr und versuchte, es sich durch Erpressung zu sichern. Übrigens ist sie mit derselben Waffe getötet worden.« Nydia schnappte nach Luft. »Nach Virgils Tod hat der Mörder den Dolch in den Keller gebracht, das Blut und die Fingerabdrücke abgewischt und ihn an einer sicheren Stelle versteckt, vielleicht weil er dachte, das Messer könnte eines Tages nochmal nützlich sein. Virgils Tod ist von mehreren vorbereitet worden. Der Mord an Nellie Mamby jedoch wurde von einem Einzeltäter begangen.«

Mit schriller Stimme unterbrach Nydia: »Ich habe an keiner Verschwörung teilgenommen, bei der der Mord an Virgil ausgeheckt wurde, und Nellie habe ich bestimmt nicht umgebracht. Obwohl es in der

Vergangenheit mehrere Gelegenheiten gab, bei denen ich es gern getan hätte.«

»Mrs. Tilson, hier liegt ein Mißverständnis vor. Ich habe Ihnen lediglich vorgeworfen, daß Sie mit Ihrem Verdacht nicht zur Polizei gegangen sind.« Nydia wollte sofort Einwände erheben, aber Cayman hob die Hand. »Ich weiß, ich weiß. Sie hatten Angst, man würde Ihnen nicht glauben und Sie würden sich lächerlich machen.«

Jetzt meldete sich Agatha zu Wort. »Inspector, ich verstehe Nydia mehr als gut und respektiere ihr Verhalten. Ich finde, mit der Séance hat sie hervorragende Arbeit geleistet, auch wenn ich auf die französische Schauspielerin und auch auf Mabel gut hätte verzichten können.«

»Es tut mir schrecklich leid, Agatha«, entgegnete Nydia etwas eingeschnappt, »aber ich mußte Virgils Auftritt irgendwie vorbereiten.«

»Selbstverständlich«, pflichtete Bette ihr bei. »Man darf eine Show nie mit dem Star beginnen, man muß sich erst mal mit den Jongleuren und den dressierten Seehunden aufwärmen. Stimmt's, Nydia? Die Jeanne d'Arc hat mir sehr gut gefallen.«

»Ja«, stimmte auch Agatha zu. »Die war gelungen. Warum haben Sie Ogden nicht reingebracht?«

»Was?« Nydias Stimme klang matt.

»Ihren verstorbenen Ehemann. Ogden. Haben Sie ihn etwa schon vergessen? Es wäre doch bezaubernd gewesen zu erfahren, daß sie sich alle auf einem Stern zu irgendwelchen eleganten Geisterversammlungen treffen. Außerdem erinnere ich mich, daß Ogden Virgil und seine Mutter sehr sympathisch fand. Neuerdings frage ich mich jedoch des öfteren, ob Virgil Mabel wirklich mochte.«

»Zu sehr«, antwortete Nydia in eiskaltem Ton. »Hamlet und Gertrude.«

»Ich würde schrecklich gern mal die Ophelia spielen«, seufzte Bette und wunderte sich, als alle sie etwas befremdet ansahen. Dann kam sie zu dem Schluß, daß sie wohl mit dem Nachschenken zu unaufmerksam gewesen war, und machte sich daran, ihren vermeintlichen Fehler zu beheben. Sie konnte es kaum erwarten, ihre Mutter in Los Angeles anzurufen und ihr alles zu erzählen. Ruthie war mit dieser Geschichte garantiert der Star ihres nächsten Bridge-Abends!

Nydia wandte sich an Bette. »Haben Sie den Mörder nicht ins Haus kommen hören?«

»Nein«, antwortete Bette, »aber ich hab gehört, wie er ging.«

»Bette weiß, daß die Familie und auch Sie einen Hausschlüssel haben«, erklärte Agatha. »Auch der Inspector ist darüber informiert. Mr. Nayland, wären Sie wohl so freundlich, noch ein Stück Holz aufs Feuer zu legen? Es ist schrecklich kalt hier. Bette, haben Sie oben auch geheizt?«

»Mich stört die Kälte nicht. Wir Yankees –«

»Bitte, Bette«, fiel Agatha ihr ins Wort. »Ich weiß alles über die Yankees. Gibt es nicht auch eine Baseball-Mannschaft, die so heißt?«

»Ja, die gibt es, Agatha. Aber das sind nur Baseballspieler, während wir ein bestimmtes Bewußtsein verkörpern.« Rasch fügte sie hinzu: »Ich hätte Ogdens Stimme gern kennengelernt. Er scheint ein netter Kerl gewesen zu sein.«

»Das war er auch«, bestätigte Agatha. »Nydia, mochten sich Ogden und Virgil wirklich?«

»Was hat das mit unseren momentanen Problemen zu tun?«

»Ehrlich gesagt weiß ich das auch nicht, meine Liebe. Mein Unterbewußtsein geht mitunter seltsame Wege, und gerade ist es wieder in Aktion und bringt Ogden an die Oberfläche.«

»Vielleicht verschwindet er ja bald wieder«, meinte Bette zuversichtlich.

»Vielleicht sollten wir aber auch das Unterbewußtsein eine Weile vergessen und uns wieder unserem Fall zuwenden«, schlug Cayman vor, der sich sehr bemühen mußte, nicht die Geduld zu verlieren. Was zum Teufel führt Mrs. Mallowan im Schilde? dachte er. Am liebsten hätte er sie am Arm gepackt, sie in die Bibliothek geführt und dort direkt gefragt, was Mr. Tilson ihrer Meinung nach mit dem Fall zu tun hatte.

»Ich möchte Ihre Frage gern beantworten, Agatha«, sagte Nydia. »Ogden und Virgil waren gute Freunde. Sie wissen doch, daß Ogden zu Virgils Geldgebern gehörte.«

»Ach du Schande!« rief Agatha und hörte sich dabei an wie die Herzkönigin aus *Alice im Wunderland,* die allen den Kopf abhacken will. »Wie konnte ich das nur vergessen!«

Weil es so gut gepaßt hat, dachte Bette im stillen. Schlaubergerin. Agatha geht irgendwas im Kopf herum, und sie wird die Katze bald aus dem Sack lassen. Bestimmt ein Knüller. Kurz sahen sie und Cayman sich an, ehe dieser sich wieder Nydia zuwandte.

»Mrs. Tilson, Sie glauben fest an Ihre ... ähmm ... an Ihre Begabung, richtig?« fragte Cayman.

»Wenn ich das nicht täte, würde es nicht funktionieren.«

»Dann sollen wir also glauben, daß Sie wirklich Kontakt mit Virgil und Mabel aufgenommen haben?«

Nydia war aufgestanden und ging auf und ab. »Inspector, ich habe Ihnen doch erzählt, daß ich während der Séance, bei der Houdini gerufen werden sollte, so etwas wie eine Erscheinung hatte. Ich selbst habe das nicht begriffen, aber man hat mich darauf hingewiesen. Damals wurde mir klar, daß ich so etwas nicht zum erstenmal erlebte. Ich fragte mich, ob ich vielleicht dabei war, den Verstand zu verlieren, aber ein Nervenarzt, den ich deswegen aufsuchte, hat mir versichert, daß dies nicht der Fall sei. Ich habe ihn gefragt, ob er diese Erscheinungen erklären könne. Er wußte von verschiedenen Untersuchungen zur außersinnlichen Wahrnehmung und zu außerkörperlichen Erlebnissen. Die Untersuchungen sind entsetzlich primitiv, und ich wurde gebeten, mich der Experimentalgruppe anzuschließen.« Als gute Schauspielerin machte sie eine dramatische Pause. »Ich habe alle in Erstaunen versetzt. Wenn Sie möchten, erlaube ich der Gruppe, Sie über meine Begabung zu informieren.«

»Ich verlasse mich auf das, was Sie sagen«, meinte Cayman, und Bette fand ihn gleich noch sympathischer als ohnehin schon.

»Ich habe mich mehrmals hypnotisieren lassen, und später hat man mir erzählt, ich hätte bei jeder Sitzung mit vielen verschiedenen Stimmen gesprochen und die meisten davon auch benannt. Darunter befand sich meine Großmutter mütterlicherseits, außerdem Mrs. Siddons, die Schauspielerin, die sagte, sie sei mein Schutzengel, was ich ihr gern glaube, und eine der Borgia-Frauen, die mich italienisch reden ließ, eine Sprache, in der ich unter normalen Umständen gerade mal *Ciao* zustandebringe – und vielleicht noch ein paar Nudelgerichte. Ich will damit sagen, daß ich keine Kontrolle über meine Begabung habe – sie kontrolliert mich. Deshalb muß ich vorsichtig sein. Manchmal setzt plötzlich mein Bewußtsein aus. Das ist ausgesprochen unangenehm.«

Bette schaltete sich ein: »Ich glaube, das ist Ihnen gestern abend passiert. Ihr Kopf ist plötzlich auf Ihre Brust gesunken. Sie saßen reglos da. Ich fand das sehr beunruhigend.«

»Um die Wahrheit zu sagen, mein Bewußtsein setzt aus, wenn ich das Gefühl habe, die Kontrolle zu verlieren. Ich weiß, ich habe Mabel verkörpert und dabei gezetert, und was ich auch mit ihrer Stimme gesagt haben mag, sie muß es gewesen sein, denn ich habe Mabel nie schreien oder schimpfen hören. Ich habe bei ihr nie einen Wutanfall erlebt, das können Sie mir ruhig glauben, also muß das, was ich heute nacht gesagt habe, authentisch gewesen sein!«

»Das denke ich auch«, sagte Sir Roland, der auf leisen Sohlen unbemerkt das Zimmer betreten hatte. »Verzeihen Sie mir, Bette. Ich habe meinen eigenen Schlüssel benutzt.«

»Wollen Sie mich besuchen? Um diese Zeit?«

»Eigentlich nicht. Ich habe zufällig mit Oscar telefoniert, und er hat mir gesagt, er hätte von Agatha erfahren, daß Mamby erstochen wurde. Da habe ich angenommen, daß wir alle hier gebraucht würden. Und ich besitze ja noch meinen Schlüssel. Es ist verflucht kalt draußen, und ich war zu ungeduldig, um zu warten, bis mir jemand die Tür öffnet.«

»Da Mamby ja nun leider tot ist und wir auf ihre Dienste verzichten müssen«, sagte Bette, »würden Sie Sir Roland bitte einen Drink einschenken, Mr. Nayland?« An Sir Roland gewandt, ergänzte sie: »Ich bin sicher, Sie können einen vertragen.«

Sir Roland ließ seinen Mantel und seinen Hut auf Nydias Mantel fallen. Bette bekam keine Antwort von ihm, aber er sagte zu Cayman: »Anscheinend stellen Sie Nydias Fähigkeiten als Medium in Frage.« Als Cayman nichts erwiderte, fuhr er fort: »Das war wirklich Mabel, und zwar von ihrer unangenehmsten Seite. Verzeihen Sie mir, Nydia. Virgil war passabel, aber ein bißchen weniger Firlefanz drumherum hätte genügt. Trotzdem stehe ich Ihnen jederzeit zur Verfügung, falls Sie mich überleben und versuchen, mit mir Kontakt aufzunehmen.«

»Sind Ihre Tochter und Ihr Sohn ebenfalls hierher unterwegs, Sir Roland?« erkundigte sich Cayman, ohne auf das eben Gesagte einzugehen.

»Oscar ist bei Anthea in der Wohnung. Nachdem Agatha mit den unerfreulichen Neuigkeiten angerufen hatte, rief Anthea ganz hysterisch Oscar an. Im Handumdrehen hatte sie sich in einen regelrechten Anfall hineingesteigert, deshalb ist Oscar nach unserem Gespräch zu ihr gefahren.« Er machte eine Pause und nahm das Glas entgegen, das Nayland ihm reichte. Mit einem Blick auf den Whisky bemerkte Sir Roland: »War es nicht Bernard Shaw, der dieses Getränk als Muttermilch bezeichnet hat?«

»Er sprach von Gin«, korrigierte ihn Agatha. »Eliza sagt es in *Pygmalion.*«

»Sir Roland, ich muß Ihnen leider folgendes mitteilen: Es besteht der Verdacht, daß der Mord an Ihrem Sohn das Ergebnis einer Verschwörung war.«

Sir Rolands Hand mit dem Glas stockte auf halbem Weg zum Mund. »Sie meinen, mehrere Leute haben mit der Mordwaffe zugestochen?«

»Nein, das hat nur einer getan. Ziel der Verschwörung war es, Ihren Sohn langsam zu vergiften.«

»Hmmm. Und wer soll an dieser Verschwörung beteiligt gewesen sein?«

»Ihr Sohn Oscar, Ihre Tochter Anthea, Nellie Mamby und Sie selbst.«

»Haben Sie Beweise für diese ungeheuerliche Behauptung?«

Seltsam, dachte Bette. Er schreit nicht, er kriegt keinen Wutanfall, er schüttet Cayman nicht den Whisky ins Gesicht. Nein, er verhält sich kontrolliert und zurückhaltend.

»Ich werde es beweisen können, nachdem ich Sie alle einzeln verhört habe, wenn nicht sogar schon früher.«

»Inspector, Sie haben nicht zugehört«, wandte Agatha mit einer Heftigkeit ein, die den Inspector ärgerte.

»Wann habe ich nicht zugehört?« fauchte er.

»Sie haben vergessen, was Bette uns über die Bedeutung des Zuhörens gesagt hat. Was Ethel Barrymore ihr beigebracht hat.«

»Oh, ich habe nie behauptet, ich hätte Ethel Barrymore kennengelernt. Ich habe nur gesagt, daß ich es von ihr gelernt habe. Da sehen Sie, Agatha, daß Sie auch nicht sonderlich aufmerksam zugehört haben.«

Durch Caymans barsche Fragen noch immer etwas aus dem Konzept gebracht, überlegte Nydia, ob die

Anwesenden es richtig verstehen würden, wenn sie jetzt einen Nervenzusammenbruch bekäme. Nayland starrte Sir Roland an, dessen Hand mit dem Glas in der Luft versteinert zu sein schien. Agatha blickte fragend zu Cayman; dieser erwiderte ihren Blick, während sich sein Gesicht langsam rötete, weil er begriff, daß ihm in seinem Eifer, Sir Roland zu überführen, etwas Wichtiges entgangen war.

Doch es war Agatha, die Sir Roland überführte. »Inspector, machen Sie nicht solch ein verdattertes Gesicht. Sie haben heute geschuftet bis zum Umfallen. Ich mache Ihnen keinen Vorwurf, wenn Sie etwas nicht gehört haben. Aber sobald ich es wiederhole, werden Sie mit Vergnügen feststellen, wie belastend die Aussage für den Betreffenden ist.«

Endlich entspannte sich Sir Rolands Hand, aber er trank immer noch nicht. Agatha hatte ihn unbarmherzig ins Scheinwerferlicht gezerrt.

Und nun sagte sie langsam und deutlich: »Roland, Sie haben gesagt: ›Ich habe zufällig mit Oscar telefoniert, und er hat mir gesagt, er hätte von Agatha erfahren, daß Mamby erstochen wurde‹.« Sie hielt inne, und ihre Augen wanderten wieder zu Cayman. »Ich habe Oscar nie etwas Derartiges erzählt, und auch Anthea nicht. Ich habe nie erwähnt, auf welche Weise Mamby umgebracht wurde. Ich habe lediglich gesagt, man habe sie ermordet im Keller gefunden.« Sie holte tief Luft und fixierte Sir Roland. »Roland, ich wage zu behaupten, daß wir keine Mutmaßungen anstellen müssen, woher Sie gewußt haben, daß Mamby erstochen wurde.«

Kapitel 12

Vor der Villa Wynn hatten sich in der kalten Nachtluft mehrere Zeitungsreporter und Fotografen versammelt. Ihr Atem dampfte, wenn sie sprachen, und sie waren nicht allzu erfreut darüber, daß ihnen die Fakten so lange vorenthalten wurden. Die Polizisten an der Tür hatten Sir Roland mit seinem Schlüssel durchgelassen, weil sie ihn erkannten. Das wenige, was die Zeitungsleute wußten, stammte von den Angestellten aus dem Leichenschauhaus, die die Tote weggebracht hatten. Diese wußten immerhin so viel, daß die Haushälterin ermordet worden war, und gaben die Information an die Presse weiter. Doch für die Journalisten war das eine Hungerdiät. Ein Fotograf schlich sich auf die Seite des Hauses und wollte über die Backsteinmauer klettern, aber im Nu hatte ihn einer von Caymans Männern am Schlafittchen gepackt. In den Häusern auf der anderen Straßenseite brannte Licht, und immer wieder erschien ein Gesicht am Fenster, ganz spitz vor Neugier. Jeder wollte wissen, was los war.

In den Abendzeitungen hatten alle von Virgils Tod gelesen. Manchen tat er leid, andere fanden, er hätte nichts Besseres verdient. Gemäßigte Auffassungen waren nicht vertreten, denn dafür gab es keine Grundlage. Virgil war zu seinen Nachbarn nicht sonderlich nett, ja eigentlich nicht einmal höflich gewesen. Ein paar langjährige Bewohner der Sackgasse erinnerten sich noch an die guten alten Zeiten, als Mabel ihren Salon geführt hatte und teure Automobile die nobel gekleidete Prominenz vor der Tür der Wynns abgesetzt hatten.

Im Haus, genauer gesagt im Salon, war Bette wieder einmal ganz begeistert von Agatha Mallowan. Mit

Cayman hatte sie Mitleid, weil Agatha ihn ausgetrickst hatte. Aber ihre Freundin zeigte keinen Funken Schadenfreude, und Bette war froh, daß ihre Theorie über das Zuhören zur Entlarvung eines Mörders geführt hatte. Sir Roland kauerte jetzt mit einem Whiskyglas am Feuer, und seine Stimme war sehr heiser. Eigentlich wußte Bette gar nicht, weshalb, aber er tat ihr leid.

Sir Roland sprach so leise, daß Bette die Ohren spitzen mußte, um ihn zu verstehen. »Sie wissen ja nicht, wie es ist, wenn man von den Höhen des Ruhms und des Reichtums in die Verzweiflung stürzt. Und wenn man dieses hoffnungslose Schicksal auch noch Mitgliedern der eigenen Familie verdankt. Dem eigenen Sohn, der Ehefrau. Wenn man einsehen muß, daß die Menschen, die man geliebt und respektiert hat, nichts weiter sind als perverse Ungeheuer.« Er hob den Kopf, und Bette sah Tränen in seinen Augen. »Ich bin ein sehr stolzer Mensch, Inspector. Und ich habe erfahren, daß Hochmut tatsächlich vor dem Fall kommt. Ich war ganz oben, als ich das Grab von Königin Baramar entdeckt habe. Ich machte Schlagzeilen. Man zeigte mich in der Wochenschau. Ich verdiente eine Menge Geld, was bedeutete, daß ich wenigstens die Rolle des Haushaltsvorstands übernehmen konnte und nicht mehr vom Vermögen meiner Frau abhängig war. Mabel schien mir plötzlich mit Hochachtung zu begegnen.«

Auf einmal begannen seine Augen zu blitzen. »Können Sie sich vorstellen, wie ich mich gefühlt habe, als ich nach England zurückkam, ein international gefeierter Held? Das war ein Triumph, wie ich ihn nie wieder erleben sollte – das hätte ich wissen müssen. Aber geblendet und berauscht sonnte ich mich in meinem Erfolg. Ich habe damals geglaubt, es würde ewig so weitergehen.«

»Armer Roland«, meinte Agatha voller Mitgefühl. »Nichts währt ewig.«

Doch er widersprach ihr: »Bei Mabel schien es so. Mabel blühte auf. Mit ihrem eigenen Vermögen ging sie sparsam um und stürzte sich statt dessen auf meines. So kannte ich sie gar nicht! Das war nicht mehr die Frau, in die ich mich verliebt und der ich den Hof gemacht hatte. Damals hatte ich mich gegen eine Schar von Konkurrenten durchsetzen müssen, denn anscheinend war jeder begehrenswerte Junggeselle hinter ihr her. Ganz anders übrigens, als Sie es bei der Séance dargestellt haben, Nydia.«

»Aber es war Mabel«, beharrte Nydia. »Sie haben es selbst bestätigt.«

»Es war eine Seite von Mabel, die ich ganz allein zu kennen glaubte. Die zänkische, bösartige Mabel. Aber dieser Unsinn, daß sie ihre Unschuld verlieren wollte! Die hatte sie schon lange vor meiner Zeit gegen weniger als das biblische Linsengericht eingetauscht. Es war ein Prinz aus dem Hause Romanow, der sie dann wegen eines Schlangenmädchens aus einem europäischen Zirkus sitzenließ. Mich hat Mabel nur geheiratet, um die Enttäuschung zu überwinden. Recht hatte sie. Ich war verfügbar. Ich war verrückt nach ihr.« Er hielt inne. »Nein, in Wahrheit war ich verrückt nach ihrem Reichtum. Nach dem Vermögen, das ich für meine Baramar-Expedition brauchte. Agatha, wußten Sie eigentlich, daß ich Max gebeten habe, mein Partner zu werden?«

»Ja, das habe ich gewußt. Max wird Ihnen dafür immer dankbar sein. Aber Max ist ein Einzelgänger, er arbeitet lieber allein.«

»Das hat er mir damals auch erklärt. Aber er half mir bei der Finanzierung.« Wieder verstummte Sir Roland und starrte ins Feuer. »Von Mabel bekam ich keinen Penny.«

Bette überlegte, ob er dort im Kamin wohl Mabel sah, wie sie in Flammen aufging. Für seinen Seelenfrieden hoffte sie, daß er einen langsamen, qualvollen Tod beobachtete.

Nach einer Weile fuhr Sir Roland fort: »Nydia, es war Ogden, der mir das Geld gegeben hat, was mir noch fehlte.«

»Das hat er mir erzählt«, erwiderte Nydia.

»Ich freue mich, daß er einen guten Profit gemacht hat. Ich dachte, ich hätte auch etwas davon. Kommerzielle Unterstützung. Vortragsreihen. Artikel in Zeitungen und Zeitschriften. Man überschüttete mich förmlich mit Geld. Und Mabel warf es mit vollen Händen zum Fenster hinaus. Wir kauften dieses Haus, und ich ahnte nichts von der Verschwörung zwischen Virgil, Mabel und Ogden Tilson.«

Alle Blicke wanderten zu Nydia, deren Gesicht jedoch keine Regung zeigte.

Sir Roland fuhr fort: »Mabel wollte, daß auch Virgil ein großer Archäologe wurde. Und Virgil war ein sehr williger Schüler. Mit meiner Hilfe begann er, sich intensiv mit dem alten Ägypten und mit Mesopotamien zu beschäftigen. Ich glaubte, er hätte große Hochachtung vor meinen Erfolgen. Aber Mabel hatte sein Verhältnis zu mir längst vergiftet. Sie hat mich nie geliebt. Wie ich gehört habe, lieben Frauen einen Mann selten, wenn sie ihn nur geheiratet haben, um eine Enttäuschung zu überwinden.«

»Sicher sind nicht alle Frauen so«, entgegnete Agatha. »Ich habe Max auch geheiratet, weil ich eine Enttäuschung überwinden wollte, und wir führen seither eine ganz fidele Ehe.«

Bette fragte sich, ob Agatha mit »fidel« wirklich den richtigen Ausdruck gewählt hatte. Es fiel ihr schwer, sich Agatha in einer fidelen Ehe vorzustellen. In Bettes Augen war Agatha Mallowan bestimmt kein fideler Typ.

»Während mein Stern verblaßte, erstrahlte der von Virgil immer heller. Howard Carter und Lord Carnarvon hatten mein Unglück begründet, als sie das Grab von Tutanchamun fanden. Und jetzt bedauern Howard und ich uns gegenseitig, jammern über unser

Schicksal, wagen aber nicht, uns einzugestehen, daß wir hartnäckiger und rücksichtsloser hätten kämpfen müssen – so, wie Virgil und andere Zeitgenossen es taten und noch tun. Virgils Entdeckung des ersten Ptolemäerkönigs war spektakulär, das gebe ich unumwunden zu. Filme, also bewegliche Bilder, hatten inzwischen ein primitives Farbsystem, two-strip nannte man es, soweit ich mich erinnere, und am Grab des Ptolemäus entstand eine fabelhafte Serie von Farbfotos. Virgil war der Held der Stunde. Ich, Howard Carter und noch eine Reihe anderer tragischer Figuren waren abgeschrieben. Wir hatten ausgedient. Unsere Erfolge waren etwas, worauf man amüsiert zurückblickte. Jetzt hatten mich Virgil und seine Mutter in den Klauen. Ich war pleite und wieder auf Mabels Geld angewiesen. Sie überließ mir ein kleines monatliches Taschengeld, Virgil tat das gleiche. Anthea und Oscar bekamen auch etwas, und die haben bekanntlich ziemliche Probleme.«

Ganz recht, bestätigte Bette in Gedanken. Agathas Gesichtsausdruck teilte ihr mit, lieber den Mund zu halten, wenn sie nicht vom Blitz getroffen werden wollte.

»Anthea und Oscar sind nicht sehr stabil. Oscar vergräbt sich in seiner Musik, Anthea in ihren Gedichten. Weder ich noch Mabel haben ihnen je Mut gemacht. Wir waren viel zu egoistisch, viel zu sehr in unsere eigenen Probleme verstrickt. Erst vor kurzem haben ich und meine Kinder eine Basis gefunden, auf der wir miteinander verkehren können.« Er lachte leise und freudlos. »Virgil hat das geschafft. Eine seltsame Ironie des Schicksals, nicht wahr?«

»Ziemlich tragisch«, meinte Bette und freute sich, ihre eigene Stimme zu hören.

»Es war nicht schwer, Mamby in unsere Verschwörung hineinzuziehen«, erzählte Sir Roland weiter. »Sie war eine der bösartigsten Frauen, denen ich je begegnet bin.«

»Warum haben Sie sich ihrer nicht entledigt?« fragte Agatha.

»Am Ende hab ich doch genau das getan, oder etwa nicht?« explodierte Sir Roland. Er streckte die Hand mit dem inzwischen leeren Glas aus. »Ist jemand so nett? Die Zuflucht, die nur der Whisky einem müden alten Mann gewährt.« Nayland nahm ihm das Glas ab, um es aufzufüllen.

Falsches Pathos, dachte Bette. Wie sehr ich das hasse. Ein müder alter Mann – daß ich nicht lache! Zuerst buddelt er alte Särge aus, und dann dreht er den Spieß um und hilft, neue Särge zu füllen. Wer könnte ihn wohl am besten im Film darstellen? Na klar. Henry Stephenson! Perfekt. Aber er ist dauernd beschäftigt. Wenn er keine Zeit hat, müssen wir eben auf den guten alten C. Aubrey Smith zurückgreifen.

Nun stellte Cayman wieder eine Frage an Sir Roland. »Wann haben Sie vier sich verschworen, Virgil zu töten?«

»Kurz nachdem Mabels Testament eröffnet worden war, in dem sie Virgil den Löwenanteil ihres Vermögens vermachte und uns jeweils nur einen kleinen Fonds hinterließ, aus dem wir pro Jahr nur über einen bestimmten Betrag frei verfügen dürfen. Das Testament war ungerecht, und ich brauchte nicht lange, auch Anthea und Oscar davon zu überzeugen. Außerdem verkündete Virgil, er plane, das Haus zu verkaufen und ein nach ihm benanntes Museum zu erbauen, samt einer Einliegerwohnung, in der er sich niederlassen wollte.«

»Wußten Sie das, Mrs. Tilson?« fragte Cayman.

»Ja. Ogden hat es mir erzählt.«

»Haben Sie mit Virgil darüber gesprochen?«

»Warum hätte ich? Das ging nur Virgil etwas an. Aber ich glaube nicht, daß er wirklich vorhatte, das Haus zu verkaufen. Ich denke eher, es war ein Wink mit dem Zaunpfahl für die Familie: daß es ihm lieber wäre, wenn sie anderswo wohnten.«

»Und trotzdem hat er ihnen gesagt, sie könnten ihre Hausschlüssel behalten«, wandte Cayman ein. Nydia zuckte die Achseln.

»Schlüssel kann man nachmachen lassen, oder?« schaltete sich Bette ein. Agatha nickte bestätigend. »Vielleicht wußte Virgil gar nicht, daß die anderen Zweitschlüssel hatten. Sir Roland, haben Sie und Ihre Kinder die Schlüssel kopieren lassen?«

»In diesem Punkt bekenne ich mich schuldig«, antwortete Sir Roland. »Aber Virgil hat recht schnell erraten, was wir getan hatten. Wir haben alle drei systematisch Kunstgegenstände aus dem Keller entwendet. Oh, ich weiß schon, was Sie jetzt denken. Dieser einst so ehrbare Mann hat wertvolle Dinge aus dem Keller seines Sohnes gestohlen.« Er lächelte. »Es mußte im Keller geschehen, denn dort lag das ganze Zeug.«

»Halt, Augenblick!« rief Bette, die sich gerade eine Zigarette anzündete. »Was ist denn eigentlich da unten vergraben?«

»Genau das haben wir in all den Nächten mit viel Mühe herauszufinden versucht«, gestand Sir Roland. »Ich vermute, es sind verschiedene Objekte, die ich aus Baramars Grab mitgebracht habe. Während ich auf Vortragsreisen war, ist nämlich einiges verschwunden. Erst vor kurzem habe ich mich gefragt, ob die Sachen vielleicht nie das Grundstück verlassen haben. Mein erster Gedanke war, sie könnten im Garten vergraben sein. Aber dann fiel mir ein, daß der Garten zu riskant ist, vor allem, da man ihn von Agathas Haus ungehindert einsehen kann.« Er lächelte Agatha zu. »Und wir wissen ja alle, daß Agatha ausgesprochen scharfe Augen hat.«

»Und scharfe Ohren!« ergänzte Bette mit einem freundlichen Lächeln.

»Es kam also nur der Keller in Frage«, fuhr Sir Roland fort, »und weiß Gott, ich hatte mich nicht geirrt. Mehrmals untersuchte ich den Boden, bis ich eine Stelle entdeckte, die mir so vorkam, als könnten dort die Sachen aus Baramars Grab verscharrt sein. Ich habe bestimmt recht. Wenn Sie dort unten weitersuchen, Inspector, werden Sie auf vergrabene Schätze stoßen, da bin ich mir sicher.«

»Also waren Sie Mambys Geist«, sagte Agatha.

»Den hatte sie sich als kleines Zwischenspiel ausgedacht – sie wollte mich warnen, daß sie mich verraten würde, falls ich mich weigerte, ihren Anteil zu vergrößern. Tja, das steht jetzt nicht mehr zur Debatte.«

»Erzählen Sie mir von gestern abend«, sagte Cayman. Nayland starrte ihn an. Außerdem staunte er, wie schnell Sir Rolands Glas immer nachgefüllt werden mußte. Auch Bette staunte, wieviel Whisky sie vertrug. Erst später erfuhr sie, daß er in Großbritannien wesentlich weniger Alkohol enthielt als anderswo.

»Was ist mit gestern abend?«

»Ihr Abschiedsessen mit Virgil. Er wollte noch einmal hierher zurück, um nach irgendwelchen Aufzeichnungen zu suchen, die er angeblich vergessen hatte, als er in den Club ging.«

»Inspector, werde ich jetzt beschuldigt, Virgil das Messer in die Kehle gestoßen zu haben?«

»Sir Roland, Sie wollen doch sicher nicht, daß ein anderer das für sich beansprucht.«

Jetzt sah Sir Roland plötzlich aus wie ein Kobold, und seine Stimme klang entsprechend. »Ich war in letzter Zeit wirklich sehr aktiv, stimmt's? Soviel Energie, bei einem ausrangierten Ruheständler.«

»Ach, sagen Sie doch so was nicht«, rief Bette.

»Warum denn nicht?« fragte Agatha. »Verbinden Sie vielleicht wieder einen lächerlichen theatralischen Aberglauben damit?«

»Nein, es klingt nur so brutal. Ich finde, so etwas sollte man nicht sagen. Einstmals berühmte Schauspieler, ehemalige Stars müssen sich plötzlich mit Nebenrollen zufriedengeben, mehr oder weniger als

Statisten auftreten, um überleben zu können. Ich hasse es, wenn man mir sagt, die Menschenmenge in irgendeiner Massenszene besteht aus ausrangierten Kollegen. Da ertappe ich mich dabei, wie ich mich möglichst unauffällig umsehe, weil ich wissen will, wer diese Leute sind. Und ich habe auch immer wieder diesen Alptraum, daß man irgendwann auf eine Schauspielerin zeigt und sagt, die gehört auch zu den Ausrangierten, und diese Schauspielerin bin ich!«

»Nun, Bette, Schätzchen«, meinte Agatha, als sie sah, wie sehr Bette dieses tragische Schicksal fürchtete, »Sie müssen eben Ihr Geld klug anlegen!«

»Falls ich je welches in die Finger kriege!«

»Meine Damen, meine Damen«, rief Cayman betont nachsichtig. Die Ermahnten verstummten. »Sir Roland, wie war das mit Virgils Tod?«

»Beim Essen teilte er mit, er wisse, daß ich im Keller grabe. Außerdem wollte er zum Haus zurück, um ein Schreiben an seinen Anwalt aufzusetzen, in dem er offenlegte, daß er von unseren Plan, ihn zu vergiften, wußte und deshalb sein Testament annullieren wollte. Er spuckte Gift und Galle. Ich folgte ihm hierher. Mamby wußte, daß wir da waren. Sie stand in der Küche. Zuerst hörte sie Virgil und kurz darauf mich. Virgil schloß die Salontür, damit Bette uns nicht hörte. Er wußte, daß er in seinem Zustand nicht mehr nach Ägypten reisen konnte. Aber es war noch nicht zu spät für ihn, die Sache in seinem Sinne zu regeln. Meine Damen und Herren, lassen Sie mich etwas erklären – Virgil war nicht der Hellste. Im Grunde war er genauso borniert wie seine Geschwister. Er wollte nicht glauben, daß er vergiftet wurde. Er wollte glauben, was der Arzt ihm gesagt hatte, nämlich, daß er an einer in Nordafrika grassierenden exotischen Krankheit litt. Aber schließlich nahm er doch seinen Verstand zusammen, ging ins Britische Museum und holt sich ein Buch über Gifte.«

»Er hätte auch zu mir kommen können«, warf Agatha ein, »obwohl in meiner Bibliothek oft ein ziemlicher Trubel herrscht.«

»Die Wirkung von Arsen schien mit seinen Symptomen übereinzustimmen. Ohnmachtsanfälle, Appetitverlust, verfärbte Fingernägel, Haarausfall. Der arme Kerl. Als Mabel noch lebte, hat er fast täglich mit ihr im Garten gearbeitet. Ob er wohl ganz vergessen hatte, daß sie im Schuppen einen Vorrat Arsen aufbewahrte, zur Unkrautbekämpfung?«

»Das klingt alles so furchtbar kaltblütig«, flüsterte Bette.

»Sogar für einen Yankee?« fragte Agatha.

Inzwischen war Sir Roland richtig in Fahrt. »Virgil fragte: ›Wer will mich vergiften? Wer tut mir so etwas an?‹ Und ich antwortete: ›Warum gehst du nicht ins Krankenhaus und läßt dich gesundpflegen?‹ Aber er meinte nur, der Prozeß sei zu weit fortgeschritten, es gebe keine Rettung mehr. Er hatte es kaum zu unserem gemeinsamen Dinner geschafft, und hierher zurückzukommen, war eine fast übermenschliche Anstrengung für ihn gewesen. Aber dann fing er an, mich zu beschimpfen und abscheuliche Dinge über mich zu sagen. Und abscheuliche Dinge zu wiederholen, die Mabel über mich gesagt hatte. Daß ich ein Betrüger sei! Ich hätte den ganzen Ruhm nicht verdient, man hätte mich nicht in den Adelsstand erheben dürfen, Mabel hätte gewußt, daß andere Mitglieder meiner Expedition das Grab entdeckt hätten, während ich im Nachbardorf mit einer muslimischen Prostituierten herumhurte. Dann warf Virgil den Kopf zurück und lachte mit weit aufgerissenem Mund sein obszönes Lachen. Da packte ich den Dolch auf seinem Schreibtisch und stieß ihn, fast ohnmächtig vor Wut, Virgil tief in den Mund.« Sir Roland machte eine Pause. »Sie können sich sein erstauntes Gesicht sicher vorstellen. Als ich die Waffe wieder herauszog, fing er an zu gurgeln. Ich wollte nicht, daß er den schönen

Schreibtisch mit Blut vollspuckt. Deshalb hielt ich ihm den Mund zu, während er starb. Den Dolch wickelte ich in ein Taschentuch, löschte das Licht und trug die Waffe in den Keller, wo ich sie säuberte und in einen Karton neben dem Grab legte.«

»So hatten Sie heute abend die Gelegenheit, den Dolch ein zweitesmal zu benutzen.«

»Ja.«

»Also wirklich, Roland«, rief Agatha verärgert. »Wie konnten Sie nur so dumm sein, heute nacht weiterzugraben, wo Sie doch zu Hause um Ihren Sohn hätten trauern sollen – was zwar ziemlich heuchlerisch gewesen wäre –«

»Aber auch nicht viel vernünftiger!« unterbrach Bette.

»Ich fürchte, meine Habgier hat mir den Blick verschleiert. Aber – oh, oh, oh – was für abscheuliche Dinge er gesagt hat!« Er starrte Nydia an. »Sie wußten es, nicht wahr?«

»Was wußte ich? Was meinen Sie damit?«

»Sie haben Mabel bei der Séance genauso böse dargestellt.«

»Es war Mabel. Darauf bestehe ich!« Nydia sah Agatha hilfesuchend an, aber diese blieb lieber neutral.

Plötzlich sprang Sir Roland auf und ballte die Fäuste. Sein Gesicht war so rot, daß Bette schon befürchtete, er würde einen Schlaganfall bekommen. »Sie wußten, daß Mabel und Ogden eine Affäre hatten!« brüllte er wutentbrannt.

»Lügner!« stieß Nydia zwischen den Zähnen hervor, wobei sich ihr Gesicht unschön verzerrte. »Sie gemeiner alter Lügner!«

»Die beiden hatten eine Affäre! Sie wußten Bescheid, aber Sie haben es mir verschwiegen! Ich mußte sie erst dabei erwischen, wie sie sich draußen im Gartenhäuschen ihrer animalischen Leidenschaft hingaben.«

Bette starrte Agatha an. »Animalische Leidenschaft im Gartenhäuschen? Das ist ja unerhört!«

»Jetzt hören Sie es«, entgegnete Agatha ungerührt. Sie genoß jede Sekunde dieses Ausbruchs.

»Ogden hat mich geliebt! Er hat mich geliebt, jawohl! Er hat mir schließlich sein Vermögen hinterlassen!«

Mit betont kühler Stimme meinte Agatha: »Na ja, das ist doch nur recht und billig. Irgendwie muß der Ehemann ja sein schlechtes Benehmen wieder gutmachen.«

Nydia fuhr herum und starrte Agatha an. »Wollen Sie etwa behaupten, daß es wahr ist?« Agathas Gesicht war so ausdruckslos wie Antheas Gedichte. »Sie haben von der Affäre gewußt?«

»Meine liebe Nydia, ich verstehe, daß Sie schockiert und aufgebracht sind, aber ich verstehe absolut nicht, weshalb Sie keinen Verdacht hegten.«

»Warum hätte ich?«

»Weil Ogden mehr Zeit in diesem Haus verbracht hat als bei Ihnen.«

»Ich dachte, er besucht Virgil! Ich dachte, die beiden planen ihre nächste Expedition!«

»Liebe Nydia«, sagte Agatha, während Bette ihr ein frisches Glas Whisky reichte, »man hat sich hier tatsächlich über gemeinschaftliche Unternehmungen unterhalten, aber es ging um die, an der Mabel und Ogden beteiligt waren. Bitte, werden Sie jetzt nicht wütend auf mich! Max wollte, daß ich es Ihnen sage, aber ich habe mich geweigert. Ich habe genug eigene Probleme.«

»Oh, Agatha«, warf Bette ein. »Jetzt klingen Sie schon wie Jack Warner. Hmmmm ... Arsen ... langsames Vergiften ...«

»Sie hätten mich also lieber dumm sterben lassen« sagte Nydia. Es klang so hölzern, daß Bette an Agathas Urteil über Nydias Leistung in dem Wilde-Stück zu zweifeln begann.

»Keineswegs«, widersprach Agatha. »Offen gesagt, ich habe geglaubt, Sie wüßten Bescheid, aber es wäre Ihnen gleichgültig. Dank Ihres bemerkenswerten Erfolgs als Medium schwebten Sie in höheren Sphären, und man mußte ja auch Ogdens Reichtum in Betracht ziehen.«

»Geld ist nicht alles!« brauste Nydia auf.

»Ach nein?« Bette schnaubte heftig.

»Nun, Inspector, hier erfahren Sie eine Menge überraschender Neuigkeiten«, meinte Agatha. »Und das ist auch gut so, schließlich sind Sie ein hart arbeitender Mann und haben sich einen Bonus verdient.« Damit wandte sie sich wieder an Nydia. »Wenn ich Ihnen die Geschichte mit Mabel und Ogden verraten hätte, was hätten Sie dann gemacht? Vermutlich Ogden zur Rede gestellt und eine Szene heraufbeschworen, wie Frederick Lonsdale sie so meisterhaft zu beschreiben verstand. In seiner Verwirrung hätte Ogden natürlich allen möglichen Unsinn erzählt, und wenn Sie ihn dann um die Scheidung gebeten hätten, wäre er vollends außer sich geraten und hätte versucht, Sie umzustimmen. Ich bin nämlich fest davon überzeugt, daß Sie, Nydia, dic einzige Frau sind, die Ogden je geliebt hat – abgesehen vielleicht von seinem Kindermädchen.«

Nydia war aufgestanden und verschränkte die Hände ineinander. Bette dachte, sie selbst hätte diese Szene ganz anders gestaltet, vor allem, wenn sie May Robson oder Lucile Watson als Gegenüber gehabt hätte, die einem immer gern die Schau stahlen. »Wenn Ogden mich wirklich geliebt hätte, hätte er mich nicht betrogen«, sagte Nydia.

»Ach nein? Christie hat auch behauptet, er liebt mich, aber wie hat er mich betrogen! Es gibt eine Unmenge verheirateter Männer, bei denen Fremdgehen zur zweiten Natur geworden ist.«

Bette fragte sich, ob Ham je fremdgegangen war. Und mit wem? Mit einer Frau, die sie kannte? Und weshalb sollte es ihr etwas ausmachen? Sie liebte ihn doch nicht mehr.

»Was ist los, Bette? Sie werden ja ganz rot!« rief Agatha mit großen Augen.

»Ach, wirklich?«

»Ich glaube, unter der Yankee-Oberfläche versteckt sich ein ganz prüder Mensch! Dabei dachte ich, alle Hollywood-Diven seien so emanzipiert.«

»Ich habe ans Fremdgehen gedacht.«

»Na, das ist wirklich emanzipiert. Mit wem?«

»Agatha, Sie sind wohl ein bißchen verwirrt.« Auch Cayman wollte mehr erfahren. Wenn Bette Davis ans Fremdgehen dachte, war er hoffentlich auf Platz eins ihrer Kandidatenliste. »Ich habe daran gedacht, wie mein Mann mich einmal fragte, ob ich mit einem meiner Co-Stars im Bett war.«

»Ich bin gespannt auf Ihre Antwort.«

»Ich habe ihm nicht geantwortet, weil ich mit dem Betreffenden nicht ins Bett gegangen bin, es aber schrecklich gern getan hätte. Sobald ich wieder in Hollywood bin, werde ich mir diesen Wunsch erfüllen.«

»Dieses Selbstbewußtsein! Sind Sie sicher, daß er zur Verfügung steht?«

»Ganz sicher. Und wie. Zigarette, Nydia?«

Cayman witterte seine Chance und packte sie beim Schopfe. »Meine Damen, wenn wir jetzt bitte zum Thema Mord zurückkehren könnten und« – diese Bemerkung konnte er sich einfach nicht verkneifen – »zu unserem so jugendlich aktiven Sir Roland Wynn.« Nydias Gesicht hellte sich auf, während Bette einem Gedanken nachhing, von dem sie allerdings befürchtete, er könnte sich als Schuß in den Ofen erweisen. »Sir Roland, ich werde Sie des Mordes an Nellie Mamby anklagen. Was Virgils Tod angeht, so muß ich erst noch einiges klären. An der Vergiftungsgeschichte waren vier Leute beteiligt, aber das Messer in Virgils Kehle war allein Ihr Werk.«

»Sozusagen das Tüpfelchen auf dem i«, meinte Bette mit einem kleinen Lächeln. Wer A sagt, muß auch B sagen, dachte sie und fuhr entschlossen fort: »Inspector, ich glaube, es gibt noch eine Frage, mit der wir uns beschäftigen sollten.«

»Und zwar?«

»Mit der Möglichkeit, daß Mabel Wynn ermordet wurde.« Bette sah Nydia an, die ihrerseits unverwandt auf die glimmende Spitze ihrer Zigarette starrte. Mit einem leisen, bewundernden Lächeln registrierte Agatha, daß Bette genau das zur Sprache brachte, was auch ihr durch den Kopf gegangen war.

»Und was führt Sie zu der Annahme, daß Lady Wynn nicht Selbstmord begangen hat, wie es offiziell hieß?«

»Inspector, ich lerne sehr schnell auswendig. Oft reicht es, wenn ich eine Seite überfliege, und schon habe ich die ganze Szene intus. Und wir haben ja auch oft genug betont, daß ich eine gute Zuhörerin bin. Nun, die Séance – Mabel – wenn es tatsächlich Mabel war –«

»Es war Mabel.« Nydia sagte das so kalt, daß Agatha erwartete, es würden Eiszapfen um ihren Mund erscheinen.

»In Ordnung. Es war also Mabel. Sie erwies sich als recht mitteilsam. Hören Sie auf, mich so anzustarren, Nydia, das ist mir unangenehm, und Sie haben auch keinen Grund dazu.« Bette blickte zur Zimmerdecke. »Also, sagen Sie mir, ob ich es richtig im Kopf habe.« Schon war sie aufgestanden, stellte sich mitten ins Zimmer, die Zigarette in der rechten Hand, zwischen dem Zeige- und dem Mittelfinger. Und dann lieferte sie eine fast perfekte Imitation von Mabels Stimme, wie alle sie bei der Séance gehört hatten. »›*Es hat überhaupt nicht bitter geschmeckt. Ich konnte es einfach so trinken. Ich hatte gar keine Angst. Dabei habe ich immer gedacht, ich würde mich bestimmt vor dem Tod fürchten.*‹« Gespannt wartete sie auf Caymans Reaktion.

»Das war umwerfend«, schwärmte Agatha. »Sie haben ein ganz hervorragendes Ohr für Stimmen. War es nicht umwerfend, Roland? Hatten Sie nicht auch das Gefühl, Mabel wäre hier bei uns im Zimmer?«

»Sie könnte durchaus hier sein«, warf Nydia ein.

Agatha sah auf ihre Armbanduhr. »Ich denke, das wäre eher unwahrscheinlich. Es ist ziemlich spät für Mabels Verhältnisse. Sicher liegt sie längst im Bett. Nun, Bette? Was glauben Sie – was war überhaupt nicht bitter und einfach zu trinken?«

»Das Arsen. Ich glaube, das hat Mabel getötet. Nicht eine Überdosis Schlafmittel, obwohl ihr die tödliche Dosis Arsen vermutlich mit den Schlaftropfen verabreicht wurde.«

Jetzt schaltete sich Sir Roland ein. Seine Stimme klang ganz anders als sonst, erschöpft und heiser. »Ich schwöre, und ich würde es auch auf einem ganzen Stapel Bibeln schwören: Ich habe meine Frau nicht getötet.«

»Das habe ich auch nicht behauptet. Ich habe nur gesagt, ich glaube, daß sie ermordet wurde.«

Sir Roland beugte sich vor, und einen Augenblick befürchtete Bette, er würde das Gleichgewicht verlieren und kopfüber zu Boden stürzen. »Sie hat unter entsetzlichen Qualen gelitten. Medikamente halfen nichts mehr. Sie hat um Gnade gefleht. Aber ich schwöre bei allem, was mir heilig ist, ich habe den tödlichen Trank nicht zubereitet.« Wieder veränderte sich seine Stimme, und er stieß den nächsten Satz wütend hervor: »Ich habe sie nicht mehr geliebt.« Noch aufgebrachter fuhr er fort: »Sie haßte mich. Sie hat mich zerstört. Sie war genauso niederträchtig, wie sie sich bei der Séance gezeigt hat. Nein, sogar noch viel niederträchtiger!« Er lachte höhnisch. »Ich hätte ihr gegönnt, daß ihr Leiden ewig dauert. Ich habe es genossen, wenn sie Gott anflehte, sie zu erlösen. Aber ihr Gott war auch mein Gott, und mir gefällt der

Gedanke, daß er mich lieber mochte und sie am Leben erhielt, um mir eine Freude zu machen: damit ich zusehen konnte, wie sie leidet.«

»Sachte, sachte, alter Junge«, meinte Cayman beschwichtigen. »Beruhigen Sie sich.« Dann wandte er sich an Bette: »Die Worte ›Es hat überhaupt nicht bitter geschmeckt‹ könnten sich doch auch auf ein anderes Getränk beziehen, nicht notwendigerweise auf ein Gift.«

»Wie die meisten von uns glaubte Mabel, daß Gift scheußlich schmeckt. Vielleicht wußte sie nicht, daß Arsen überhaupt keinen Eigengeschmack besitzt. Das stimmt doch, Agatha? Sie sind meine Informationsquelle.« Bettes Augen funkelten.

»Vollkommen geschmacksneutral.«

»Na bitte. Verstehen Sie jetzt?«

»Was sollen wir verstehen?« fragte Cayman.

»Mabel hat nicht gemerkt, daß man sie umbringen wollte. Wahrscheinlich dachte sie, man hätte ihr die drei- oder vierfache Dosis ihres üblichen Schlafmittels gegeben. Nun, ich kenne mich mit dem Zeug gut genug aus, um zu wissen, daß man genau die richtige Menge einnehmen muß, weil einem sonst speiübel wird und man überall in die Gegend reihert.«

Mit unverhohlenem Ekel protestierte Agatha: »›Reihern‹! Was für ein widerliches Wort.«

»Nicht halb so widerlich wie ›ausrangiert‹!« konterte Bette.

Die Arme vor der Brust verschränkt, wandte sich der Inspector müde an Bette: »Und wer hat nun aber Ihrer Ansicht nach Lady Wynn das Gift verabreicht?«

»Der einzige Mensch auf dieser Welt, dem sie wirklich vertraute.«

»Nicht Ogden! Niemals!« schrie Nydia.

Verärgert erwiderte Bette: »Meine liebe Nydia – Ogden war ihr Liebhaber! Einem Liebhaber vertraut man nicht.« Sie zog ausgiebig an ihrer Zigarette, sah zu Sir Roland hinüber und verkündete dann pointiert und mit der Leidenschaft, die ihr Markenzeichen als Schauspielerin werden sollte: »Es ist offensichtlich – jedenfalls für mich, und ich denke, auch für Agatha –, daß Mabel Wynn von ihrem geliebten Sohn Virgil ermordet wurde.«

Kapitel 13

Wieder wandte sich Cayman an Bette. »Sie brüten diese Theorie doch bestimmt schon eine ganze Weile aus. Was macht Sie so sicher, daß Virgil seine Mutter getötet hat?«

»Während Sie weg waren und Ihren anderweitigen Aufgaben nachgegangen sind, haben Agatha und ich darüber diskutiert. Da nun schon das Geheimnis von Mabels Affäre mit Ogden gelüftet worden ist, sollten wir versuchen, noch ein paar andere Rätsel zu lösen. Nydia, ich möchte Ihnen nicht zu nahe treten und alte Wunden aufreißen –«

»Zu spät«, zischte Nydia.

»Auch gut. Wenn Sie unbedingt die Spielverderberin sein wollen, fahre ich mit gutem Gewissen fort. Obwohl sich Mabel einerseits mit Ogden vergnügte, konnte sie es andererseits nicht ertragen, daß die Ehefrau ihres Liebhabers mit ihrem Lieblingssohn das gleiche tat.«

Jetzt sprang Nydia auf. »Das ist völlig absurd!« schrie sie, außer sich vor Wut. »Virgil und ich haben erst nach Ogdens Tod entdeckt, daß wir uns füreinander interessierten! Das habe ich Ihnen doch erzählt!«

»Na und?«

»Es ist die Wahrheit!« kreischte Nydia.

»Und vermutlich kommt die Wahrheit auch ans Licht. Irgendwann schwimmt sie oben, wie der Rahm auf der Milch.« Sie blickte in die Runde. »Es gibt doch hierzulande Milch in Flaschen, oder?«

Mit einem verschmitzten Lächeln antwortete Agatha: »Nein, meine Liebe. Wir trinken direkt aus dem Euter.«

»Tut mir leid. Ich wollte nicht arrogant klingen. Aber wenn man bedenkt, daß wir alle englisch sprechen, und dabei doch so verschieden sind!« Sie drehte sich rasch um und sah Nydia ins Gesicht. »Wir haben viel Zeit miteinander verbracht, seit wir uns auf dem Schiff getroffen haben, stimmt's, Nydia?«

»Natürlich. Was soll die Frage?«

»Alles in allem haben wir uns recht gut kennengelernt.«

»Worauf wollen Sie hinaus?«

»Nydia, Sie sind eine sehr starke Frau. Sehr zielstrebig. Klug. Sie haben eine vielversprechende Bühnenkarriere aufgegeben, um Geld zu heiraten, obwohl der Reichtum einem Mann gehörte, den Sie nicht liebten.«

»Das stimmt nicht! Ich habe Ogden geliebt!«

»Wenn Sie darauf bestehen. Ich glaube, er hat sie bis zum Wahnsinn gelangweilt. Sie waren Schauspielerin. In gewisser Hinsicht sind Sie das noch immer. Schauspielerinnen brauchen Abwechslung, Anregung und Leidenschaft, ja, sehr viel Leidenschaft – es sei denn, man heißt Shirley Temple. Ihr erster Schritt zur Erfüllung war die Houdini-Séance. Rama Singh, hieß so nicht das Medium?« Nydia nickte. »Ha! Wie habe ich das nur wieder im Gedächtnis behalten?«

»Weil Sie es sich vorgenommen haben«, antwortete Agatha.

»Gut erkannt. Rama Singh, Nydia. Er hat bei dieser Séance Ihre Begabung entdeckt.«

»Ja.«

Bette wandte sich an Cayman. »Hier begebe ich mich ins tiefe Wasser, aber da ich ein Yankee bin, kann ich gut schwimmen. Nydia, ich bin Ihre Freundin, aber ich habe auch Verständnis dafür, wenn Sie jetzt anfangen, mich zu hassen.«

»Das tue ich bereits.«

»Na gut. Also, ich glaube, bevor Rama Singh Ihre Begabung entdeckte, entdeckte er zuerst eine unglückliche und frustrierte junge Dame, die reif war für einen kleinen Seitensprung.«

»Sie Miststück!«

»Sie sind also gesprungen und weich gelandet. Da Sie Rama Singhs Schützling wurden, verbrachten Sie viel Zeit mit ihm, und nach einer Weile schöpfte Ogden Verdacht, daß Sie mit dem lebendigen Rama öfter intimen Kontakt hatten als mit irgendwelchen Toten. Was natürlich dazu führte, daß Ogden seinerseits für Mabels Annäherungsversuche empfänglicher wurde.«

»O Gott, steh uns bei.« Sir Roland rang die Hände. Agatha fragte sich, ob ihm wohl klar war, daß möglicherweise der Galgen auf ihn wartete.

»Also haben wir auf der einen Seite Nydia und Mr. Singh mit ihrem Seitensprung, vermutlich auf einem fliegenden Teppich oder etwas ähnlichem, und auf der anderen Seite Mabel und Ogden, die sich ausgerechnet im Gartenhäuschen die Kleider vom Leib reißen. So weit, so gut. Aber ich glaube, Mabel gehörte zu den Frauen, bei denen immer alles nach ihrer Nase gehen muß.«

»Ja, das paßt zu Mabel«, bestätigte Agatha.

»Oh, Agatha«, stöhnte Sir Roland.

»Also wirklich, Roland«, gab Agatha ärgerlich zurück, womit sie einmal mehr bewies, daß sie weniger Verständnis für Heuchelei aufbrachte als für Mord. Mörder waren manchmal Genies, Heuchler nie. »Bei mir müssen Sie erst gar nicht auf die Tränendrüse drücken. Sparen Sie sich das für Ihren Richter und die Geschworenen.«

»Darf ich weitermachen?« fragte Bette und zündete sich eine Zigarette an. »Nachdem Nydia mit Rama Singh Schluß gemacht hatte – oder vielleicht war es auch andersrum –, beschloß sie, es mit Virgil zu versuchen. Ganz im Gegensatz zu Ihrer Behauptung, Nydia, hielten Sie Virgil durchaus nicht für asexuell – Sie hatten vielmehr läuten hören, daß Virgil ein ausgekochter Frauenheld war, ein Talent, das er an seinen Eskapaden im heißen Wüstensand erprobte. Ich persönlich stelle es mir im Wüstensand ziemlich ungemütlich vor, aber was soll's.«

»Bette, meine Liebe, bei Nacht ist der Wüstensand reichlich kühl«, gab Agatha zu bedenken.

»Oh, dankeschön, Agatha. Das beruhigt mich etwas. Ich werde es mir merken, für den Fall, daß ich eine Rolle in einem Film angeboten bekomme, der in der Sahara spielt. Also, Nydia, Sie haben Virgil um den Finger gewickelt, aber unglücklicherweise bekam Mabel Wind davon und setzte sofort Himmel und Hölle in Bewegung, um die Geschichte zu unterbinden. Mabel fand es ganz in Ordnung, daß sie ein Techtelmechtel mit Ogden hatte, aber Sie, Nydia, durften sich auf gar keinen Fall mit ihrem geliebtem Sohn amüsieren. Ich werde nicht näher auf die psychologischen Aspekte von Mabels Liebe zu Virgil eingehen und auch nicht auf seine zu ihr, denn ich weiß, daß ich auf diesem Gebiet keine Expertin bin, aber soviel steht fest: Mabel war rasend vor Eifersucht. Ich denke, ich gehe recht in der Annahme, daß Mabel ihrem Sohn drohte, wenn er Nydia nicht den Laufpaß gab, würde er aus ihrem Testament gestrichen. Das war natürlich weder für Virgil noch für Sie, Nydia, besonders erfreulich.« Nach einer angemessenen Kunstpause fuhr sie fort: »Nydia, Agatha und ich glauben, daß Ogdens Vermögen in Wahrheit nicht sehr groß war.« Nydia antwortete nicht. Agatha stellte sich vor, wie sich in Nydias Kopf die Rachegedanken überschlugen. »Zwar wußte jeder, daß Mabel im Sterben lag, aber sie starb nicht schnell genug. Also mußte Mabel weg. Und Ogden auch.«

Wieder sprang Nydia auf und schrie: »In diesem Land gibt es Gesetze gegen üble Nachrede! Das werden Sie noch zu spüren bekommen, Miss Bette Davis! Sehr strenge Gesetze!«

Bette gestikulierte wild mit den Armen und schob die eine Hüfte leicht vor, ein weiteres Davis-Markenzeichen. »Warum regen Sie sich so fürchterlich auf?

Ich habe doch nur gesagt, Mabel mußte weg und Ogden auch.«

»Sie haben impliziert, daß Ogden keines natürlichen Todes gestorben ist! Aber er starb an einem Herzinfarkt! Herzinfarkt! Herzinfarkt!«

»Nur die Ruhe, Mädchen«, beschwichtigte Bette sie, »sonst müssen wir bald auch die kleinen Finger verhakeln, um mit Ihnen Kontakt aufzunehmen.« Sie zwinkerte Agatha zu und sah dann zu Cayman hinüber. Er und Nayland hatten sich rechts und links von Sir Roland postiert, der das Gesicht in den Händen vergraben hatte – was nur allzu verständlich erschien. Mit harmloser Stimme fragte Bette noch einmal nach: »Erklären Sie uns doch, warum Sie sich so aufregen, Nydia. Doch sicher nicht, weil ich gesagt habe, daß Ogden aus dem Weg geschafft werden mußte. Sie denken, ich hätte einen Mord impliziert. Genausogut hätte es eine Scheidung sein können. Aber Sie werden zugeben, daß Sie ihn loswerden mußten, und daß auch Virgil Grund hatte, seine Mutter auf die letzte Reise zu schicken. Niemand leugnet, daß er erfolgreich war. Irre ich mich, wenn ich annehme, daß Virgil die gegen ihn gerichtete Giftaktion seiner Familie deshalb nicht aufgedeckt hat, weil seine Verwandtschaft wußte, daß er Mabel um die Ecke gebracht hatte – nach dem Motto ›wie du mir, so ich dir – wenn ihr mich nicht verpfeift, verpfeif ich euch auch nicht‹? Wohlgemerkt – wenn ich den Verdacht hätte, daß mich jemand vergiften will, würde ich es Louella Parsons erzählen! Inspector, verzeihen Sie, daß ich Ihnen den Wind aus den Segeln genommen habe, aber ich mußte das alles unbedingt loswerden.«

»Und es war hochinteressant«, meinte Cayman, während er den Wunsch unterdrückte, Bette in die Arme zu schließen und ihr einen herzhaften Kuß auf die Lippen zu drücken.

»Bravo!« rief Agatha. »Ich glaube, es ist Zeit, die Drinks nachzufüllen. Soll ich die Mutter spielen?«

»Die ideale Besetzung«, meinte Bette.

Cayman wandte sich an Nayland: »Lloyd, würden Sie Sir Roland bitte in den Wagen bringen und zu Scotland Yard fahren, damit Anklage erhoben werden kann?«

»Inspector?«

»Sir Roland?«

»Meine Kinder. Anthea und Oscar. Sie waren nicht wirklich aktiv an Virgils Ermordung beteiligt. Sie sind doch bloß zwei armselige Einfaltspinsel, die mitgemacht haben, weil sie keine andere Wahl hatten.«

»Aber sie wußten Bescheid, oder nicht?«

»Ja, sie wußten Bescheid.«

»Und keiner von beiden hat versucht, Sie von Ihrem Vorhaben abzuhalten?«

»Nein. Sie sind nicht besonders kreativ. Weder Oscar mit seiner Musik noch Anthea mit ihren Blankversen.«

»Bei der Séance hat Mabel gedroht, ein Gedicht zu rezitieren und Anthea damit zu blamieren. Anthea hat dann beteuert, Mabel habe ihre Verse nie gelesen, und sie, Anthea, habe ihr auch nie welche vorgelesen. Ob das nicht schon an üble Nachrede grenzt?«

»Ich denke nicht«, antwortete Agatha. »Bleiben Sie noch auf einen Drink, Nydia? Roland, vergessen Sie nicht Ihren Hut und Ihren Mantel.«

»Meinen Hut und meinen Mantel?« Bette fragte sich, ob er wirklich verwirrt war oder bereits das Plädoyer auf verminderte Zurechnungsfähigkeit vorbereitete. »Ach ja, meinen Hut und meinen Mantel.«

»Hier sind Ihre Sachen, Sir«, verkündete Nayland, »direkt auf Mrs. Tilsons Mantel.«

»Vorsicht, Nayland«, warnte Bette – *sotto voce* und beiseite. »In diesem Land gibt es Gesetze gegen üble Nachrede. Strenge Gesetze.«

»Nydia«, begann Agatha wieder und hielt die Karaffe mit dem Whisky hoch, »leisten Sie uns noch auf ein Schlückchen Gesellschaft?«

»Warum? Besteht die Gefahr, daß das Zeug knapp wird?« Nydia war bereits aufgestanden, um ihren Mantel zu holen.

»Irgendwie habe ich den Eindruck, es wird etwas kühl im Raum«, stellte Agatha fest, ohne jemanden dabei anzusehen.

Nayland führte Sir Roland aus dem Zimmer und mitten hinein in die Schlagzeilen der wartenden Presseleute, während Nydia sich mit kreidebleichem Gesicht in ihren Mantel quälte. »Ich denke, Sie haben Verständnis dafür, wenn ich morgen nicht komme, um die Bücher zu katalogisieren, Agatha. Und natürlich helfe ich Ihnen auch nicht beim Eingewöhnen, Bette.«

»Eingewöhnen! Wenn ich mich nach all dem, was passiert ist, nicht eingewöhnt habe, schaffe ich es nie.«

»Meine liebe, liebe Bette, ich habe eine wunderbare Idee«, rief Agatha. »Mein Haus ist so groß und komfortabel, und mir gefällt es eigentlich gar nicht, allein darin herumzuwandern und mich mit niemandem unterhalten zu können außer mit mir selbst. Max kommt noch nicht so bald zurück, und selbst wenn er unerwartet auftauchen sollte, hätten wir immer noch Platz genug. Ich würde mich sehr freuen, wenn Sie meine Einladung annehmen und bei mir einziehen würden.«

Bette war begeistert und hielt damit nicht hinterm Berg. »Agatha! Wie wunderbar! Sie möchten wirklich, daß ich mich bei Ihnen einniste?«

Agatha sah sie an und lächelte. »Bei mir einnisten? Was meinen Sie damit? Es ist doch hoffentlich nicht illegal, Inspector, oder?«

»Ach, Sie sind ein Spaßvogel!« lachte Bette. »Es bedeutet doch nur, daß wir im gleichen Haus wohnen. In Amerika klingt das alles etwas ungehobelter.«

»Ich könnte in Amerika nie ein Buch veröffentlichen. Niemals!« verkündete Agatha im Brustton der Überzeugung. »Na ja, das tut jetzt nichts zur Sache.

Also, wie wär's, Bette? Wollen Sie sich bei mir einnisten?«

»Mit dem größten Vergnügen«, antwortete Bette, »aber ich werde das Gefühl nicht los, daß Nydia die Idee nicht gefällt. Sie hat uns nicht mal Lebewohl gesagt.«

»Vielleicht will sie so rasch wie möglich nach Hause, um ihren Anwalt zu wecken.«

»Um diese Zeit?« schaltete sich Cayman ein.

»Für Nydia heißt es bestimmt: je früher, desto besser. Bette hat ihr ordentlich eingeheizt. Sie sind wirklich sehr klug, Miss Bette Davis. Das war alles sehr klug durchdacht: daß Virgil Mabel umgebracht hat, daß Virgil und Nydia lange vor Ogdens Tod eine Affäre hatten –«

»Kommen Sie schon, Agatha. Schleichen Sie nicht um den heißen Brei herum. Nydia wollte unbedingt eine Séance veranstalten. Das stimmt. Sie hat nicht nur den Vorschlag gemacht, sie hat darauf bestanden. Und sie wollte mit niemandem Kontakt aufnehmen, außer mit der Polizei. Dieses ganze Getue mit ihrem ›Zu mehreren ist man sicherer‹. Wie sie uns Mabel vorgespielt hat – und Sie können mir glauben, mehr als ein Vorspiel war das nicht. Von mir aus kann sie das Gegenteil behaupten, solange sie will. Nydia wollte damit nur mit Hilfe überprüfbarer Tatsachen einen Verdacht säen. Sie wußte genau, daß Virgil Mabel umgebracht hatte, und ich denke, daß sie es mit ihm abgesprochen hatte.«

»Sie haben keine Beweise, Bette!« Cayman konnte eine gewisse Bestürzung nicht verbergen.

»Natürlich nicht. Sie haben auch keine Beweise. Agatha hat keine Beweise. Nydia wiegte sich in Sicherheit und hat sich deshalb an Dinge herangewagt, an die sonst keiner rühren wollte – keiner konnte ihr nachweisen, woher sie wußte, daß Virgil seine Mutter umgebracht hatte und daß der Rest der Familie dabei war, ihn zu umzubringen. Wenn Sir Roland seine Wut besser im Griff gehabt und den Dolch weder in Virgils Mund noch in Nellies Brust gestochen hätte, würde er jetzt auf einen Schlummertrunk in den Club gehen und nicht mit dem Schlagstock ins Kittchen gescheucht.«

»Hier wird niemand mit dem Schlagstock gescheucht. Wenn überhaupt, benutzen wir Gummiknüppel«, erklärte Cayman. »Wir sind sehr zuvorkommend, wenn wir jemanden ins Gefängnis einliefern, es sei denn, wir werden provoziert. Dann kann es allerdings vorkommen, daß wir dem Betreffenden eins über die Rübe ziehen, um mit Ihrem James Cagney zu sprechen.«

Jetzt meldete sich Agatha zu Wort. »Wir vergessen eine weniger wichtige Person, die dennoch einen zentralen Beitrag geleistet haben muß.«

»Gibt es da noch jemanden? Ihretwegen kriege ich schon wieder das Gefühl, absolut inkompetent zu sein.« Cayman nahm einen Schluck Whisky. Dank Agatha war sein Glas noch fast voll.

»Solomon Hubbard. Der Arzt. Hausarzt bei den Tilsons und bei den Wynns. Es ist anzunehmen, daß er sowohl Mabels als auch Ogdens Totenschein ausgestellt hat. Und falls dem so ist, könnte ihn das ganz schön in die *Bredouille* bringen.«

»›In die *Bredouille*‹? Schon wieder so ein seltsames Wort«, meinte Bette.

»In die Klemme«, erklärte Cayman. »In Schwierigkeiten. Aber ich denke, wir können den Arzt vorerst ruhig beiseitelassen. Mabel hat Selbstmord begangen, und Ogden hat einen tödliche Herzinfarkt erlitten. Wahrscheinlich hatte Hubbard überhaupt keinen Anlaß, etwas anderes zu vermuten.«

»Er ist steinalt«, erklärte Agatha. »Er hätte sich längst zur Ruhe setzen sollen.«

»Das ist keine Entschuldigung dafür, falsche Totenscheine auszustellen«, beharrte Bette. »Bitte werfen Sie mir nicht vor, zu übertreiben, aber ich glaube, der alte Mann hat einfach getan, was ihm gesagt wurde. Möglicherweise hat man ihm eine großzügige Belohnung versprochen, damit er sich einen angenehmen Lebensabend machen kann. Beleidige ich damit die Würde älterer Menschen?«

»Nein, überhaupt nicht«, versicherte Cayman schnell. »Sie denken bewundernswert logisch. Und ich bin verflucht langsam. Oberflächlich gesehen ist dieser Fall ein Kinderspiel. Aber darunter brodeln lauter Komplikationen. Ich glaube, es ist nicht mehr wichtig zu beweisen, daß Virgil Mabel auf dem Gewissen hat. Sie sind beide tot – was hätte es also für einen Sinn?«

»Man würde der Wahrheit die Ehre erweisen«, meinte Bette.

»Wozu?« fragte Cayman.

»Für den Fall, daß eines Tages jemand ein Buch über die Ereignisse schreiben will. Und ich bin überzeugt, das wird passieren.«

»Ja, ja«, seufzte Agatha. »Das ist unvermeidlich.«

»Agatha, warum schreiben Sie nicht ein Buch darüber?« Bette meinte die Frage ganz ernst.

»Vielleicht irgendwann einmal, aber gegenwärtig halte ich mich lieber an fiktive Fälle. Ich möchte lieber selbst manipulieren als manipuliert zu werden. Also, Bette«, wechselte sie das Thema, »die Sache mit Ihrem Prozeß. Würde es Sie stören, wenn ich im Publikum sitze?«

»Im Gegenteil, ich würde mich freuen, Agatha! Sie wären eine große moralische Unterstützung für mich!«

»Ich plane schon seit langem, ein Stück zu schreiben, das in einem Gerichtssaal spielt. Im Old Bailey natürlich. Dafür muß ich mich aber wieder mit der ganzen juristischen Prozedur vertraut machen. Glauben Sie, bei Ihrem Fall wird viel schmutzige Wäsche gewaschen?«

»Nicht mehr als sonst auch, wenn Warner Brothers die Hände im Spiel hat.«

»Ich denke, ich kann mich darauf verlassen, daß Sie ein wenig Schwung in die Sache bringen«, sagte Agatha. Nach einem raschen Blick auf ihre Armbanduhr rief sie entsetzt: »Ach, du lieber Gott! Höchste Zeit, schlafen zu gehen. Ich bin vollkommen erschöpft, wirklich. Aber zuerst richte ich Ihr Zimmer her, Bette.«

»Das hat doch Zeit bis morgen, meine Liebe. Ich verbringe den Rest der Nacht hier. Es ist zu spät für einen Umzug.«

»Haben Sie denn keine Angst, daß Sie wieder jemanden graben hören?« fragte Agatha.

»Erst morgen früh, wenn meine Leute kommen, wird hier wieder gegraben. Und –« Cayman stockte und starrte auf etwas hinter Agatha und Bette. Die beiden Frauen drehten sich um und sahen Anthea in der Tür stehen.

»Ich habe meinen eigenen Schlüssel benutzt. Das tu ich immer. Virgil will, daß ich meinen Schlüssel behalte, weil er mich gern bei sich hat. Am Tor steht kein Polizist mehr. Keiner bewacht mehr das Tor.«

»Das ist auch nicht notwendig«, sagte Cayman, »ich bin ja hier.«

Anthea band ihr Kopftuch ab. »Es hat angefangen zu regnen. Eigentlich ist es eher Nebel. Aber ich bin weit gelaufen.«

»Setzen Sie sich doch bitte.« Bette sah von Cayman zu Agatha und dann wieder zu Anthea. »Möchten Sie vielleicht einen Portwein? Oder lieber Sherry?«

Anthea setzte sich auf einen Stuhl. »Ich suche meinen Vater. Ist er nicht hier?«

»Er ist bei Scotland Yard«, erklärte Cayman.

»Warum? Was macht er dort?«

Cayman war sehr unbehaglich zumute. Anthea hätte zu Hause sein sollen, umsorgt von ihrem Bruder, der wegen ihrer hysterischen Anfälle auf sie aufpaßte. Aber im Augenblick wirkte sie alles andere als hysterisch. »Sir Roland ist verhaftet worden.«

»Warum?« Bette rückte näher zu Agatha. Anthea erinnerte sie an Ophelia, die allmählich wahnsinnig wurde, aber es gab im Garten keinen Teich, in dem sie sich hätte ertränken können.

Beherzt nahm Agatha die Situation in die Hand. »War Oscar nicht bei Ihnen? Wo ist er?«

»Er schläft auf meinem Bett. Mit durchschnittener Kehle.«

Man hörte Bette laut nach Luft schnappen.

»Wer hat ihm die Kehle durchgeschnitten?« fragte Cayman. »Hat er Selbstmord begangen?«

Wie in Trance antwortete Anthea: »Man braucht viel Mut, um sich selbst zu töten. Deshalb bin ich noch am Leben. Ich muß bei meinem Vater sein. Er muß mich trösten. Es ist keiner da, der mich tröstet. Virgil ist fort. Und Oscar war böse zu mir. Er hat gesagt, er würde gegen mich aussagen. Er hat gesagt, ich würde von der Krone zum Tod durch Erhängen verurteilt.« Sie gab ein gackerndes Geräusch von sich. Vermutlich ein Lachen, dachte Bette. »Wo ist Nellie? Warum ist sie nicht da?« Sie fing an zu schreien. »Nellie! Nellie! Bringen Sie mir eine Tasse Tee! Mir ist kalt. Mir ist so kalt, so kalt!« Sie faltete die Hände im Schoß. »Oscar war überrascht, als ich mit dem Messer auf ihn losgegangen bin. Es war das erstemal, daß ich ihn überrascht habe.« Nachdenklich hielt sie inne. »Ich habe noch nie jemanden überrascht.«

»O doch, das haben Sie, Liebes. Uns drei haben Sie gerade sehr überrascht.«

Mit einem schweren Seufzer erwiderte Anthea: »Wir sind eine böse Familie. Aber sie ist noch viel böser als wir.«

Bettes Adrenalinspiegel stieg allmählich in unerträgliche Höhen. Agatha versuchte, ihre Aufregung in Schach zu halten, indem sie sich noch einen Whisky genehmigte.

Mit ruhiger Stimme hakte Cayman nach: »Wer ist noch viel böser?«

Jetzt verlor Anthea die Geduld. »Ach, spielen Sie doch nicht den Idioten! Nydia natürlich. Immer heckt sie irgendwelche Pläne aus. Mutter hat das als erste begriffen. Mutter wußte auch, daß Ogden sich irgendwie in ihr Herz geschlichen hatte, um an ihr Geld ranzukommen, aber das war ihr absolut gleichgültig. Aber als sie merkte, daß Nydia sich Virgil zu angeln versuchte, da war das Maß voll. Virgil hat mir erzählt, daß Nydia Ogden vergiftet hat. Er wußte, daß ich es niemandem verraten würde. Und ich sage es Ihnen jetzt bloß, weil sonst Vater, Nellie und ich verdächtigt werden können.« Sie ballte die Fäuste und trommelte sich auf die Oberschenkel. »Sie wird ungeschoren davonkommen! Ich wette, daß sie ungeschoren davonkommt! Bitte! Warum geht niemand und holt Mamby?«

Cayman rief bei Scotland Yard an und beauftragte Nayland, mit einem Detective und einer Gefängnisaufseherin zurückzukommen. Unterdessen erklärte Agatha Anthea, daß Mamby zu ihrer plötzlich erkrankten Schwester gegangen sei.

»Die ist plötzlich krank geworden? Ha ha ha! Plötzlich krank? Warum sollte Mamby ihre Schwester vergiften?« Dann begann sie haltlos zu weinen.

Es geschah selten, daß Bettes Hände zitterten, aber jetzt hatte sie Schwierigkeiten, sich eine Zigarette anzuzünden. Zuvorkommend nahm Cayman ihr das Feuerzeug ab, und Sekunden später inhalierte Bette voller Hingabe. »Also, das war vielleicht ein Tag! Wenn ich das Ruthie erzähle!« Sie beobachtete Agatha, die immer noch versuchte, Anthea zu trösten. Jetzt wich das Weinen allmählich der Hysterie, und Agatha war sicher, daß Anthea sich bald in einem Zustand befinden würde, in dem ihre Aussage der Krone nichts mehr nützte. Als sie Cayman ihre Befürchtung mitteilte, nickte er.

»Ich habe tatsächlich ins Schwarze getroffen, was?« sagte Bette zu Agatha. »Ich habe das Rätsel gelöst.« Sie zog an ihrer Zigarette. »Und wenn ich von euch beiden keine notariell beglaubigte Bestätigung bekomme, wird mir niemand in Hollywood die Geschichte abnehmen. O Gott, warum sind so viele Menschen dermaßen gemein zueinander?«

Diese Frage beantwortete Agatha lieber nicht, denn das hätte den Rest der Nacht in Anspruch genommen. Statt dessen fragte sie Cayman: »Haben Sie denn nicht veranlaßt, daß Nydia abgeholt und aufs Revier gebracht wird?«

»Auf Anthea Wynns Zeugenaussage hin? Soll ich mich zum Narren machen?«

»Sie meinen also, Nydia kommt wirklich ungeschoren davon?« fragte Bette schockiert.

»Das wird sich zeigen, Bette. Das wird sich zeigen.«

Agatha drückte Anthea an sich. »Arme Kleine. Bald wird man Sie an ein nettes, stilles Plätzchen bringen, wo Sie die Wände mit Blankversen tapezieren können. Und was Nydia Tilson angeht, ich wette, sie wird mächtig von ihrem Gewissen gequält. Das ist ihre gerechte Strafe.« Damit blickte sie Cayman und Bette an. »Meinen Sie nicht?«

Mit königlicher Würde erwiderte Bette: »Ich glaube, für Nydia wäre ein weiteres Shakespeare-Zitat angebracht. *›Überlaß sie dem Himmel und den Dornen, die im Busen ihr stechend wohnen.‹*« Dann lächelte sie Cayman betörend an und fragte: »Inspector, kann ich Sie überreden, zum Frühstück zu bleiben?«

Er war leicht zu überreden. Er hatte großen Hunger.

GEORGE BAXT, geboren am 11. 6. 1923 auf einem Küchentisch in Brooklyn, veröffentlichte seinen ersten Text mit neun Jahren in der in Brooklyn erscheinenden ›Times-Union‹. sein erstes Theaterstück wurde produziert, als er achtzehn Jahre alt war. Es erlebte eine Aufführung. Er schrieb von da an am laufenden Yard Stücke für die Bühne und einige Drehbücher, die bevorzugt nach dem Kinderprogramm gesendet werden (*Circus of Horrors; Horror Hotel; Burn, Witch, burn*). George Baxt lebt heute in New York.
Als Haffmans Krimi bei Heyne sind bisher erschienen: *Mordfall für Alfred Hitchcock* (05/18), *Mordfall für Dorothy Parker* (05/42), *Mordfall für Tallalah Bankhead* (05/61), *Mordfall für Mae West* (05/111) und *Mordfall für Greta Garbo* (05/121).